# 이상한 행진

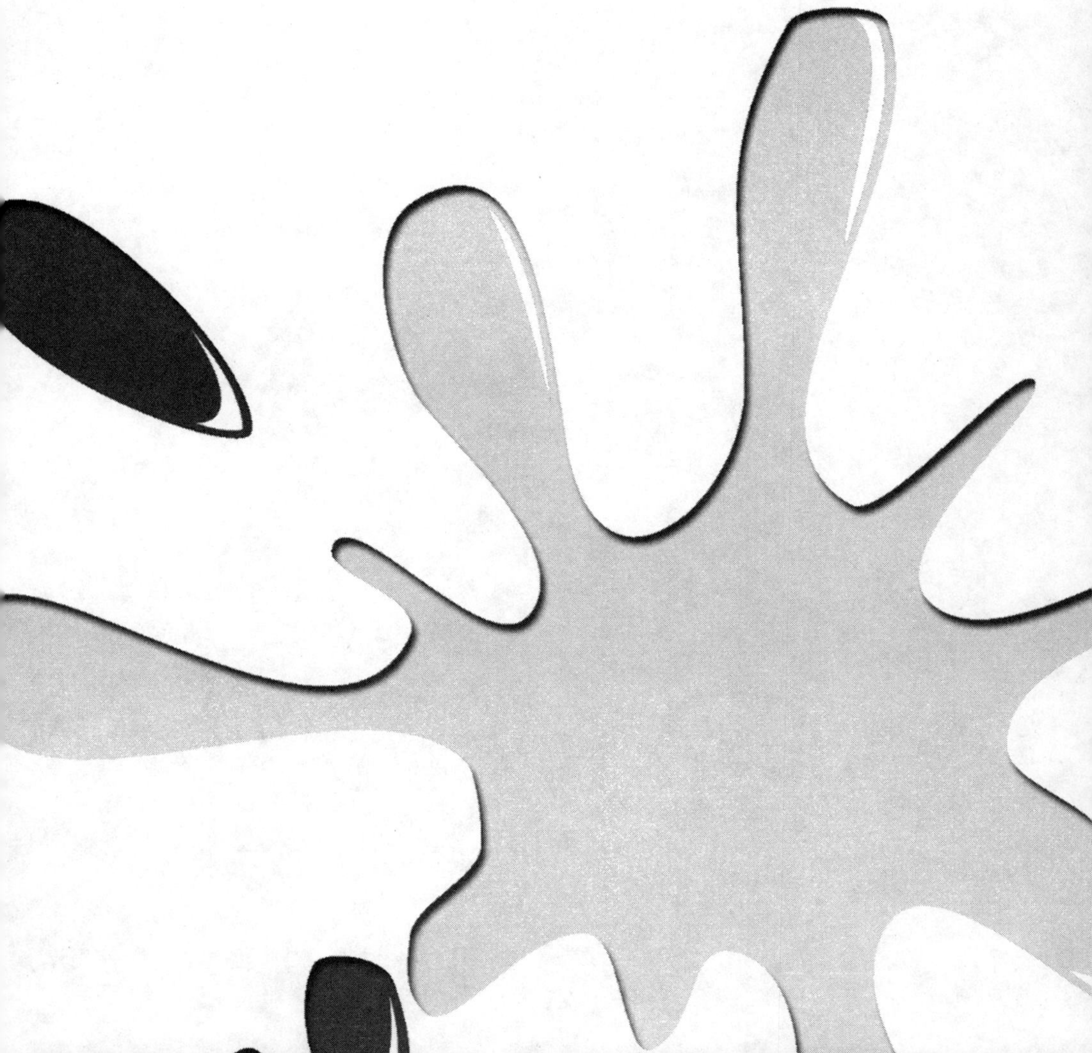

# 이상한 행진

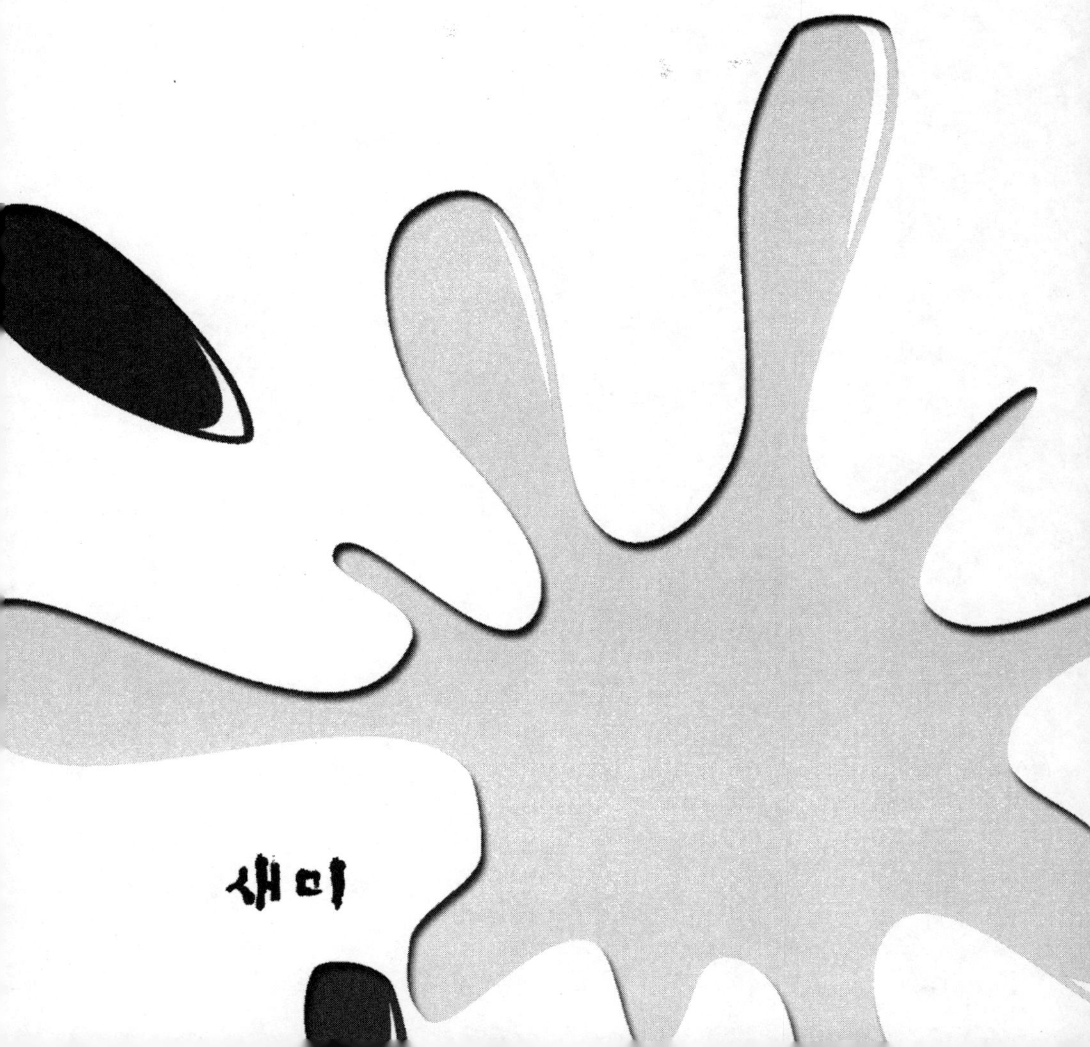

새미

# 차 례

# 공 범

고모 말대로 저기 정말 아무도 없을까? 나는 속옷 바람으로 햇살이 쏟아지는 창가에 서서 옆집을 내려다보았다. 끔찍하군. 이렇게 아무 일도 없었다는 듯이 평화롭기만한데 바로 한 달 전에 저기서 살인 사건이 있었다니 믿어지냔 말이다.

고모는 당장 이사 가야겠다고 펄펄 뛰었다. 꿈에 강도가 고모 집 담을 넘어 들어오는 모습이 너무 생생하게 보인다는 것이었다. 사건이 있은 후 거의 하루도 안 빼고 그런 악몽에 시달린다며 고모는 자기 머리를 잡고 도리질을 쳤다.

"이런 정신적 피해는 어디 가서 보상을 받아야 하는 거야, 쌍."

그렇지만 고모는 영악해서 집 값이 뚝 떨어진 이 마당엔 이사커녕 오히려 옆집까지 손에 넣으려고 할지도 모른다.

"아, 신경질 나. 이 망할 놈의 저질 동네 정말 별일이지 뭐니."

고모는 사과를 우적우적 씹으며 말했다. 다리를 바꿔 꼬는데 흰 슬립 자락이 언뜻 보였다. 고모 다리는 정말 날씬해. 떠돌이 남편이 속을 썩이는 서른 여덟 살의 중학교 생물 교사. 다 깎은 사과를 한 입 베어 물며 나는 생각했다.

"성혁이 너는 맨 날 뭐하구 있니? 만나는 여자두 없어?"

라고 고모가 나이보다 어리게 들리는 그 코맹맹이 목소리로 물었다. 흥, 또 그 소리.

"그런데 내일이 무슨 요일이우?"

나는 딴전을 부렸다.

"날마다 집에서 뒹구니까 요일두 모르지. 목요일이다 목요일."

고모가 사과 속을 내 앞에 쌓인 사과 껍질 더미에 던지며 대답했다. 날아온 사과 속이 과도에 맞았다.

살인 사건도 목요일에 일어났었다. 추석 연휴가 시작되던 그날 은숙이, 고모와 나, 셋은 한가하게 텔레비전을 보고 있었다. 그때였으리라. 바로 옆집에서는 그 집주인이 피를 흘리고 신음하며 쓰러져 있었고 안주인은 기절한 채 간신히 화를 면했고…… 안주인이 젊다고 들었는데, 나는 한 번도 그 여자를 본 적은 없었다.

"이번 토요일엔 은숙이 오려나?"

나는 고모에게 물었다.

"오긴 뭐 하러 와?"

딸 걱정이 대단하군. 하긴 옆집에서 살인 사건이 터지는 판국의 동네니, 고모의 노이로제 상태를 이해 못하는 바도 아니다. 어쩌다가 고모는 이런 변두리까지 밀려오게 되었을까?

냉장고를 뒤져 점심을 먹은 후, 장독대 옆에서 담배를 피우며 물끄러미 옆집의 마당을 바라보고 있던 나는 갑자기 담을 넘어 지대가 한 길쯤 낮은 이 집 마당에 내려가 이곳저곳 기웃거리고 싶어졌다. 그러자 실없이 웃음이 나왔다. 빈집이 꼭 방안에 혼자 누워 있는 처녀 같다는 생각을 하며 나는 야릇한 상상에 조바심을 느꼈다. 한심하군. 서른이 넘어서 이따위 상상이나 하고……. 저는 만화를 그리죠. 어쩌구 그러면 대개 어느 여자든 나를 언제 알았다고 비실비실 웃기부터 한다. 그리고는 수다가 시작되고. 내가 제일 경멸하는 게 그렇게 들떠서 짓까부는 거니 그런 여자들이라는 것이 도대체 흥미롭지가 못한 것이다. 요즘은 그런 여자고 뭐고 아예 사람이 싫어진다. 이를 테면 직업이 날 고독하게 한다, 뭐 그런 셈인데 결국 나에게 남는 것이라곤 몽상이라는 허울밖에 없다. 만화 그리려고 쥐어짜야 하는 몽상은 역겹기 그지없는 것이다. 제기랄, 먹고 산다는 건 정말 힘들다. 고모 같은 사람은 쉽게도 살아가는데 말이다.

바람이 불었다. 옆집의 낡은 철 대문 아래로 낙엽들이 굴러갔고 거기엔 신문과 우편물들이 흩어져 있었다. 잘도 잊혀진다. 예전과 다름없이 신문을 넣고, 소식을 전하려 하고, 대문을 두드리고……. 사람들은 이 집에서 일어났던 일을 벌써 다 잊은 모양이다. 오히려 인기척 없는 이 집 자체야말로 뭔가를 고집하고 있다. 그 완강한 고집은 외부로부터의 어떤 교신도 일절 거부하고 있다. 빈집은 스스로 늪이 되어가려 한다. 기분 나쁜 늪의 침묵을 떠올리며 나는 담배꽁초를 멀리 던졌다.

밤 늦도록 딱총 소리가 울렸다. 딱따다닥. 아이들은 얌전히 들어앉은 어둠을 꼬집어서 울려놓고 저리로 우르르 달아난다. 이 쌍놈들. 어디선가 아이들을 욕하는 굵은 고함이 터진다. 나는 고모 옆에 모로 누워 웃는다. 고모와 은숙이는 나란히 엎드려서 추석 특집 쇼를 쳐다보고 있다. 누가 송편을 잘 빚는지 보겠습니다. 쇼 진행자는 호들갑을 떨며 지금 우리는 대단히 즐겁다는 표정을 열심히 짓고 있다. 재미두 더럽게 없다. 내가 말한다. 그러나 나란히 엎딘 두 여자는 아무 말이 없다. 은숙이는 껌을 질겅질겅 씹고 있다. 따다닥딱. 또 화약 터지는 소리. 우둥둥 아이들이 달아나고 어디선가 개가 짖고 텔레비전에선 사람들이 박수를 친다. 은숙아 뭐 먹을 것 좀 없니? 하고 내가 묻는다. 대꾸가 없다. 고모, 내일 아버지 집에 갈꺼유? 응. 고모는 일어나 앉으며 한숨을 섞어 대답한다. 다들 맥이 쭉 빠졌군. 나는 돌아누워 손깍지를 베고 천장을 바라본다. 고모부란 자는 지금 어디 가서 뭘 하구 자빠져 있는 거야? 히이이 딱. 이번엔 폭죽이구만. 나는 쓰게 웃는다. 그 즈음이었을 것이다, 옆집 사내가 피를 흘리며 죽어가고 있던 때는.

나는 담에 기대어 시커먼 흙 마당을 보았다. 그때 휘몰아쳤던 살기로 이 집이 시커멓게 삭아 내리는 걸까? 마당도 그 동안 더 깊이 내려앉은 것 같아. 나는 고개를 들어 주위를 두리번거렸다. 아무도 보이지 않았다. 멀리서 철문 닫히는 소리가 들렸다. 한 번 들어가 볼까? 고모, 나 오늘 옆집에 들어가 봤는데 아무렇지도 않습디다. 귀신은커녕 깨끗해. 과연 고모 말대로 아무도 없드만 아무도 없어. 그런데 고모는 뭐가 불안해서 잠을 못 자겠다는 거유? 실은 눈도 깜짝하지 않으면서. 옆집에서 누가 죽건 말건 관심두 없잖수. 그게 서울 식 아니우? 아니면 이런 일이 벌어졌을 때 소리 높여 진저리침으로써 스스로 자기의 생존 영역을 확인해 두고 싶은 욕구일까? 그건 확인이 아니라 발작에 가까운 것이지만, 어쨌든 고모처럼 사니까 이따위 일들이 바로 코앞에서 벌어지는 것인지도 모른다. 언제나 자기 생각뿐이고 억척스럽고 욕심

많고 헤프고……. 그러니까 이런 일이 생기는 것이 아니냐. 단정하게 생활해 보라 주위에 이런 끔찍한 일이 있을 수 있나. 여자가, 그것도 명색이 교사가 남편을 저주하며 쌍소리나 내뱉고 술이나 퍼마시고. 고모는 반쯤 미친 거다. 나는 옆집의 살인 사건이 고모 때문에 일어나기라도 한 것처럼 갑자기 마음 속으로 고모를 맹렬히 비난하기 시작했다.

나는 고모를……. 그래 정말 사랑하고 있는 것인지도 모른다. 나와 나이 차이가 여덟 살밖에 나지 않는 고모. 예쁘고 머리도 좋지만 늘 말썽을 피우고 다니는 막내딸. 고모는 대학교 사학년 때 은숙이를 가졌다. 처녀가 애를 배도 할 말이 있다는데 이건 말 한 마디 정도가 아니라 아예 도전이었다. 이제 곧 졸업이라구요. 직장도 있어요. 결혼할래요. 뭐 하는 놈이냐? 고모보다 열네 살이나 위인 큰오빠, 바로 우리 아버지의 말씀. 몰라요. 뭘 몰라? 뭐 하는 놈인지요. 이년. 아버지의 주먹이 고모의 숙인 머리를 쥐어박는다. 고모의 까만 뿔테 안경이 벗겨져 방바닥에 떨어진다. 안경알 한 짝이 고스란히 빠져 장판 위에서 맹랑하게 반짝인다. 아구 아파. 고모가 머리를 감싸며 외친다. 그 목소리에 교태가 섞여 있다.

고모 어디 나가? 나는 방문을 조금 열고 들여다보며 걱정스레 묻는다. 고모는 방금 큰오빠한테 매맞은 것은 벌써 잊었는지 거울 앞에서 입 모양을 오오 하고 크림을 얼굴에 세차게 문지르고 있다. 지금이 몇 신데? 또 나간다는 거야? 나는 고모의 오빠처럼 점잖게 묻는다. 까불지 마, 너 쪼그만 게. 고모는 거울을 통해 눈을 흘기며 말한다.

오후 내내 나는 이층 방에서 한 장면도 다 완성하지 못한 채 공상으로 보냈다. 이 생각 저 생각 하다가 간혹 창을 열고 옆집을 내려다보곤 했다.

유성검 제2탄이 문제였다. 아직 천향부인을 한 장면도 내보내지 않은 것은 다행이었다. 관능적인 외모 쪽으로 그리다 보면 그 여자의 다른 성격이 싹 죽어 버린다. 그만큼 관능미란 단순하고도 독한 것이다. 오로를 쫓아다니는 여검객 아치는 은숙이를 그대로 그렸더니 잘 맞아떨어졌는데 오로의 어머니 천향부인이 문제인 것이다. 아치는 자객 조직의 우두머리가 바로 오로의 아버지를 죽인 검술의 고수이며 천향부인의 정부라는 것을 알게 된다. 아치는 오로를 찾아가 복수의 칼을 갈도록 만드는데 여기서부터 바로 천향부인이 직접 등장해야 하는 것이다. 오로가 괴로워하며 외친다. 아, 어머니여. 그대는 아들의 원수의 아내. 이 대사를 넣기로 하고 오로가 스승으로부터 물려받은 보검을 잡아 뽑는 장면을 그리다가 나는 일어서서 칼을 뽑는 시늉을 하면서 섬뜩한 느낌을 줄 수 있는 의성어를 궁리하기 시작했다. 차앙. 쓰으윽. 나는 창 밖을 보았다. 어느덧 해가 기우는지 옆집의 이층 서녘 창이 현상된 필름처럼 번득이고 있었다.

지난 추석 정오쯤 저 조그마한 창에 날카로운 표정의 사내가 나를 바라보고 있었다.

"성혁아, 우리 마포 간다."

하던 고모의 목소리가 잠결에 들리고 한참이 지나서였다. 내용이 뒤죽박죽된 꿈이 불안하게 이어지고 있었다. 불자동차 소리가 멀리서 들려오는 것 같았다. 그 소리는 비수를 연달아 찌르고 빼는 동작처럼 섬뜩했다. 소방차가 아니라 경찰차였다. 어느새 골목은 웅성거림으로 가득 찼고 사람들의 표정엔 들뜬 열의가 넘치고 있었다. 무슨 일이지? 도둑인가? 누가 애를 낳으려나? 나는 옷을 입으며 혼몽한 정신을 가다듬으려고 애썼다. 좀 일찍일찍 일어나야 하는 건데. 고모하구 은숙인? 아, 아까 나갔지. 혹시? 불안이 소름 끼치듯 돋았다. 마포에 전화를 했다.

나는 전화를 끊었다. 나보다 전화 받은 고모가 더 어리벙벙해 있을 것을 생각하니 비쭉비쭉 웃음이 나왔다. 나는 다시 이층으로 올라와 창으로 다가섰다. 옆집에 무슨 일이 있음이 분명했다. 그때 사내가 불쑥 나타났다. 형사구나. 나는 움츠리며 창 앞에서 약간 뒤로 물러났다. 사내는 나를 노려보았다. 왜 저래? 내가 뭐 죄졌나? 나는 사내의 집요한 시선에 강한 반발심을 느꼈다. 하긴 몇 년 전에 음란 만화를 그린 적이 있긴 있다. 장난 반 돈 욕심 반으로 남녀의 성교 장면을 절망적인 기분으로 그렸던 것이다. 물론 그건 잘못이다. 하지만 그후로는 그 짓은 안 했다. 사내는 조금도 움직이지 않았다. 그래 했다. 어쩔 테냐? 난 원래 그런 놈이다. 나는 은근한 두려움과 자존심 사이의 팽팽한 줄다리기 위에서 굳어져가는 스스로를 어쩌지 못하고 있었다. 사내는 계속 노골적으로 나를 노려보았다. 이 초가 지났다. 마침 초인종이 울렸다. 나는 돌아서며 다시 한 번 창 앞에 서 있는 그를 보았다. 두툼한 그림자가 있다면 저럴까? 아주 돌발적이고 불길한 모습이었다. 거만한 놈인데…… 새끼 너만 사내냐? 나는 계단을 내려오며 생각했다. 무슨 일이 벌어졌길래 경찰이 이렇게 설치고 다닐까? 그것도 추석 연휴에. 나는 잘못한 거 없으니까. 내가 음란물 어쩌구 그런 것이 문제된다면 까짓 거 남자답게 당당히 털어놓을 테다.

"이 집에 사십니까?"

김 형사라고 자신을 소개한 중년의 사내는 싱거운 질문부터 했다.

"네."

나는 짧게 대답했지만 속으로는, 실은 내 주소는 마폰데 여긴 고모

집이고 사촌 동생이 마포에서 학교를 다니고 있어서 집이 비고 또 아시다시피 이 동네가 변두리 신흥 공장 지대 아닙니까. 험악해서 여자 혼자 지내기도 뭣하구 그래서 이곳에서 임시로……. 참, 고모부는 집에 없는데 고모부는 일정한 직업이 없구. 나는 고모부 때문에 이 친구들이 골치 아프게 자꾸 따져들면 어떻게 하나 하고 전전긍긍했다. 짧은 순간에 내 머리 속엔 온갖 생각들이 와글거렸다.

"살인 사건입니다."

하고 말하며 김 형사는 들고 있는 수첩을 향해 머리를 수그린 채 나를 쳐다보았다.

"살인사건이요?"

"그렇습니다."

"……."

김 형사는 놀라서 입을 벌리고 있는 나를 보며 마치 살인범을 잡기라도 했다는 듯이 의기양양한 표정을 지었다. 살인이라니까 놀랍소? 우리는 늘 이런 사건들 속에서 사니 뭐 놀라울 것은 없지만 댁처럼 평범한 주민들에게야 꽤 충격적이겠지요. 아무렴. 그는 뜨뜻한 흥분 속에서 교묘히 자랑스러워하고 있는 듯했다.

"그래서 어떻게 된 겁니까?"

하고 나는 물었다.

"……."

이번엔 잠시 김 형사가 말이 없다가 다시 물었다.

"어제 뭐 특별히 하신 일은 없나요?"

순간적으로 나는 지금 이 사람이 나의 성생활에 대해 묻고 있는 것인가 하고 엉뚱한 생각을 했다.

　"그냥 쭉 집에 있었지요, 뭐."

하고 나는 피식 웃으며 대답했다.

　"직업이 뭣이십니까?"

하고 김 형사가 나를 빤히 쏘아보며 물었다.

　"만화 그리는데요……."

나는 뒤통수를 긁으며 대답했다. 이번에는 김 형사가 빙그레 웃으며 수첩에 뭔가 적어 넣었다. 조성혁 만화가, 라고 썼을지도 모른다.

　"고모, 고모 말마따나 정말 저 집에 아무도 없을까?"

하고 나는 땅콩을 씹으며 물었다.

　"내가 지난 토요일에 반장 여편네한테 직접 들었다니까. 여자가 머리가 좀 어떻게 됐다드라. 안 그렇겠니? 남자가 자기 보는 앞에서 죽어 넘어졌는데."

　고모는 눈을 휘둥그렇게 뜨며 말했다. 젠장 옆집 얘기만 나오면 너나 없이 흥분하기 시작하는군. 나는 수북이 쌓인 땅콩 껍질 속에서 남은 땅콩을 찾으며 물었다.

　"고모, 나 내일 저 집에 한 번 들어가 볼까?"

　"미쳤니 얘. 거긴 뭣하러 들어가?"

하고 말한 고모는 어이없다는 듯이 입을 벌리고 멍하니 나를 보았다. 과연 거길 왜 들어간다는 말인가. 하지만 나는 하루 종일 아무 일도 못 하고 궁금해 한다. 현장은 어떨까? 핏자국이 있을까? 으스스하겠지. 마치 옆집에 한 번 들어갔다 나오면 밤새 만화도 잘 그려지고 잠도 푹 잘 수 있을 것만 같은 기분인 것이다.

　"미치긴 왜 미쳐. 호기심은 풀어야 하는 거 아니유."

　"호기심 좋아한다. 나이가 몇이니? 헛수작 말구 장가나 가 장가."

나는 어젯밤 고모에게서 퉁맞은 그 장가나 가 장가라는 말을 낮게 흥얼거리며 옆집 마당을 내려다보고 서 있었다. 하늘은 곧 비가 올 듯이 흐렸다.

좋다, 들어가 보자.

호기심에서 한 번 빈집에, 그것도 옆집에 들어가 본다는 것이 죄될 것 같지는 않고…… 하지만 무슨 가택 침입죄가 뭔가가 된다면? 언제 다시 형사들이 불쑥 나타나서 당신 무엇 하려고 사건 현장에 갔었는 가? 누가 멋대로 거길 드나들라고 했는가 하고 거세게 몰아세우면? 조사해 보니 당신 음란물 제작 혐의가 있드만 하고 내 팔을 움켜쥔다면? 나는 망설였다. 뭐 어떻다구 망설이고 있나? 나는 나의 소심함을 꾸짖으며 궁리했다. 그래 뭔가 타는 냄새가 난다고 하자. 뒤꼍에서 가는 연기가 나는 것이 보였다고 하자. 그렇게 생각하니 정말 썰렁한 공기를 타고 어디선가 탄내가 실려오는 것 같았다. 나는 실실 웃으며 밖으로 나가 옆집의 대문을 두들겼다.

“계세요? 여보세요? 계세요?”

하고 외치다 나는 초인종을 두 번 눌렀다. 현관 안쪽에서 벨 소리가 가늘게 달랑달랑 하고 울렸다. 그 소리는 꼭 공연이 다 끝난 목각인형의 힘없는 머리를 흔들어대는 듯한 느낌을 주었다. 집안에는 아무도 없다. 인형이 살아 움직일 리 없는 것처럼 말이다. 뻔한 수작하지 마라.

“계세요? 안에서 이상한 냄새가 나요.”

하고 나는 적당한 크기로 외쳤다. 정말 큰소리를 질렀다가는 다른 집에서 사람들이 나올지 모른다. 나는 교활하게 웃으며 다시 초인종을 두 번 울렸다. 모든 도둑질이 이렇게 별안간 솟아나는 호기심에서 출발하는 것은 아닐까? 나는 돌아서서 또 한 번 쿡 웃었다.

다시 안으로 들어온 나는 옆집 마당으로 뛰어내렸다. 생각했던 것보다 축대가 훨씬 높았다. 쿵. 꽤 큰소리가 났고 무릎도 결렸다. 나는 숨 죽여 주위를 두리번거리며 잠시 어지러움을 느꼈다. 이거 괜한 짓을 하는군. 마당의 모습은 축대 위에서 바라보던 것과 너무도 달랐다. 나는 천천히 마당을 가로지르며 "아무도 안 계세요?" 하고 외쳤다. 한 평 정도의 꽃밭이 이끼 낀 붉은 벽돌로 담 앞에 네모지게 둘러쳐져 있었지만 거기엔 빈깡통과 자전거 부품인 듯한 쇠쪼가리만이 누렇게 녹슨 채 널브러져 있었다. 얼큰해지는군. 이상한데……. 뭔가 해서는 안 될 짓을 하고 있는 것 같아. 물론 해서는 안 될 짓이지만 이건 달라, 뭐랄까 어째 좀 창피한 짓을 하고 있달까? 나는 생각했다. 바로 이웃 가정집을 이렇게 기웃거린다는 것이 왜 이렇게 창피한 느낌을 줄까? 나는 마른침을 꿀꺽 삼켰다. 꼭 누이의 치마를 몰래 들춰보는 것과 같은 부끄러움이 온몸을 끈덕지게 감아 오는데……. 아니야, 내가 뭐 옆집 사람들과 그리 가깝지도 않았잖아. 얼굴을 똑똑히 본 것도 아니고……. 그렇다면 왜 이럴까? 단지 살인 사건의 현장에 무단으로 침입했다는 의식? 그것이 고조되니까 차츰 거기서 오는 긴장이 옆구릴 살살 간지럽히고……. 그러다보니 이번엔 엉뚱하게 성적 긴장감으로 이어져 내가 지금 어떤 여인의 알몸을 뒤지고 있는 듯한 기분이 들고 말이야. 영 이상한 걸……. 하긴 은밀할 수 있어. 살인이란 그런 거니까……. 조마조마하지……. 그것도 바로 옆의 평화롭던 한 가정집에서 벌어졌으니……. 지금 나는 뭔가 근친에 관계되는 터부를 연상하고 있는지도 모른다. 나는 세세하게 관찰하며 조심스럽게 움직이고 있었다. 빈틈없는 마음을 먹기 위해 안간힘을 쓰고 있는 스스로에게 쓴웃음이 나왔다.

놋쇠 문고리는 지독히 낡아 있었다. 보슬비가 내리기 시작했다. 문고리에서 비린내가 났다. 뻑뻑하던 현관문이 툭 열리며 부르르 떨렸다. 나는 얼른 문을 닫으며 "아무도 안 계세요?" 하고 목을 길게 빼어 텅 빈 집 안에 대고 누군가를 불렀다. 제기랄 나도 모르겠다. 나는 신을 벗을까 말까 하다 벗기로 했다. 또 누구 안 계시냐고 하려다가 참았다. 이미 들어온 거니 빨리 훑어보고 나가자…….

걸음을 옮길 때마다 고동색 마루는 형편없이 흔들렸다. 마루 끝에 온돌방이 있었다. 방문은 활짝 열린 채였다. 저길 거야, 사람이 죽어 나자빠진 곳이. 마루 가운데로 부엌이 이어져 있는데 비좁고 어두웠다. 송판을 벽에 달아 만든 선반에는 주발이며 접시들이 가지런히 놓여 있었다. 부엌은 마치 커다란 틀니 같았다.

온돌방은 넓고 천장이 얕았다. 그러나 가구라고는 하나 없이 깨끗이 치워져 있었다. 다락과 노란 장판. 그뿐이었다. 나는 발바닥으로 전해 오는 짜릿한 냉기를 느끼며 미닫이 다락문을 바라보았다. 저 속에 뭔가 있을 거야. 그런데 이상하군. 형사들은 바보거나 미친놈들이 분명해.

왜 사건 현장을 말끔히 치웠지? 다 쓸어서 저 속에다 넣어뒀나? 나는 다락문을 열면 죽은 사내의 상체가 덜컹 밑으로 쏟아질 것이라 상상했다. 안주인은 저쯤에서 쓰러졌을 거야. 자기 남편이 소리치며 반항하다 칼에 찔리는 순간 아내는 머리부터 쿵 바닥에 박으며 쓰러졌을 거야. 꼭 허리가 잘린 듯이 아래로 풀썩 내려앉았을 거야. 나는 문을 열어제쳤다. 예상 밖으로 작은 다락엔 라면 박스 두 개만이 나란히 놓여, 혀를 날름 내미는 꼴이다. 이거 뭐야? 싱겁게. 나는 문득 이 집 사람들과 강도와 형사들이 다 함께 살인 사건을 해 치우고 낄낄거리며 어디론가 우르르 몰려가버린 게 아닌가 생각했다. 방안 가득 고여 있던 불길함이 터지듯 순식간에 집 밖으로 빠져나가는 기분이었다. 젠장.

계단도 요란하게 삐걱거렸다. 일제 때 지어진 그대로군. 계단의 들창으로 고모집의 내 방 창이 올려다보였다. 그때 그 친구가 여기서 날 노려본 거지. 이렇게. 나는 들창 앞에 버티고 섰다. 짜식들, 지네가 노려보면 대수야 올려다봐야 잘 보이지두 않았겠군.

이층은 전체가 방 하나로 되어 있었다. 계단에 이어진 ㄱ자 마루는 테라스 구실을 하고 있었다. 나는 창 밖을 보았다. 빗줄기가 굵어져 있었다. 연둣빛 창틀은 칠이 들떠 잘게 갈라져 있었고 창의 레일엔 녹물이 흘렀다. 나는 돌아섰다. 바로 여기였다.

열린 창호지 문 사이로 낡은 책상과 그 아래 둥근 양탄자가 보였다. 검은 핏자국은 그 양탄자 끝에 각혈한 자리처럼 번져 거기서 나무 바닥으로 쭉 흘러간 것 같았다. 나는 숨죽여 그쪽으로 다가갔다. 양탄자는 흰 털이 길어 발이 빠지는 느낌을 주었다. 책상 아래 책들이 높이로 쌓여 있었다. 무슨 무슨 지성사니 운동사니 주로 역사 서적과 정치 사상 서적들이었다. 걸상은 없었다. 한 뼘 정도 열린 서랍 안엔 구겨지고 뒤엉킨 종이 투성이고 한 쪽에 편지 봉투 다발이 있었다. 유봉식 선생님 앞. 발신은 미국 캘리포니아로 되어 있었다. 그때 여기서 살해된 사람 바로 그다. 유봉식. 무직……. 경찰은 단순 강도일 가능성이 높은 것으로 보고 수사를 펴고 있습니다……. 갑자기 나는 이 사건에 이미 깊이 연루되어 버렸다고 느꼈다. 책상에서 두 걸음 뒤엔 좁은 간이 침대가 회벽에 닿아 있었다. 침대 위에는 때묻은 담요가 대변처럼 돌돌 말려있고 발치에는 석유난로가 어두컴컴한 구석에 서 있었다. 피 묻은 양탄자는 이곳 저곳 가위에 잘린 듯 뜯겨져 있었다. 나는 밭은 기침을 세 번했다. 피가 튄 곳은 그곳만이 아니었다. 바닥 전체가 피범벅이라 해도 과언이 아니었다. 어두운 방안 가득 살기와 열기가 고요히 가라앉아 굳어져 있는 것이었다. 나무 바닥으로 번진 핏자국은 꼭 이탈리아 지도 모양이었다. 칼이 가슴에 박히자 사내는 경련을 일으켰을 것이다. 찔린 부위에서 피가 구역질처럼 울컥 쏟아질 때 비명은 시원스레 나오지 못하고 고통에 말려 몸안에서 맴돌 뿐이었을 것이다. 강도와 유봉식은 칼끝을 매개로 한 몸이 되어 열기 속에 후끈 달아오르다가 쓰러졌고 강도는 낮게 욕을 하며 떨리는 손으로 피 묻은 칼을 뽑았다. 피가 가슴에서 솟구치고 옆구리를 타고 흘러 바로 이곳을 지나 저리로 번져 갔다. 그때까지도 아직 유봉식 씨는 억눌린 듯한 숨을 잇고 있었을지 모른다. 뚜우우뚝. 전기시계에서 뭔가 돌아가는 소리가 울렸다. 나는 몸을 벌떡 일으켜 책상 왼편 벽에 걸린 시계를 바라보았다. 비가 계속 내리고 있었다. 벽시계 옆의 둥근 들창에 빗방울이 가득했다. 나는 이 집 전체가 땀을 흘리고 있다고 생각했다. 빨리 나가자. 책상 위에는 깨진 꽃병과 나란히 사진틀이 있었고 그 앞엔 구르다 만 듯한 자줏빛 연필이 놓여 있었다. 사진엔 두 사람이 등을 맞대고 공원같이 의자에 앉아 있고 바바리 코트의 여자는 그 뒤 가운데에 서서 조금 쓸쓸해 보이는 미소를 짓고 있다. 왼쪽의 여자는 다리를 쭉 뻗었고 오른쪽 여자는 꼬고 앉아 무릎을 깍지 낀 양손으로 잡고 있다. 친구들 같기도 하고 자매 같기도 하다. 삼십대 초반의 모습이다. 다 인상이 좋다. 미인들이다. 다만 서 있는 여자는 슬퍼하는 것인지 부끄러워하는 것인지 모를 애매한 표정을 짓고 있다.

　나는 사진을 가지고 나왔다. 내 방에 앉아 그것을 보고 또 보았다. 나는 서 있는 여자가 유봉식의 아내일 것이라고 단정했다. 이유는 없었다. 뭔지 모르게 그녀는 살이 끼어 있는 것 같았다.

"왜 이렇게 늦었수?"

하고 나는 짜증 섞인 목소리로 물었다.

"시끄러."

고모는 상대하고 싶지 않다는 투로 나를 외면했다.

"동네가 동네라 걱정되지 않수. 요 앞 공장 어귀는 밤엔 정말 위험하다구."

"아따. 되게 걱정하시네……."

"비가 오고 있어. 비가……."

라고 말하며, 나는 현관 벽에 손을 짚고 그 위에 이마를 댄 채 서 있는 고모의 창백한 목덜미를 보며 유봉식의 아내를 떠올리고 있었다.

나는 밤늦게까지 그렸다. 사진 속의 그 서 있는 여자를 천향부인의 모델로 삼았다. 천향부인이 피곤한 듯 이마를 어루만지며 걸어오는 장면이다. 그녀가 눈을 치뜨며 말한다. 왜 이렇게 모든 것이 끈덕지기만 할까? 여기까지 그리자 새벽 두 시였다.

눈앞에 확 번지는 선혈이 떠올랐다. 나는 여러 번 뒤척이다 모로 누웠다. 시계가 뚜우우 하고 톱니 돌아가는 소리를 냈다. 나는 다시 뒤척였다. 저런 집에 뭐 훔칠 것이 있다고 들어가 사람을 죽인단 말인가. 나는 유봉식을 위해 기도했다. 다 부질없는 짓인지도 모른다. 아득바득 산다는 거. 고통이 심했을까? 마구 버둥거렸을 것이다. 강도는 계속 욕을 내뱉고 있었겠지? 그 여자는 그때 안방에 있었고 이층에서 억하고 신음이 들리자 쿵 쓰러졌을 것이다. 마치 허리가 잘려나간 사람처럼 쓰러지며 그녀는 바닥에 머리 먼저 부딪친다. 이런 일이 벌어지는 동안 책상이며 침대며 난로는 움직이지도 않고 태연하다. 그건 분명하다. 창문은 눈을 크게 떠 살인을 지켜본다. 아무렇지도 않게 그 집의 모든 정물들이, 아니 집 전체가 이 살인 행위를 그냥 지켜보고만 있다. 당연하다. 사람은 너덜너덜한 휴지보다 더 초라하다. 생명없는 것들이 우리를 적의에 찬 눈으로 바라본다. 그리고 비웃고 있다. 피가 번진다. 모두 헐떡이고 있다. 쿵하고 여자가 쓰러진다. 아름답던 얼굴이 일그러진다 얇은 입술이 벌어지고 그 사이로 침이 흐른다. 서둘러 뒤적이는 소리와 낮은 욕설이 들린다. 뚜우우. 맞물린 톱니바퀴들이 빠르게 돌아간다. 초침이 살아 움직이는 모든 것들의 움직임을 다그친다. 비난한다. 병신들. 땀이 비오듯 쏟아진다. 쓰러진 여자가 원통형 기둥들로 조각나 여기저기 뒹굴고 있다. 다가가 자세히 보니 원통 기둥 하나하나가 모두 고모의 얼굴이다. 얼굴이 천천히 웃는다. 하지만 처량한 웃음이다. 집 밖으로 뛰쳐나간다. 달리며 돌아본다. 집이 뒤에서 소리없이 웃는다. 크게 웃는다. 집 전체가 거대한 입이다. 달아나고 있는 나는 내가 아니라 고모부라는 것을 깨닫고 나는 절망한다.

"토요일인데 은숙이 안 오나?"

나는 식탁 의자에 앉으며 물었다.

"내가 오지 말랬어."

고모가 양주 병을 흔들며 들어와 대답했다.

"웬 술이유?"

"응 이거. 저번 일요일 오빠 집에서…… 있길래 슬쩍한 거야."

고모는 뻔뻔한 얼굴로 대꾸했다.

"아니 왜 또 술이냐구?"

"토요일이잖니…… 아이들두 어지간히 말도 안 듣구…… 으유 속상해."

아이들이란 고모 반 여학생들일 것이다. 고모는 학생들 사이에서 인기가 좋은 모양이다. 봐줄 때는 화끈하게 봐주고 혼낼 때는 번개같이 혼을 낸다나. 고모는 자기 입으로 그렇게 자랑한다.

"또 팼수?"

"엉."

하고 고개를 끄덕거리는 모습이 꼭 사내 같다.

나는 학생 앞에서 불같이 화를 내고 있는 고모를 상상해 보았다. 자기도 학생 때 온갖 말썽을 부려 놓고 이제 와서는 선생님이라고 폭력을 휘둘러도 되는 건가? 하지만 하는 짓이 밉지 않다. 따지고 보면 그 건달 같은 고모부도 똑같은 매력을 풍기는 작자일는지 모른다. 지네들끼리 잘 만난 거지. 나는 갑자기 고모를 헐뜯고 싶었지만 무엇을 헐뜯어야 할지 망설였다. 고모는 무책임한 일이라고 생각되면 그걸 살짝살짝 피해 다니는 여자다.

"고모부 소식은 없는 거야?"

나는 양주를 찔끔 마시며 자신없는 목소리로 물었다.

"난데없이 그 사람 얘기니 넌."

고모는 크래커 위에 치즈를 얹다가 나를 힐끗 보며 말했다.

"어디 가서 뭘 하구 자빠진 거야 그 친?"

"그 치? 너 버릇없이 그게 뭐야."

"버릇없다니 나두 이제 삼십이우."

"어이구 잘났다. 그래 삼십인데 장가도 못 가구?"

"거 걸핏하면 장가 장가 하지 마슈. 그냥 이렇게 살면 됐지. 둘이서만 그냥 이렇게 살아 버리자구 젠장. 고모두 걱정이 돼서 하는 말이라는 것은 내 인정하지만 고모가 정말 그렇게 심사 숙고한 걱정으로 장가 장가 하는 거냐구……."

"심사 숙고한 걱정?"

"그래. 맨날 시두 때두 없이 언뜻 생각나면 얘 장가 안 가니 어쩌구 저쩌구. 내가 뭐 다른 사람들 자잘한 감정 받아 담는 쓰레기통이야 뭐야."

"째째하게 놀지마 얘. 그럼 평생 혼자서 만화나 그리고 있을래?"

고모는 크래커를 씹으며 눈을 흘겼다.

고모와 나는 참 비슷한 구석이 많다. 이기적이면서도 교묘히 책임감 있게 행동한다. 그러니까 아무에게도 피해 주지 않는 것같이 행동하면서, 또 그런 자신을 자랑스러워하고, 그렇게 당당한 자신을 주위 모든 사람들에게 강요하는 것이다. 고모와 나 같은 종류의 인간이란 비난을 받으면 받을수록 거만해지는 법이다.

"모든 게 지 멋대로야. 살인에, 강간에, 폭력이 난무하고, 위도 아래도 없어."

나는 술을 벌컥 들이켰다. 이상하게 고모를 비난하지 않고는 견딜 수가 없는 기분이 들었다. 집안 어른들을 욕되게 하고도 또 발랄하게 살아가고 이혼 상태나 다름없으면서도 전혀 주눅도 들지 않는다. 이건 불공평하다. 나는 고모가 불행해져야 한다고 믿었다. 그래야 공평해. 그래야 좀 염치가 있는 것이다.

"어린 것들이 어울려 다니며 온갖 짓들을 하구. 미혼모가 일 년에두 수천 명이라 이거니 원."

미혼모? 그래 고모는 미혼모일 뻔한 여자다. 나는 치사한 자식이다. 잔인한 놈이야. 고모를 바라보며 나는 우울했다. 고모는 양주잔에 입술을 댄 채 접시를 물끄러미 내려다보고 있었다.

"나 어제 저 옆집에 들어가 봤어."

"뭐? 언제?"

"어제."

"뭐? 거긴 뭐 하러 들어가 너두 참."

"피범벅이두만 온통."

"어머 끔찍해."

"끔찍하긴 뭐가 끔찍해. 그런 일이 다반사로 널려 있는 곳이 여긴데. 고모는 어쩌자구 이리 이사 온 거야. 온 가족들이 다 걱정하구 말리구……. 그까짓 돈 몇 푼 불리려고 이래도 되는 거냐구. 고모는 아주 아주 이기적이라구. 나두 조용한 집 놔두고 말이야 여기 와서……."

"어이고 싫으면 니 집으로 돌아가. 누가 뭐 신경 써 달랬니?"

"그 따위 말이 어디 있어. 고모는 멋대루야. 꼭 그런 놈하고 어울린 거지."

"시끄러워 너어."

"그러구두 선생님이랄 수 있는 거야? 천하의 불, 쌍……."

"이 새끼야."

고모는 나를 향해 치즈를 집어던졌다. 나는 지지 않고 접시를 바닥에 내동댕이쳤다. 접시가 깨졌고 식탁 위에는 크래커가 흩어졌다. 갑자기 나는 나의 이 발광 상태가 옆집으로부터 옮아 온 것이라는 것을 이해했다.

"성혁이 너두 가."

"싫어."

나는 이 집에 남아서 고모를 괴롭혀야겠다고 다짐했다.

"고모부? 고모부 좋아하네. 그 새끼 언제 잡으면 내가 죽여버릴 테야.”

하고 말하며 나는 내 말이 가져오는 패륜의 흥분에 끈적이는 쾌감을
느꼈다.

“제발 그만 해라.”

고모가 지친 듯이 말하며 나를 달래려 했다. 나에겐 고모의 그 목소
리가 귀엽게 말하려고 애쓰는 소녀의 목소리처럼 들렸다. 나이가 들어
도 별 수 없군. 교태는 고모의 숙명인 것이다. 나는 고모를 한 대 때리
고 싶었다. 비참한 기분이었다. 무엇이 왜 나를 이토록 억압할까? 무엇
이 우리를 이렇게 내리누르는 것일까? 갑자기 담담하게 정말 그것이
궁금했다. 왜 내가 이런 분노를 느끼는 걸까? 그러자 풀이 죽은 고모가
말할 수 없이 가련해 보였다.

며칠 뒤 밤에 혼자 집을 지키며(고모는 또 늦었다.) 뉴스를 보고 있
던 나는 알게 되었다. 유봉식의 아내는 사진의 가운데 서 있는 바로
그 여자였다. 김숙자, 34세. 범인들은 대구에서 붙잡혔다. M사 노조위
원장이었던 강치성 그리고 내연관계인 김숙자가 함께 끌려나오는 모
습이 방영되었다. 사건이 있던 그날 밤 둘은 강남의 모 카페에서 만나
함께 술을 마시고 어울리다 집에 돌아와 유봉식에게 이혼을 요구하며
다투던 끝에 강치성이 과도로 유봉식을 살해한 뒤 강도로 위장한 후
달아났다.

나는 만화를 그리다 말고 갑자기 눈을 감고 내가 고모와 공모해서
고모부를 살해하는 장면을 상상해 보았다.

투명한 집들이 녹은 젤리처럼 기울어져 서로의 이마를 맞대고, 가능
하지 가능해 충분히 할 수 있어 라고 낄낄거리며 수군대는 모습이 떠
올랐다. 이번에는 애와 애가 공모해서 애를 죽인다는구만 인간이란 것

들 아 지겨워. 집들은 어두운 하늘 아래 이리저리 쏠리며 모여서 계속 지껄인다.

나는 은연 중에 한 여자의 벌거벗은 모습을 그리고 있었다. 내 주인 공인 천향부인 같기도 하고 김숙자 같기도 하고 고모 같기도 했다. 나는 뭔가 시커먼 상상을 하며 버텨보려고 애를 쓰고 있다. 그것이 이 정체를 알 수 없는 억압의 공기 속에서 버텨낼 수 있는 유일한 방법이라고 믿고 있는 모양이다. 제기랄. 나는 펜촉으로 내 손등을 찔렀다. 숨이 턱 막혔다. 아픔이 어지럽게 잦아지고 손등으로 물음표처럼 천천히 피가 돋았다. 피는 도화지로 스르륵 번져 나갔다. 이탈리아 지도 모양으로. 손을 들었다가 툭 떨구자 핏자국이 도화지 위에 찍힌다. 낙태 같군. 우리들의 집이란 집은 다 박살나고 있는 거지 뭐냐? 나는 손을 들고 흔들었다. 핏방울이 흩어졌다. 빗방울처럼 후두둑 떨어졌다. 서울에 내리는 비는 낙태된 아이들의 반투명 몸뚱어리들인지도 모른다. 고모는 몇 번이나 낙태를 했을까? 고모의 태아들도 비에 섞여 있을지 모른다. 내가 죽인 무엇도 거기 섞여 있을까? 그날 비가 왔었다. 불길한 옆집 지붕 위로 비가 쏟아졌었다. □

(1993년 7월)

# 생고무 사나이

그 이상한 일이 처음 시작된 것은 지난 가을 어느 날 자정쯤이었을 것이다. 박우진은 취하기도 했거니와 졸려서 연방 머리를 끄덕이면서도 기어코 일기를 쓰고 자야겠다는 생각으로 책상 앞에 앉아 연필을 깎고 있었다. 그러다가 그만 연필 깎던 칼로 엄지를 베어 버렸던 것이다. 잠시 후 상처를 감쌌던 휴지를 벗겨 내보니 놀랍게도 엄지 손톱의 절반 가량이 살점과 함께 잘려져 나가고 없었다. 허연 뼈까지도 수수깡 모양 둥그렇게 싹뚝 잘려나간 것이 보였다.

'일을 어쩌지?'

아픈 것은 고사하고 맥없이 잘려나간 손가락의 몰골을 보고 있자니 어리둥절하다 못해 억울할 지경이었다.

'제기랄, 그냥 자는 건데……'

우진은 이마의 진땀을 닦으며 우울하게 중얼거렸다. 오른손 새끼손가락으로 상처를 가만가만 댈 때마다 짜릿하게 감전이 일어나는 느낌이었다. 그런데 묘하게도 벌써 상처는 언저리부터 딱지가 엉겨붙고 있었다.

'어라, 이거 내가 꿈을 꾸나? 살이 이렇게 쉽게 썰려 버릴 수 있는 건가? 피도 이렇게 금방 멈추고?'

오른손 엄지와 나란히 놓고 보았지만 분명히 손가락 끝이 잘려져 있었다.

우진은 피묻은 일기장 위에서 작은 핏덩어리를 집어들고 욕실로 갔다. 씻어 보니까 틀림없는 살점이었다. 엄지의 잘려나간 부분에 딱 맞았다. 우진은 그렇게 떨어진 살점을 제자리에 맞춘 후 오른손으로 꽉 움켜쥐고 그것이 도로 붙기를 기대하면서 이불 속으로 기어들어 갔다.

'문둥병이다.'

우진은 문득 눈썹을 만져 보았다. 잡아 뽑으려 해보았지만 잘 뽑히지 않았다. 그러는 사이 엄지 끝에 살짝 붙어 있던 살점이 떨어져 목덜미로 굴러들었다. 우진은 그것을 살살 눌러 보았다. 감촉이 꼭 고무 같았다.

'지우개를 깎은 걸 가지고 내가 지금 착각하고 있나?'

어둠 속에서 고개를 갸우뚱하며 다시 잘 만져 보았다. 자꾸 만지작거리니까 박혀 있던 무엇인가가 조금씩 일어나고 있었다. 세모꼴로 딱딱한 것이 잘린 손톱이 분명했다.

'컴퓨터에서 나온다는 전자파 때문인가? 일종의 방사선에 오염이 된 걸까? 히로시마에 원자폭탄이 떨어지고 난 후, 통증도 없이 육신의 일부가 툭툭 떨어져 나가는 그런 해괴한 병이 발생했다지 않은가? 그것인가? 하지만 컴퓨터는 다르잖아. 전자파하고 방사능은 다르지. 그

렇다면 갑자기 살덩이에 구멍이 숭숭 뚫린다는 매독? 그럴 리가……'

다음날 아침 손끝은 말짱했다. 피가 약간 묻어 있긴 했지만 손가락은 거의 예전 그대로 새살이 돋아나 있었다.

'음 굉장히 빨리 회복되는군.'

이불을 들치던 우진은 옷장 밑으로 퉁겨져 들어가는 작은 토막을 보았다. 먼지에 쌓여 자막대기 끝에 밀려나온 그것은 짐작했던 대로 어제 잘려 나간 엄지 끝이었는데 더욱 딱딱해져 있었다. 우진은 그것을 방바닥에 던져 보았다. 대단히 탄력이 좋았다. 더욱 세게 던지자 옷장 거울에 부딪히고 방바닥에 두 번 더 튀더니 문턱에 가 떨어졌다. 불규칙하게 튀는 꼴이 제법 재미있었다.

우진은 병원에 갈 엄두가 나지 않았다. 의사를 만나 진찰하는 것 자체가 상상만 해도 어처구니없는 일일 것이기 때문이었다.

어디가 아프십니까? 저어, 저어, 몸이 이상합니다. 어떻게 이상합니까? 제 몸이 도마뱀 같습니다. 어디든 자르면 그때뿐 잠시 지나면 피도 안 나고 곧 살이 또 다시 돋아납니다.

심한 두통이나 어지러움이나 그런 증세라도 있으면 병원에 갈 텐데 그런 것도 아니었다. 우진은 이것이 컴퓨터 프로그래머에게 생기는 일종의 신종 직업병일 것이라는 결론을 내렸다.

'전자파. 또 그밖에도 알아 먹을 수 없는 그놈의 무슨 파 무슨 파. 그리고 알레르기, 스트레스, 술. 이런 것들이 원인일 거야.'

그것말고는 아무리 생각해 보아도 그럴싸한 이유가 없었다.

'병원에 한 번 가보긴 가봐야 할 텐데 ……'

그렇게 일주일 가량 지나고 시월이 되자, 우진은 우선 이 사태를 제일 친한 친구인 유철민과 한 번 의논을 해보기로 작정했다. 퇴근 후에 회사가 있는 무교동으로부터 약속 장소인 인사동 쪽으로 걸어가던 우진은 화신 앞 모퉁이에서 갑자기 팔짱을 끼는 여자에게 붙들려 헌혈차로 끌려갔다. 으름장도 놓고 아양도 떨어가며 끌고 가는 데는 얼굴을 돌리고 멋쩍어서 비실비실 웃기만 할 뿐 도리가 없었다. 차안은 말끔하고 조용해서 우진은 좀 안심이 되었다. 흰 가운을 걸친 여자가 살짝 웃으며 시트를 가리켰다. 말꼬리 모양 뒤로 잘록 묶은 생머리가 말할 수 없이 잘 어울리는 간호사였다.

'거 괜찮군.'

우진은 윗저고리를 벗어 가슴에 안으며 슬쩍 미소를 지었다.

'가만있어 보자 병원에 갈 것이 아니라 일단 이것으로 피 검사를 한 번 받아보는 셈이잖아? 그것두 괜찮겠군.'

"팔을 걷어 주세요." 하고 가냘픈 한숨을 쉬듯 간호사가 말했다.

"아 예." 하고 쉰 목소리로 대꾸한 우진은 급하게 와이셔츠 소매를 걷어올리느라 허둥거렸다. 간호사의 희고 긴 손가락은 싸늘했다. 손가락들은 잽싸게 움직이며 팔뚝을 고무줄로 잡아 매고 정맥이 도드라지자 그것을 위 아래로 따라가며 살살 문지르다가는 가볍게 때리는 것이었다.

'매독은 아닐 거야.'라고 생각하며 우진이 물었다.

"만약 뭐가 있다면 통보해 줍니까?"

"네?"

채혈 세트를 들고 있던 간호사가 못 알아들었는지 눈을 동그랗게 뜨며 되물었다.

"가령 간염 같으면 그것을 알 수 있나요?"

"아아 네에, 그럼요……. 자아 주먹을 쥐었다 폈다 하세요."

투명한 관은 금방 검붉은 피로 채워졌다. 그러나 정작 작은 채혈 봉투에는 두어 방울의 핏방울이 미끄러져 내리고는 그만이었다. 아무리 주먹을 빨리 쥐었다 폈다 해도 별 수 없었다. 우진은 좀 부끄러웠다. 자기 몸집이 작기도 하지만, 심장도 워낙 원기라고는 없어서 피가 활기차게 콸콸 쏟아지지 못하는 모양이었다.

차츰 간호사는 당황하는 것 같았다. 우진은 자기 코앞에서 가늘게 떨고 있는 간호사의 아랫배를 보며 무안해졌다. 그러나 그녀는 자기의 아랫배 따위는 아랑곳없이 고집스레 주삿바늘을 뽑았다가는 꽂고 다시 뺐다가는 찌르는 것이었다. 우진은 갈수록 어쩔 줄 몰라 하는 간호사가 안쓰러워 될 수 있으면 참고 신음을 삼키려 했지만, 바늘이 살속으로 파고들 때면 자신도 모르게 어쿠 어쿠 하며 전신에 힘을 주고 허리를 들썩거리게 되는 것이었다.

"혈관이 너무 가느신가 봐요."

파랗게 볼록 솟은 팔오금께를 바라보며 간호사가 말했다. 팔목 근처를 누른 채 떨리고 있는 그녀의 손가락에는 축축한 땀이 배어 있어 더욱 선뜩했다.

"……."

우진은 몇 번 더 주먹을 쥐어 봤다.

'소용없어. 바늘이 들어간 자리가 고무로 변해버린 모양이군. 뭐가 잘못되어도 한참 잘못됐어…….'

우진은 좀 아프더라도 한 번 더 시도해 보고 싶었지만 어쩔 수가 없었다.

"흥. 미친놈."

우진의 이야기를 다 들은 철민은 다방이 울리도록 껄껄 웃어 젖혔다.

"이걸 봐, 내 말이 거짓말인가" 하고 우진은 주머니에서 토막 난 손가락 끄트머리 세 개를 내보였다. 그 중 하나는 손톱까지 달린 새끼손가락 한 마디가 고스란히 잘려져 있는 모양이었다.

"야, 너 이따위는 어떻게 만드는 거야?"하며 철민은 담배를 문 채 두 손을 재게 놀려 손가락 토막들을 요모조모 살펴보았다.

고등학교 동창인 철민은 큰 몸집의 사내로 부리부리한 눈과 두툼한 턱을 들어 상대를 정면으로 쏘아보는 버릇이 있었다. 학생 운동에 열중했던 그가 지금은 명망있는 모 국회의원의 비서 노릇을 하고 있었다. 간혹 우진은 철민에게 너처럼 훌륭한 녀석이 어째 나처럼 시시한 놈이 불러낸다고 두 말 않고 만나 주는지 모르겠다는 말을 하곤 했다. 그런 말을 할 때면 우진은 스스로도 이것 참 멋쩍은 말을 지껄이고 있다고 느꼈지만, 그러면서도 철민한테는 웬일인지 슬슬 털어놓게 되는 것이었다. 그에게는 마치 파도에 쓰러질 듯하다가도 천천히 일어서는 배처럼 커다랗고 느릿느릿한 어떤 균형 감각 같은 것이 있었다. 우진이 보기에 그것은 세상을 살아나가는 두둑한 배짱이고 힘이었다. 외아들로 자란 우진에게는 이런 힘을 지니고 있는 철민이 맏형쯤으로 여겨져 기대고 싶은 것인지도 몰랐다. 그런데 철민의 그 믿음직한 힘은 기본적으로 부조리한 현실을 향한 모멸과 야유에서 비롯되고 있지 않은가 생각되었다. 우진은 언제나 이 점이 의문이면서 한편으론 당혹스럽기도 했다.

한 번은 죽으려 한 적이 있었다. 그때가 갓 스무 살쯤이었을 것이다. 자신의 왜소한 몸 때문에 언제나 우울해 하던 우진은, 사람들이 자기와 어울리려 하지 않고 또 때로는 경멸한다고 생각해서 이렇게 살 바에야 차라리 콱 죽어 버리자고 결심하고 면도칼까지 준비하여 무작정

걷다가 한 허름한 여관에 들어가서 죽을 준비를 하였던 것이다.

그리고 나서 철민에게 마지막으로 잘 있으라는 전화를 했다. 욕조에 더운 물을 받는 동안 침대에 누워 멍청하게 천장을 올려다보던 그는 무척 심한 피로를 느꼈다. 그리고는 해야지 이제 일어나서 해야지 하다가 그만 골아 떨어지고 말았다.

우진은 싱거운 짓이었다는 생각에 겸연쩍어 히죽히죽 웃었지만, 철민이는 몹시 화를 내었다.

"짜식 젊은 놈이 왜 그렇게 힘다구가 없이 사냐?"

힘다구가 없다는 말은 훈련소에서도 듣곤 했다. 절도 있는 훈련과 노동을 통해서 바로 철민이 지니고 있다는 그 균형 감각을 배웠던 것인지도 모른다. 그러나 결국 달라지는 것은 아무 것도 없었다. 모멸과 야유를 보낼 수 있는 능력이란 애초에 타고나는 것이 분명했다. 적어도 우진에게는 그랬다. 철민이 그렇게 부르짖던 정말 죽을 고생이라는 것도, 더는 물러설 수 없는 밑바닥에서야 솟구친다는 저 투지와 힘다구도, 결국 우진에게 있어서는 순종이라는 미덕으로 낙착되고 말았던 것이다.

"이제야 알겠냐?" 하고 우진이 빈 소주잔을 바닥에 탁 내려놓으며 고함을 질렀다. 포장마차 주인이 염려스럽다는 듯이 철민을 바라보았다. 우진은 잘 보라면서 새끼손가락을 입 안에 넣고 동강을 내버렸다. 그것을 보자 철민은 우진에게 달려들며 손가락을 부여잡고 "미쳤냐 왜 이러냐." 하고 외쳤다. 그리고는 너의 말을 모두 믿을 테니 제발 그 참혹한 짓만은 말아 달라고 애원을 하다시피했다. 그러나 계속해서 맥주잔을 집어들어 씹는 바람에 입가로 피가 흘러내려 와이셔츠 깃이 젖어들었다.

"어이쿠, 제발 진정하십시오 손님."

중년의 주인 사내가 하얗게 질린 얼굴로 다급히 외쳤다.

"이크. 혓바닥이 떨어졌구나." 하고 철민이 오만상을 찌푸린 채 깨진 맥주잔 조각에 붙어 있는 우진의 혀를 손가락 끝으로 집어 올리며 중얼거렸다.

여전히 우진은 병원에 갈 엄두가 나지 않았다. 대신 묵직한 독일제 식칼을 사서는 잠자리에 들기 전에 몸의 이곳저곳을 실험 삼아 조금씩 잘라보는 것이었다. 역시 곧 피가 멈추고 새살이 돋았다. 이렇게 괴상한 몸으로는 도저히 병원에 갈 수 없었다. 절상을 입은 부위에서 피가 줄줄 쏟아지고 깊은 상처가 그대로 아물지 않아 위급한 처지가 되어야만 안심하고 우진은 병원에 갈 수 있을 것 같았다.

거의 한 달 가량 밤마다 살을 저며 내었다. 처음에는 이 괴이한 현상이 여전한지 어떤지 알기 위한 방법으로 이 짓을 하는 것이라고 생각했지만, 갈수록 조금 다른 성질을 띠고 있다는 것을 깨닫게 되었다. 오늘 밤에는 육체가 정상으로 돌아오리라는 초조한 기대감 속으로, 정상이 되었다면 영영 병신이 될지도 모른다는 불안감이 뒤죽박죽으로 섞여 들었다. 이제 몸의 일부를 스스로 무자비하게 잘라내겠다는 각오로 고조되는 흥분과 시퍼런 칼날, 난잡하게 울리는 꽹과리 소리 같은 고통, 물큰 끼치는 피 냄새, 뜨거운 침과 함께 삼키는 비명…… 그러나 아침이면 멀쩡했다. 지난밤은 모든 것이 다 악몽이었다고 잠깐 생각해 보지만, 침대 모서리에는 까맣게 피가 말라붙어 있고 방바닥에는 손가락이나 발가락이 뒹굴고 있다. 고통과 기적, 그 기적이 주는 병적 안도감…… 이런 것들이 매일 되풀이되면서 차츰 우진은 칼로 자기 살을 벨 때 느끼는 그 머리털이 주뼛주뼛 서고 식은땀이 맺히는 짧고 짜릿

한 아픔에 길들여져 갔다. 길들여진다는 것은 하나의 새로운 욕구가
자리잡는다는 뜻이었다. 즉 건전한 상식으로 돌아가야 한다는 낮 동안
의 각성에 의해, 이미 반복되고 있는 매일 밤의 아픔으로부터 벗어나
려 할 때면 그 동안 이 아픔을 견뎌내도록 윽박질렀던 장본인 격인 어
떤 종류의 강력한 욕구가 있어, 이것에 의해 그만 다시 몰상식의 제자
리로 끌려오게 되는 것이었다. 하지만 이렇게 자리잡은 야릇한 욕구가
다른 일상적인 욕구에 비해 그 정체가 분명한 것은 아니었다. 욕구라
는 것들 자체가 워낙 헷갈리는 성질을 가지고 있어서인지, 아니면 본
질적으로 다 같은 하나의 힘일 뿐이기 때문인지 시간이 지날수록 살을
자르고만 싶다는 이 알 수 없는 욕구는 다른 일상적인 욕구와 마구 뒤
섞여 버려 분간을 할 수 없게 되었다. 뿐만 아니라 이 괴상한 버릇에
길들여지는 과정을 통해서 우진에게는 결국 고통만이 가장 압도적인
경험으로 남아 나중에는 아예 맹목적인 것이 되고 만 것이었다. 그리
하여 우진은 한낮의 사무실에 죽치고 있을 때면 거꾸로 일상적 욕구가
밤마다의 그 은밀한 고통을 연상시키고 기다려지게 부추긴다는 것을
알게 되었다. 다시 말해 별 것 아닌 일로 자극을 받으면, 그것이 동기
가 되어 갑자기 지난밤 침대에서 한 것처럼 살점 한 움큼을 쑹덩 잘라
내고 싶은 충동에 휩싸이는 것이었다. 책상 정돈을 하고 있는 여사원
의 뒷모습을 힐끗 볼 때라든지, 엘리베이터 안에서 코끝을 스치는 향
기를 맡는다든지, 혹은 노처녀인 최 주임의 잔소리를 들으며 속으로
화가 끓어오를 때, 술기운이 오를 때, 배고플 때, 피로로 온몸이 나른해
질 때, 불쑥 어서 자기 방으로 돌아가서 이를 악물고 그만이 알고 있는
이 은밀한 실험을 하고 싶은 조바심을 느끼는 것이었다.
　날이 갈수록 침대 밑의 라면 상자에는 우진의 몸에서 떨어져 나가

고무로 굳어진 살점들이 쌓여 갔다. 하루는 기어코 병원을 가기로 결심하고 회사를 조퇴했다. 구체적인 계획은 없었던 터라 막연히 터벅터벅 걷던 우진은 우뚝 선 채 잠시 망설였다. 화신 앞의 그 헌혈차 앞이었다. 여전히 그 여자는 사람을 낚아채려 두리번거리는 모습이었지만 어느새 두툼한 스웨터 차림이었다.

"피가 나올 때까지 찔러 주십시오." 하고 우진은 팔뚝을 드러내고 누워 간호사에게 애원했다. 간호사는 우진을 못 알아봤다. 장난을 하는 줄 알고 살짝 웃으며 돌아서더니 채혈 도구를 가져와 지난번과 마찬가지로 주삿바늘을 여러 차례 찔렀으나, 피를 뽑아 내는 데는 실패하고 말았다.

"죄송합니다. 혈관이 너무 가느세요."

간호사는 지난번처럼 싸늘한 손가락을 놀려 팔뚝에 묶었던 고무줄을 풀어 주었다. 우진은 투명한 채혈 봉투 속을 타고 흘러내리는 두 방울의 피를 물끄러미 바라보며 다시는 여기에 오지 않겠다고 결심했다. '다시는 병원 따위에 갈 생각하지 않을 거야.' 하고 되뇌며 우진은 수치심에 빠져 고개를 꺾고 도망치듯 헌혈차를 나와 버렸다.

될 대로 되라는 식이 된 우진은 퇴근 후에 혼자 생맥주를 마시며 이럴 것이 아니라 차라리 요 이상한 현상을 이용하여 무슨 일을 해볼 수는 없을까 하고 궁리해 보았다.

'서커스를 할까? 자 여러분 이제 곧 저의 손목을 자르게 될 것입니다. 노약자와 산모는 보시지 않는 것이 좋을 것입니다……. 하지만 다시 돋아나려면 시간이 걸리는데…… 높은 곳에서 뛰어내리는 것은 어떨까? 산산이 부서진 몸뚱어리야 까짓거 하룻밤이면 원상 복구되니까, 깨진 몸을 버팅기고 일어서서 걸어나갈 수만 있다면 정말 선풍적인 인

기를 끌 것이 뻔하다. 새처럼 가슴을 펴고 거침없이 떨어지는 거지. 밑
바닥에 아무런 보호 장치도 없이 뛰어내린다는 말이거든……. 아니면
고철 분쇄기 속에 들어갔다 나오는 묘기는 어떨까? 아니야 꼭 이렇게
끔찍한 것 말고 다른 것이 없을까? 불량배들을 혼내 줘? 철민이처럼
뭔가 사회를 위해 보람된 일을 해볼까?’

　침대 밑 라면 박스가 꽉 차게 되자 우진은 그것들을 주머니에 넣어
가지고 다니다가 술에 취한 밤이면 비틀거리는 걸음으로 종로통의 이
골목 저 골목을 다니며, 쓰레기통에고 지붕 위에고 가릴 것 없이 아무
곳에나 던져 버렸다.

　“잘 가라 내 살들아.”

　어느 날은 대담하게도 통째로 자른 왼손 하나를 어딘가에 내팽개치
고 돌아왔는데, 다음날 조간에 그것이 ‘색종이’라는 가십난에 실려 있
는 것을 보고 우진은 야릇한 쾌감을 느꼈다.

　‘히야, 이것 봐라.’


　종로 2가 뒷골목 청소를 담당하고 있는 미화원에 따르면 이 모형 손
이 발견된 곳은 YMCA옆 골목 입구에 있는 구멍가게의 차양 위였다는
것이다. 지문까지 새겨져 있을 정도로 정교한 이 의수를 본 사람들은
고개를 설레설레 흔들었다는데, 경찰은 일단 의대생들의 실습용 기재
거나 아니면 조각 작품의 일부가 아닌가 보고 주인을 찾고 있다고.


　우진은 침을 꼴깍 삼켰다.

　만약 지문 조회를 하면 나라는 것이 밝혀지겠지……. 그러나 지문
따위는 조사하지 않을 모양이군. 아무튼 이것으로 방송국에서 나를 취

재한다고 법석을 떨지도 모르겠는 걸. 그러면 하루 아침에 얼굴이 알려지고……. 좀 귀찮기는 하겠구만. 하지만 떠들썩한 분위기에 휩싸이다 보면 지금처럼 불안하고 답답한 생활이 바뀌기는 하겠지. 이럴 것이 아니라 아예 이 길로 나서 버려?

우진은 의기양양한 표정으로 신문을 버석 하고 힘차게 구기는 것이었다.

토요일 오후가 되어 사무실은 퇴근 준비로 부산했다. 책상을 정돈하는 사람, 외투를 걸치고 공연히 왔다 갔다 하는 사람, 가방을 챙기며 앞자리의 동료와 수다를 떨고 있는 사람, 하지만 그중 누구도 우진에게 말을 거는 사람은 없었다. 늘 그랬다. 직장에서 그는 조용하고, 더도 덜도 아니게 자기 일만 하는 사람으로 알려져 있었다.

선배 사원 중에는 처음에 우진이 얌체 같아 보였는지 일부러 어중간한 업무를 그에게 떠넘겨 보았지만, 그런 경우 우진은 두 말없이 그 일을 해주었다. 누군가 말을 걸면 대꾸 대신 멋쩍은 듯이 웃기부터 했고, 말이 없기로는 술자리에서도 마찬가지였다. 다른 사람과 마주치면 조용히 눈길을 허공으로 비껴 둔 채, '당신을 일부러 외면하는 것은 절대 아닙니다.' 하고 양해라도 얻듯이 허리를 구부리고 머리를 살짝 숙이며 지나쳤다. 그와 업무 외의 말을 함께 나누기란 그 누구에게도 여간 어색한 일이 아니었다. 차차 사람들은 그를 대수롭지 않은 사람으로 여겼기 때문에, 그는 제외되었다. 그는 늘 구석의 자기 책상 앞에 얌전히 죽치고 앉아 하인처럼 머리를 조아리고 일만 하고 있다가 퇴근 때가 되면 다른 사람들에게 방해가 되지 않도록 알아서 먼저 일어나 나가버린다는 사실에 사람들은 쉽게 익숙해져 갔다. 마치 불을 밝히면 사라지는 한쪽 구석의 어둠처럼 무게도 부피도 없는, 있으나 없으나 마찬가지인 그런 사람이 되어버린 것이었다. 어쩌다가 그들은 우진이를 화제에 올리는 수가 있었다.

"아, 사람이야 점잖지 뭐. 교사 아들이라 그런가 원……."

고지식하고 무능한 사람에게는 특별히 신경 쓸 이유가 없다는 샐러리맨들 특유의 냉소가 깔린 이런 말들이 그의 귀에 어렴풋이 들려올 때마다 이상하게도 우진은 오히려 그들의 비난과 야유를 듬뿍 받으며 회사에서 쫓겨나고 싶다는 병적인 복수심을 느끼게 되었다.

이렇듯 표독한 자괴감은 자칫 잘못했다가 그만 수치를 당할지도 모른다는 두려움에서 출발하고 있었다. 우진이 침묵을 지키고 있는 이유도 대화를 매끄럽게 이어가지 못하면 무시 당할까봐 겁이 났기 때문이었다.

세 명의 동기 사원들과 최 주임 밑에서 사원 연수를 받을 때였다.

"그렇게 아무나 와서 자꾸 거들어 줘 버릇하면 초짜들이 뭘 배우겠어요?" 하고 코앞에 서 있는 신입 사원들이 듣거나 말거나 아랑곳없이 외치며 전산실을 돌아다니는 최 주임을 보고 우진은 거의 병적일 정도의 두려움에 떨었던 것인데, 이래 가지고 사회 생활을 할 수 있으려나 걱정이 될 만큼 자신의 두려움이 스스로도 이해가 되지 않았었다.

우진은 초조했다.

'나라는 인간은 왜 이렇게 나약한 존재인가?'

초조할수록 더욱 긴장이 되고 더 많은 일들의 세세한 곳까지 관찰하게 되었다. 그러다가 마침내 이 두려움이라는 것이 자기보다 힘센 사람들에게서 느끼는 어떤 동물적인 본능 같은 것이 아니라, 어떤 동물적인 본능 같은 것에 지배되기로 결심한 사람들 가운데서 느끼게 되는 인간적인 수치심이었다는 것을 깨닫게 되었다. 그랬다. 두려운 것은 수치 속에서 버티고 있어야 한다는 스스로의 강박감이었다.

이리하여 우진이 적응한 방식은 얼굴을 돌려버리는 것이었다. 상대가 지치도록 웅크리고 맞기만 하는 권투 선수 같은 꼴이었다. 좋게 봐주면 그것도 상대를 비웃어 주는 한 방법이었다. 하지만 우진이 이것에 만족한 것은 결코 아니었다. 간혹 침대에 엎드려 일기를 쓰다가 그날도 도사리듯 치밀한 계산 속에 보낸 하루의 직장 생활이 지겹게 느껴지면 머리를 감싸 쥐고 괴로운 듯, "아아 겁이 나니까 보호색을 펴는 거야." 하고 중얼대는 것이었다.

이렇게 스스로에 대한 욕구 불만이 커지고, 자신이 남들 앞에 그럴 듯하게 가장하여 보이는 점잖고 조용한 사람이라는 허울과 자신만이 알고 있는 병적인 내면 사이의 괴리를 더욱 뚜렷이 느낄 때면, 자신을 향한 혐오감은 어디로 튈지 모르는 가학와 피학의 불규칙한 경계를 맴돌고 있었다.

"다되면 늦어도 좋으니까 꼭 보고를 하세요. 월요일에는 세상 없어도 결재가 되야 되는 것이니까 ……. 박우진씨도 알지요……." 하고 휙 돌아서더니, 최 주임은 하이힐을 똑깍똑깍 울리며 사무실을 나갔다.

"좋아 좋다구 제엔장."

우진은 두 다리를 책상 위에 포개며 연필을 집어 던졌다. 몸의 이곳저곳을 잘라 버리기 시작한 이후로 매일 마셔대는 술 때문에, 차츰 우진은 일을 뒤로 미루기도 하고 걸핏하면 조퇴를 했다. 최 주임의 잔소리를 들으면서도 될 대로 되라는 식이었다. 마음도 느긋해지는 것이 편안했다. 잔소리를 잠자코 듣고만 있으니까 오히려 닦달 잘하기로 사내에 소문난 노처녀 최 주임이 도중에 머쓱해 하는 것이었다. 그러면 제자리로 돌아와 "얼마든지 짖어라 나두 모르겠다." 하고 중얼거리며 껌을 질겅질겅 씹었다.

"이까짓 걸 여기 혼자 남아서 하라는 거야? 못해." 하고 다시 연필을 집어 던진 우진은 텅 빈 사무실을 성큼성큼 걸어가 옷걸이에서 외투를 내려 입었다.

'흥, 내가 어떤 사람인 줄 모르는군. 여기서 이 짓 안 해도 얼마든지 살 수 있는 초능력자란 말이다. 고분고분하니까 사람을 뭘루 아는 거야? 내가 즈네들 노예야 뭐야. 결재? 젠장 무슨 얼어 죽을 결재야. 좋아, 수 틀리면 사표 내지 뭐.'

외투 주머니에 손을 넣은 우진은 손에 잡힌 귀를 꺼내어 보았다. '이건 언제 잘랐더라……' 하고 귀를 흔들며 우두커니 서 있던 우진은, 음흉한 미소를 지으며 최 주임 책상으로 다가가 결재함 속의 파일들을 들추고 그 사이에 자신의 말랑말랑한 귀를 가만 내려놓았다.

토요일 밤 내내 우진은 혼자서 술집을 바꿔 가며 마셔댔다. 취기가 오를수록 문제는 더욱 간단해 보였다. 사표 한 장이면 모든 것이 깨끗하게 정리되는 것이었다. 여태 왜 그 방법을 모르고 있었는지 의아할 정도였다.

"우하하. 기분 좋다."

우진은 옆 사람들이 힐끔힐끔 건너다보는 것도 아랑곳하지 않고 외쳐댔다. 취해서 몸이 흐느적거릴수록 직장을 때려치운다는 통쾌한 결심은 그만큼 굳어졌다.

우진은 이런 자유로운 기분이 모두 다 지난 초가을부터 시작해서 매일 갈가리 썰려 나가는 이 기특한 육체 때문이라고 여겼다.

"오오 나의 몸."

우진은 눈발이 날리는 종로의 밤거리를 비틀거리며 걷다가 갑자기 우뚝 서서 씨부렁거리곤 했다. 어두컴컴한 뒷골목으로 들어갔을 때는 미친 듯이 기성을 내지르며 외투 주머니에서 자신의 손가락이나, 코, 귀, 발가락 등을 꺼내어 마구 집어 던졌다.

"이 골목에는 깡패 새끼들도 없나? 실력을 좀 발휘하고 싶은데 말야." 하고 우진은 가는 손가락을 오도독 소리가 나도록 꺾어 보는 것이었다.

캄캄해서 어디가 어딘지도 알 수 없었다. 답답했지만 숨쉬기도 시원치 않았다. 팔다리가 어디 붙어 있는지 무감각할 뿐더러 도대체 몸을 마음대로 움직일 수조차 없었다. 새벽 거리에 눈이 쌓이고 있었는데 어느덧 자기는 회사의 비상 계단을 오르고 있었다. 지금 이렇게 옴짝달싹 못하게 된 이유를 알아내려고 우진은 술 때문에 끊긴 기억을 이리저리 더듬고 있었다.

'도로가 내려다보였고……. 분명히 옥상에서 떨어졌었는데!'

아스팔트 위에 덮힌 눈은 가로등 불빛 아래서 파르스름한 기운이 감돌고 있어서 신비하고 아름답다고 느꼈던 것인데, 그 눈길이 쏜살같이 우진에게로 들이닥치는 모습이 떠올랐다.

'분명히 회사 빌딩 옥상이었어. 귓가로 차갑게 스치던 바람 ……'

작렬하는 포탄처럼 한꺼번에 모든 기억이 되살아나자 우진은 공포를 느꼈다.

'내가 어떻게 된 거지?'

"괜찮니? 원 애두 웬 술을 그렇게 마셔. 쯧쯧. 어서 나와서 점심 먹자꾸나……." 하고 그를 부르는 어머니의 목소리는 너무 멀리 들렸다. 우진이 "뭐라구요?" 하고 물으려는데, 대신에 그의 정수리쯤으로부터 착 가라앉은 목소리가 울렸다.

“네. 나갈게요.”

크고 똑똑히 들리는 자신의 목소리였다. 그러더니 붕 떠서 어딘가로 실려 가는 느낌이었다. 분명히 팔다리가 부드럽게 움직이는 것 같기는 한데 자기가 몸을 움직이는 것 같지가 않고 꼭 자기 몸에 실려 다니는 기분이었다. 살갗과 근육이 몸의 중심으로부터 몇 미터 밖으로 떨어져 나간 채 움직이는 것 같았다.

시간이 지날수록 우진은 자신의 몸 상태가 조금씩 짐작되었다. 아까부터 왼쪽 이마를 규칙적으로 누르고 있는 것이 바로 자신의 심장이라는 것을 알게 되었다. 음식물이 식도를 지나갈 때면 뒤통수가 근질거렸고 물을 마시면 정수리로 물이 퍼부어지는 느낌이었다. 약간 잠긴 목소리였지만 분명히 자신의 목소리가 머리 위에서 울리고 있었다. 추락하는 순간 머리가 몸통 속으로 박히는 대신 그것과 똑같은 머리가 돋아난 것이 틀림없었다.

“뭘요, 당연히 해야 하는 건데요. 오히려 그 동안 너무 태만했던 점이 죄송할 뿐이지요 뭐. 그나저나 오히려 저 때문에 휴일에 어디 가지도 못하신 거 아니에요?”

우진은 잠에서 깨어 자신의 목소리를 들었다. 어느새 사무실에 나와 전화를 하는 모양이었다.

‘제기랄 뭐가 이렇게 고분고분해. 월요일에 사표를 던지기로 했었잖아 ……’ 하고 짜증이 난 우진은 소리를 지르려 했지만, 목구멍만 벌룩거리다 말 뿐 목청이 울리지 못했다. 눈앞은 여전히 캄캄했고 숨도 쉬어지지 않았다. 자꾸 졸렸다.

우진은 있는 힘을 다해 머리를 흔들어 보았다. 조금 흔들리는가 싶었는데 위에서 기침을 해대는 것이었다. 기침을 멎게 하려는지 가슴을 두드리는 것 같았다. 그러자 우진은 이마에 주먹 세례를 받는 꼴이 되었다.

얼마나 시간이 흐른 것인지 알 수 없었다. 어디에 있는지 무엇을 하고 있는지 자기 몸이 어떻게 움직일 것인지 우진은 알 수 없었다. 잠만 쏟아졌고 간혹 위로부터 울리는 자신의 목소리에 깜짝 놀라며 깨어나곤 할 뿐이었다.

"우헤헤헤……그것 참 재미있습니다. 실장님." 하고 새 머리통이 지껄이고 있었다. 아마도 술자리인 것 같았다. 우진은 아양을 떨고 있는 자신의 웃음소리가 꼴 같지 않아 침이라도 뱉고픈 심정이었다. 다시 머리를 세차게 흔들어 보았다.

"아이고 이놈의 기침이 영 멎질 않는단 말입니다. 헤헤헤."

우진은 자기 목 위에 새롭게 돋아난 머리가, 자기와는 다르게 동료들 사이에서 꽤 인기를 끄는 것이 우습기도 하고 심지어는 좀 기특하게도 생각되었지만, 그 헤헤헤 하는 웃음 소리만은 영 마음에 들지 않았다.

새로운 자기는 술도 그렇게 많이 마시는 것 같지는 않았다. 일기도 쓰지 않았고, 몸 위에 칼질도 더는 하지 않는 것 같았다. 우진은 자신의 코고는 소리에 놀라 깨곤 했다. 일을 열심히 해서 그런지 새로운 자기는 눕자마자 곧 잠이 드는 모양이었다. 새로 생긴 머리가 깊은 잠에 빠질 때는, 아주 미약하기는 하지만 예전의 자기 몸이었던 몸이 조금 말을 듣는 것도 같았다. 손가락이 조금 움직여 주는 것을 느낄 수 있었던 것이다.

"대한적십자 혈액원이죠, 네. 네. 아니 다름이 아니라 헌혈차에 대해 좀 알고 싶어서요."

이 녀석 이번에는 그 작고 파리한 얼굴의 간호사를 만나려고 수작을 부리는 것이 틀림없어 보였다.

"헤헤 이제야 피가 콸콸 쏟아지는군요."

녀석이 느물거리는 목소리로 말했다.

"그건 무슨 소리세요?"

멀어서 잘 안 들렸지만 그 간호사의 목소리였다.

"그럴 일이 있수다. 요즘은 이렇게 안에서만 일해요?"

"……."

"핏줄이 너무 가늘다고 연방으로 찔러대던 사람 기억 납니까? 헤헤."

"기억……"이라고 말하는 여자의 말꼬리는 잘 들리지 않았다.

서걱서걱 수염 깎이는 소리 사이로 휘파람 소리가 경쾌하게 울려왔다.

"정윤씨이……" 하고 부른 그는 아주 긴 한숨을 쉬었다. 그의 가슴이 울렁거려서인지 우진은 코와 이마가 눌려서 얼얼했다. 또 다른 자기 머리가 사랑에 들떠 이렇게 어쩔 줄 몰라하는 꼴을 보면서 즐거워진 우진은 몸을 빼앗기고 난 후 처음으로 새 머리통에게 우정 비슷한 것을 느꼈다. 덩달아 신이 났다.

'자식 제법이군.'

우진은 자기와 새로운 머리가 조금씩 일치하게 되는 그런 방법이 있다면 얼마나 좋을까 하고 생각해 보았다. 자꾸 그런 생각에 빠지다 결국 그것을 굳게 믿어 버렸다.

'틀림없이 지금 내 머리가 조금씩 저 위쪽 머리 속으로 녹아들고 있는 거야. 간혹 저 위에서 보고 있는 것이 나도 보이는 것 같거든. 그 여자를 본 것 같거든. 물론 내가 잠들었을 때였겠지만……. 차라리 잠을 자면 저 위의 친구와 쉽게 합쳐지는 걸까? 언젠가는 저 머리와 나와 꼬옥 들어 맞게 될 거야…….'

그러나 새 머리가 잠든 밤이면 몸을 되찾고 싶다는 욕망이 불끈 솟곤했다. 무엇보다도 새 머리통이 정윤이라는 간호사를 만나 재미를 볼 때면 온 얼굴 가득히 거미줄처럼 끈질기게 달라붙는 가늘고 따스하며 촉촉한 기운 때문에 근질거려서 참을 수가 없었던 것이다. 기어코 우진은 새 머리통이 잠들 때마다 조금씩 힘을 주어 그것을 밀어 올리기 시작했다.

"어이 미스터 박, 미스터 박 정신 차려." 하고 누군가가 다급하게 외쳤다. 실장의 목소리 같았다.

"별거 아니에요. 코피가 좀 나는 것뿐인데요 뭐." 하고 그가 말했다.

"별거 아니라니 좀 전에 가다가 휘청하던데. 왜 그래?"

"글쎄 모르겠어요. 오늘 아침부터 갑자기 좀 그러네요……."

"자네 요즘 무리하는 거 아니야? 어서 가서 씻게. 아니 병원에 가야 하는 거 아냐?"

물소리가 들리는가 싶었는데 몸이 기울더니 쿵 하고 부딪히는 소리가 났다. 그가 기절을 한 것이 분명했다. 우진은 난감했다.

'큰일이군. 어쩌지?'

우진은 반사적으로 몸을 일으키려 했다. '아니지, 내 몸이 아니지.' 하고 생각하는데 두 다리가 움직였다.

'앗!'

우진은 팔과 다리를 굽혔다 폈다 해보았다. 지금 자신의 몸은 바닥에 누워 있는 상태였다. 손바닥으로 축축한 타일 바닥이 만져졌다. 우진은 두 손을 더듬거리며 일어나 수돗물이 쏟아지고 있는 세면대로 갔다. 자신의 머리 위에 솟아 있는 머리를 더듬거려 찾아보았다. 머리는 뒤로 힘없이 젖혀져 있었다. 우진은 계속 손에 물을 축였다. 오랜만에 느껴보는 물의 감촉이었다.

갑자기 숨이 턱 막히더니 구역질이 났다. 우진은 자기도 모르게 온몸에 힘을 주며 꼿꼿이 일어섰다. 그러자 머리 위쪽에서 무엇이 길게 늘어나는 느낌이 들더니 눈이 부셨다.

아침까지 머리통으로 달려 있던 머리는 길게 늘어져 화장실 바닥에 닿을 듯한 상태가 되어 있었다. 와이셔츠고 넥타이고 모두 피투성이였다. 우진은 뜯어 낸 자기 머리를 들어 좌변기 칸에 밀어 놓고 문을 닫았다. 다행히 화장실에는 아무도 없었다. 넥타이를 풀어 휴지통에 버리고 손수건을 적셔 바닥을 닦아 내었다. 그리고 나서 우진은 헐떡거리며 피와 땀으로 범벅이 된 얼굴을 씻기 시작했다. 거울을 보며 자신의 얼굴을 매만지던 우진은 환성을 질렀다.

"살았다. 되살아났어."

우진은 사무실로 달려 들어갔다. 모두 웃옷이 온통 피투성이인 우진을 보고 눈이 휘둥그래졌으나, 그는 곧바로 자기 책상으로 달려가서 조급하게 서랍을 뒤지며 지금 누군가가 변기 속에 빠져 있는 피투성이의 자기 머리통을 볼까봐 조바심이 났다.

'어떤 놈인지 기겁을 하고 도로 문을 닫게 되면 좋겠군.'

우진은 서랍 구석에서 비닐 봉투 뭉치를 꺼내어 화장실로 달려갔다.

"벌써 봄인 줄은 몰랐다." 하고 우진은 어둠이 번들거리는 한강물을 물끄러미 바라보며 말했다.

철민은 옆에 앉아 담배만 피워댈 뿐 말이 없었다.

"자 이제 물 속에 던져 넣어야겠어." 하고 우진이 겹겹의 비닐 봉지를 헤치고 머리를 꺼내면서 말했다.

"누가 보면 어떻게 해?"

마침내 철민이 미간을 찌푸리며 입을 열었다.

"해부용 기재거나 조각품인 줄 알겠지 뭐."

환하게 불을 밝힌 열차가 다리를 건너고 있었다.

"왜 이런 것을 만들고 있지? 이게 다 무슨 짓이냐?"

"너 아직도 내 이야기를 못 믿는구나?"

"네 이야기를 믿느냐 마느냐의 문제가 아니라, 네가 자꾸 그런 얘기를 막무가내로 하고 다닌다는 것이 문제야. 알아?"

"……내가 미쳤다는 말이지?"

"……."

대답없이 외면하는 철민의 두툼한 턱을 바라보다 말고 갑자기 우진은 여태껏 그렇게 좋게만 보이던 철민의 자신만만한 모습에서 어떤 이기적이고도 고집스러운 테두리를 엿볼 수 있었다. 그것은 자기의 중심을 지키려면 외면해야만 하는 어떤 캄캄한 영역까지의 거리가 도대체 얼마 정도여야 하는가를 가늠하려는 이해의 폭이었다.

'타인에게서 기대할 수 있는 것이 무엇이란 말인가? 나는 중심을 잡을 수가 없어서 넘어지려 하고 또 어지러워서 견딜 수가 없다. 그래서 어쩌자는 것인가? 그래서 누군가에게 기대어 꼭 이해되어야만 한다는 거냐?'

우진은 오래 끌던 거짓말이 마침내 탄로 났을 때처럼 체념했다. 그리고 철민이를 비웃고 있는 자신을 발견했다. 그것은 절망도 모멸도 결국 자기만의 것이라는 확신이 가져오는 고독한 냉소였다. 우진은 이

냉소 가운데로 번지고 있는 일종의 기묘하고 단단한 고집을 느릿느릿 음미하기 시작했다. 갑자기 그는 이제까지 자기가 다시는 결코 환멸을 맛볼 수 없는 진짜 인간, 고무로 만들어진 그 흔한 현대인으로 탈바꿈해왔다는 것을 깨달았다. 여태 자기만 모르고 있었던 것이다, 이 견고한 과정과 절차를.

"나두 너처럼 살아야겠어." 하고 우진은 비닐 봉지에서 머리를 꺼내며 말했다.

"내가 어떻길래…… 그건 왜 꺼내는 거야?"

"네가 어떠냐고?"

우진은 자기 머리를 받쳐들어 조심스레 살피며 말했다.

"좀 멋대로 살아야겠어. 남한테 피해만 안 준다면 지 멋대로 살아야 되는 게 아냐?"

"이런 것하고 멋대로 사는 것하고는 무슨 관계지?" 하고 철민은 딱딱하게 굳어 있는 머리의 코를 눌러 보며 물었다.

"나한테는 내 능력의 상징이란 말이다." 하며 우진은 다시 철민의 손에서 자기 머리를 빼앗아 농구공처럼 시멘트 바닥에 몇 번 튀겨 보더니 히죽이 웃었다.

"잠깐, 그대로 던져 버릴 거야?"

우진이 머리를 쳐들고 강물 위로 던지려는데 철민이 다급하게 물었다.

"왜?" 하고 돌아보며 묻는 우진의 눈이 험악하게 빛났다.

"누군가 그걸 건져내면 어쩌려구 그래?"

"그럼 좋지. 또 신문에 나고 그러다가 유명해질지 어떻게 알아."

"그렇게 징그러운 몰골을 한 네 대가리로라도 꼭 유명해져야겠다는 말이냐?"

"그렇다."라며 우진은 생각했다.

'유명해진다는 것이 뭐냐? 얌전하게 갇혀 있기를 그만둔 채 발벗고 나선다는 것이 아니냐? 임마.'

우진은 들고 있던 머리를 떨구었다가 튕겨 오를 때 강물 위로 힘차게 걷어차 버렸다. 두 사람은 그것이 일렁이는 물결 위에 떠다니며 보였다 말다 하는 모습을 나란히 서서 오래도록 지켜보았다.

자기 멋대로 살아야겠다던 우진은 전처럼 다시 조용한 사람으로 돌아가 있었다. 달라졌다면 조금 더 음울해졌다는 정도였다. 몇 번 말을 붙이다가 서먹서먹해진 직장 동료들은 예전처럼 다시 그를 내버려두었고 우진도 그것이 마음 편했다. 매일 혼자서 술을 마시러 다녔고 일은 하는 둥 마는 둥 늘 자리에 붙어있긴 있었지만, 언제나 마무리를 짓지 못해 최 주임으로부터 질책을 들었다. 하지만 그럴 때도 우진은 우울한 시선을 창 밖으로 보낸 채 한 귀로 듣고 한 귀로 흘린다는 식의 표정을 짓고 서 있었다.

어느 날 결재를 받고 있던 우진은 최 주임이 자기 귀를 가지고 글자를 지우는 것을 보았다. 가장자리가 많이 닳아져 있었지만 틀림없는 자신의 귀였다. 최 주임은 그것을 반으로 접어서 사용하고 있었다. 우진이 그것을 뚫어져라 보고 있는 것을 눈치챈 그녀는, 우진 앞으로 그 귀를 내밀며 부드러워서 기막히게 잘 지워지는 고무라고 말했다. 우진은 뒤통수를 긁다가 슬며시 자기 귓바퀴를 잡아 당겨 보았다.

하루는 정윤이라는 여자로부터 전화가 왔다. 우진은 쓴웃음이 나왔다. 어쩔 수 없이 몇 번 만나기는 했지만, 처음 보는 여자에게 억지로 수작을 거는 기분이 들어 우진은 울적했다. 여자는 자꾸만 이상하다는 말만 되풀이했다. 우진은 말없이 앉아 있었다. 여자는 그의 정수리를 노려보다가 그의 이름을 짧게 한 번 불렀다. 그러자 우진은 머리를 들어 멍한 표정으로 그녀를 마주보았다.

거의 매일 밤 취해서 거리를 무작정 쏘다녔다. 지친 몸으로 집으로 돌아오면 잠자리에 들기 전에 반드시 정상적인 몸이 되기를 빌며 손가락이나 발가락을 하나씩 잘랐다. 하지만 소용없다는 것을 알자 점점 자포자기 심정이 되더니 갈수록 거칠어졌다. 돈을 주든지 눈을 맞추든지 해서라도 아무 여자하고 잤다.

그런 다음날 밤에는 침대에 걸터앉아 손가락이나 발가락 대신 성기를 자를 생각을 했다. 그럴 때 칼을 들고 자신의 성기를 내려다보며 다문 입술을 비쭉 내밀고 있는 우진의 얼굴 거죽은 안으로 다져진 불안이 기어코는 광기의 붉은 색으로 번져 올라온 모습이었으며 아주 반들반들하게 윤을 내고 있었다.

4월 17일 일요일 흐림.
오랜만에 아버지와 단둘이 마주 앉아 점심식사를 했다. 내내 서로 아무 말도 없었다.
침묵은 지겨움에 대한 모종의 수단이다.
며칠 전에 철민이하고 만났던 일이 후회된다. 철저히 혼자라는 것을 확인한다. 모든 것으로부터 날렵하게 빠져 나왔다고 생각하니 흐뭇하다.
당분간 자르는 일은 그만둔다. 정 못 참겠으면 간혹 뛰어내리는 일은 허용. 그러나 아무도 모르게 할 것. 누구보다도 정상적인 인간으로 보이게 행동할 것. 기만보다 재미있는 일은 없으니까. 누구보다도 우선 나 스스로를 속일 것. 그것은 가장 흥미로운 위안이니까.

그 동안 모아 두었던 몸의 일부를 날마다 한두 개씩 거리 구석구석에 내팽개치고 다녔지만 더는 신문에 나지도 않았다. 때로는 회사 빌딩 옥상에서 뛰어내리기도 했다. 차라리 가슴속에 파묻혀 살지언정 스스로 달라지고 싶기도 했다. 그러나 막상 땅에 떨어져 지난번처럼 머리가 푹 파묻히는 경우에는 새머리가 돋기 전에 얼른 힘을 주어 원래 상태로 돌아오곤 했다. 가공할 긴장과 두려움도 길이 들면서부터는 독특한 쾌감을 동반했다. 그러다가 우진에게는 새벽에 빌딩 꼭대기에서 뛰어내리는 이 추락 행위만이 유일한 낙이 되고 말았다.

새벽 두 시. 오늘도 우진은 무교동의 한 빌딩 옥상 담 위에 팔짱을 낀 채 버티고 서 있었다. 그는 누런 서류 봉투를 천천히 들어 올려 아래로 던졌다. 도로 위에 떨어진 누런 봉투의 터진 배 사이로 흰 서류 뭉치가 비어져 나와 나푼거리고 있었다. 새벽 바람이 우진의 성긴 머리카락을 가볍게 날릴 때, 그는 한 번 깊이 숨을 들이마시고는 멈추었다. 평화로운 미소가 잠시 입가에 스쳐 지나가는 것처럼 보이기도 했다.

우진이 거의 다 떨어져 내렸을 순간 그의 볼은 부풀고, 코는 납작해지고, 눈은 조금 튀어나왔으며, 와이셔츠는 펄럭이고, 넥타이는 목으로부터 곧추 섰으며, 빠르게 맴도는 두 팔에 걸린 양복 상의는 곧 벗겨져 나갈 듯했다. 우진의 몸은 땅에 부딪혀 번개 형태로 찌그러지더니 짧고 깊은 소리와 함께 주변에 먼지를 일으켰다. 아스팔트 어디에서 그런 먼지가 이는지 믿기 어려울 정도였다.

며칠 전 그가 떨어져 내렸을 때는 마침 달려가던 택시가 급정거했고, 그러자 고무 타는 냄새가 코를 찌르는 가운데 먼지를 뚫고 헤드라이트의 불빛이 쓰러져 누운 우진과 그 옆에 선 늙수그레한 환경 미화원을 비추었다. 택시 기사는 비틀거리며 그들에게 다가와 입을 벌린 채 지금 자기가 뭘 본 거냐고 더듬거리며 물었다. 싸늘하게 고요한 새벽의 무교동 대로 위에서, 한참을 그렇게 넋 나간 모습으로 세 사람은 꼼짝도 않고 말없이 뭔가를 기다리고 있는 것처럼 보였다. 마침내 기사가 사람이 아니었냐고 물었고 미화원은 아니라고 대답했다. 그때 우진은 힘겹게 일어서며 "분노." 하고 중얼거렸다. "네?"라고 기사가 다시 물었다.

세 번을 튀어 오르고 나서야 우진은 골목 어귀에서 멈췄다. 빗자루를 질질 끌며 우진에게 다가온 늙수그레한 미화원이 그를 내려다보며 물었다.

"어쩌자고 노상 이렇게 뛰어내리는 거요?"

"땅을 때릴려구요."라고 우진이 대답했다. 몸통 속으로 절반 가량 푹 파묻힌 머리 때문에 그의 목소리는 가슴으로부터 울려 나왔다. 고무 장갑에 바람을 넣듯이 우진은 불뚝 일어나 제 모습을 찾았다.

"어째서 아저씨는 저를 무서워하지 않으세요?" 하고 우진이 물었다.

"무엇이 무섭소? 이 나이가 되니까 하두 이상한 일을 많이 당해 봐서……. 그런데 당신 혹시 손이나 발가락도 잘라 가지고 다니지 않소?" 하고 미화원이 물었다.

"그렇습니다." 하고 고개를 떨구며 우진이 대답했다.

"그렇군. 당신 손을 처음 주운 사람이 바로 나요." 하고 미화원이 손을 들어 종로 쪽을 가리키며 말했다.

술 냄새를 남긴 우진은 어두컴컴한 도심의 뒷골목으로 사라져 갔다.

잠잠한 네거리에 빈 트럭이 질주해 와 누런 서류 봉투를 치고 가버렸다. 푸르스름한 가로등 불빛을 받으며 흰 서류들이 잠시 날아오르다 흩어져 내렸다. ▢

(1994년 2월)

# 체 리

이런 얘기를 해도 되는지 모르겠다.

내 이름은 김건상, 스물 여섯 살 난 바텐더다. 지금은 이곳 국립공원 관광호텔에서 일하고 있지만 일 년 전까지만 해도 서울의 H호텔 칵테일 바에서 일했었다. 거긴 정말 일류였다. 드나드는 손님도, 바 매니저도 그랬다. 나야 물론 보조도 아닌 보 보조에 지나지 않았지만 그만 해도 이 바닥에선 엄청난 행운이라고 할 수 있는 것이다. 다 선임하사 덕분이었다.

생각해 봤냐? 네. 그래 해봐. 뭐 배워서 남 주냐? 최 상사는 나에게 자기 친구가 강사로 있는 바텐더 학원을 소개했다. 수입도 좋고 비교적 깨끗한 직업이라는 것이었다. 네가 뭐 지금부터 공부해서 대학 갈래 ? 직업 귀천? 그 따위 신경 쓰지 마. 뭐든지 폼나게 하면 그만이야. 지 내세우려고 언제나 그것만 생각하는 놈들, 실은 그런 자식들이 더

구차한 거라.

　제대 후에 매일 밤 그 학원을 나갔다. 석 달이 지나자 나는 H호텔에 취직이 되었고 월급이라는 것도 처음 받아 보았다. 갈수록 즐거웠다. 비록 내가 하는 일이라고는 청소와 잔 닦는 일이 고작이었지만, 뭐 어떤가 선임하사 말대로 나는 나다, 남과 비교 따위는 하지 않는다 이거였다.

　"룸 써비스에 있었다고? 그 탤런트 시험 보았다가 떨어졌다는 앤가?"

　최 상사는 빈 소주병을 들어 종업원에게 흔들어 보이며 나에게 물었다.

　"네, 맞아요."

　나는 잔을 들어 입에 대고 한 번에 모두 마셨다. 세 번째 소주가 날라져 왔다.

　"그런데?"

라고 최 상사가 내 잔에 술을 따르며 물었다.

　그렇게 휘파람을 불며 호텔을 오다가다 보니 어쩐지 자주 마주치게 되는 조그만 여자가 있었다. 아, 자칭 모델? 웨이터 김군이 빙그레 웃으며, 왜 마음 있어? 하고 물었다. 마음에 있고 말고 아무렴. 그 조그마한 여자 혜란이 내 눈앞에 아른거리는 일이 잦아졌다. 그러다가 마주치면 씩 웃기도 하고, 다 끝났어요? 이제 집에 가요? 어쩌구 하며 말을 붙였고, 간신히 서로 짝을 맞춘 휴일에는 함께 영화구경을 하게 되었고, 김군은 더 이상 내 앞에서 혜란이를 노골적으로 힐뜯거나, 경멸한다는 듯이 이상하게 피식 웃는 일 따위는 하지 않게 되었다. 새벽에 일이 끝날 때면 지하의 세탁 부속실에서 혜란은 겹겹이 쌓인 하얀 시트 더미 위로 상체를 젖히며 낮게 웃는 것이었다. 그러면 그녀의 빨간 치마는 아슬아슬하게 걷어 올려졌고, 아직 다 마르지 않은 소독약의 풀 냄새가 머리를 어지럽혀 나는 심장이 터질 것 같았다. 그럴 때면 혜란의 두 다리는 신전의 기둥이 되었고 나는 그 아래 꿇어앉아 뜨거운 침을 삼켰다.

그러나 나의 침 삼키는 소리는 키들거리는 혜란의 웃음 속으로 초라하게 지워져 갔었다.

"그런데 그게 지난 겨울이었으니까, 그러니까 사, 사귄 지 거의 한 육 개월쯤 되었나요? 막상 진지한 말을 하니까 이, 이게 이상하다는 듯이 나를 보구만 있더라구요."

"청혼을 거절하더란 말이지?"

"네."

라고 대답하고 나는 담배에 불을 붙였다.

"참, 요즘 애들……."

최 상사는 고개를 갸우뚱거리며 중얼거렸다. 나는 그의 담배에도 불을 붙였다.

"그래, 언제 해치웠었는데?"

라며 그는 담배 연기가 맵기 때문인지 눈을 가늘게 뜨고 물었다.

"해치우다뇨? 결혼할 여자였는데?"

나는 항의조로 되물었다.

"이러언 벼엉신."

최 상사는 천장을 올려다보며 목소리를 길게 끌어 욕을 했다.

"임마, 여자란 봉우리를 꺾어야 말을 듣는단 말이다. 알간?"

그럴지도 모른다. 그러나 한 여자와 결혼해서 오순도순 살고 싶다는 희망과 말을 듣게 만들려면 봉우리를 꺾어야 한다는 것과는 도대체 어떤 관계가 있는 것일까?

"나라두 네가 이상해 보이겠다. 그 혜란인지 뭔지 하는 여자 말이야, 보통 깐깐한 년이 아닌 것 같은데 너처럼 그렇게 순진하게 덤벼서 되겠냐구. 완전히 틀어쥐어도 될까 말깐데 개봉두 안 한 상태루다가 말씀이야, 장래가 어쩌구 집이 어쩌구? 그게 말이 되는 수작이냐구…….에라, 잘 됐어. 그 여자 너랑은 맞질 않아."

그래, 혜란은 나와는 어울리지 않는 여자인지도 모른다. 아니 확실히 나와는 안 어울리는 여자다. 촌스러워 보인다는 이유로 들고 다니는 자신의 통신대학 교재를 절대 남에게 보이지 않는 여자다. 궁상! 함께 살자구요? 이 나이에 벌써? 쬐끄만 방두 있다구요? 건상씨 어디 아파요? 제발 궁상스런 소리 말아요. 그렇게 끝장나 버렸던 것이다. 허영끼가 있든 어쨌든 웃는 모습이 참 맑았었는데, 남자로 하여금 꿈을 간직해서 그걸 키우도록 부추기는 그런 눈이었는데, 이젠 도저히 어쩔 수 없는 과거 일이 되고만 것이다. 과거. 우라질 과거지사.

"그래서 그 여자 땜에 이 촌구석까지 기어들어 왔다 이거지? 히야 이거 수절하는 사내 춘향 하나 나왔구나."
하고 말하며 선임하사는 내 얼굴 위로 담배 연기를 한 줄기 뿜어내었다.

"그런 건 아, 아니에요."

"알구 있어. 변명하지마, 짜식아. 느이 매니저, 그 친구 전에 만났더니, 너 일도 잘 하구 착하다고 그러더라. 여기가 너 전에 있던 곳하구 무슨 체인 같은 거라며?"

"네. 이래저래 잘 됐다 싶었죠."

상 위에는 빈 소주병 네 개가 나란히 모여 서서 이제는 더 이상 못

마시겠다는 듯 천장을 향해 입을 벙긋 벌리고 긴 숨을 푸푸 내쉬고 있는 것 같았다. 잠시 우리는 몸을 뒤로 비스듬히 기울이고 말없이 담배만 피웠다.

"아직도 그 여자 생각하나?"

"아니오."

하고 나는 고개를 힘없이 가로 저었다. 사실은 지금도 나는 혜란이를 생각한다. 때때로, 특히 잠자리에 들어 잠이 안 와 뒤척이면서 나는 그녀를 생각한다. 그렇지만 이제는 끝난 일이다. 선임하사도 그렇다는 것을 알고 있을 것이다. 우리는 지금 의견을 나누는 것이 아니라, 다시는 혜란이 따위 생각하지 않겠다는 결심을 다지고 있는 것이다. 일종의 의식을 거행하고 있는 중이다.

"돈이나 모아."

"그래야죠."

라고 말하며 나는 고개를 떨구고 담배 연기로 도넛을 만들었다.

"여자가 뭐 벨 거냐, 세상에 널린 게 여잔데."

라고 말하며 선임하사는 담배를 눌러 껐다. 나는 피식 웃었다. 넓은 바위 위에 전복처럼 널려 있는 나체의 여자들 모습이 떠올랐기 때문이었다.

"여자란 말이지 그냥 데리구 사는 거야. 그냥 가지구는 있는데 둘곳도 마땅치 않고 더럽게 귀찮기만 한 항아리 같은, 뭐 그런 거지. 필요 없으면 없어두 된다구. 차라리 없는 게 편해. 쓰팔."

주인에게 물을 청하고 그는 계속 말했다.

"건상아, 너 내가 마누라 어떻게 고른지 얘기했었냐?"

그 얘기는 수도 없이 들었지만 나는 잠자코 있기로 했다.

　"이 몸이 결혼한 게 중사 땐데 말이야. 내가 그땐 괜찮았었다구. 아이거 여자들이 따라붙는데 정신없는 거라. 에라 이제 결혼이나 해버리자 하구 이 여자 저 여자 온갖 것들 정리하는 단계에서 이거 딱 두 여자가 남은 거라. 어쩌냐. 우리 나라가 아라비아도 아니구. 한 여자를 골라야 하는데 둘 다 괜찮단 말이야. 또 이 두 여자가 나라면 목을 매요, 목을. 매일 이것들이 전화질이니 하숙집에 있기도 귀찮구. 에라 쌍, 퇴근하면 매일 술만 마셨지. 그리군 시간 때우려고 말이야 가는 곳이 심야 극장이야. 조그만 지방 도시에 왜 그렇게 극장은 많은지. 또 한 쪽 구석에서는 슬쩍 포르노를 틀어요. 그런 데 너두 가봤지? 처음 볼 때는 꽤나 쏠려요 이 게 야하기도 하고. 그러다 어느 날 말야 술은 올랐지, 그 더럽게 야한 영화 장면은 자꾸 떠오르고 그래, 자다가 용두질을 쳤는데…… 흐흐 그게 사정을 딱 하는 순간 짜잔, 한 여자의 얼굴이 말이야, 바로 바로 지금의 마누라 웃는 얼굴이 쑤욱 떠오르는 거라. 와하하."

　선임하사는 얼굴이 뻘개지도록 웃다가는 비밀 얘기라도 하듯이 다시 머리를 내 쪽으로 수그리며 속삭였다.

　"하 이것 봐라, 옳거니 바로 이거다. 사정 때 생각나는 여자가 마누라감이다. 그래 가지구 삼세번 해서 두 여자 중에 하나를 고르기로 했어. 결국 이 대 일로 우리 마누라가 결정된 거지. 으브브브."

　그는 자기 둥근 배를 두 손으로 누르며 오래도록 웃었다. 그 모습은 얼굴로 번지는 웃음을 끌어 모아 그것을 모조리 코끝으로 뽑아내려는 것 같아 보였다. 나는 덩달아 웃으려 했지만 잘 되지 않았다.

　우리는 음식점을 나와서 천천히 걸었다. 가을비는 그쳐 있었다. 선임하사는 비틀거리며 계속해서 널린 게 여자라고 중얼거렸다. 뭉실한 바람덩이가 우리 곁을 천천히 스쳐갔다. 바람은 닿을 듯 가까이 다가온 여자의 뺨을 생각나게 했다. 시간은 벌써 열 한 시에 가까웠다. 터미널 너머로 부속병원이 검게 드러나 있었고 그 너머로는 내가 일하는 호텔의 모서리가 조금 비어져 나와 보였다. 광장에는 아직도 택시들이 늘어선 채로 노점상들과 운전기사들이 서성거리고 있었다. 연착하는 버스가 있는 모양이었다. 안면있는 기사가 어디 가냐고 묻는 듯 이마를 치켜올려 주름을 잡으며 다가왔다. 널려 있어, 널려 있어. 선임하사는 팔을 휘휘 저었다.

"우리 호텔루 가려구."

라며 나는 안면있는 기사에게 말했다.

"야, 이차는 내가 낸다, 내가 내."

최 상사가 나의 어깨를 잡고 흔들며 말했다.

"선임하사님 그만 하시죠."

"짜식아, 판 깰래?"

그가 버럭 소리를 질렀다.

"형씨 온천까지 얼마요?"

나는 비틀거리는 선임하사를 부축하며 안면있는 기사에게 물었다.

"건상아."

"네?"

"건상아아."

"네?"

"건상아, 대답 좀 해 자식아."

"하구 있잖아요."

라고 말한 나는 차창을 올렸다. 몸을 뻗어 그의 옆 차창도 올렸다. 바람의 폭포 소리가 뚝 끊겼다.

"널린 게 여자다, 알지? 그 이상두 그 이하두 아냐 임마. 사내새끼가
임마."

나는 쓰러지려는 최 상사의 어깨를 감싸며 생각했다. 이 양반도 사
는 걸 두려워하고 있구나. 나는 술 냄새를 풍기고 있는 그의 얼굴을
바라보았다. 작고 까만 얼굴이었다. 짧은 머리카락이 그 모습을 더 초
라해 보이게 했다. 사내새끼, 사내새끼라는 말로 그는 언제나 견디려
고 한다. 그것이 고작 그가 살면서 애써 찾아낸 방패인지 모른다. 형편
없이 찌그러진 작은 방패. 방패 같지도 않은 그저 양철 쪼가리에 지나
지 않는 방패 말이다. 나는 갑자기 내가 안고 있는 사내를 차창 밖으로
던져버리고 싶었다.

"바보 같이 미친년. 혜란인지 계란인지 최고의 싸나이를 놓친 거야."

그는 나를 올려다보며 억지로 웃으려 하고 있었다. 그는 나를 위로
해야 한다는 강박증에 시달리고 있는 것 같았다. 나는 짜증이 났다. 나
의 기억을 어쩌란 말인가?

"제가 뭐 있나요? 지지리 궁상스럽고 평생 고리타분할 걸요 뭐."

우리는 다복장으로 들어갔다. 나는 주인에게 서를 불러달라고 했다.
그러나 주인은 서가 떠났다고 말했다.

자기 빨리 끝내. 이곳에서 할 일이란 빨리 끝내는 일밖에 없는 것이
다. 나는 여자에게 나가도 좋다고 했다. 정말? 응 취했어, 그러니 자야
겠어. 정말이지 딴소리 안 하는 거지. 잘 가라구 그리구 밤새 많이 벌
어. 잘 자. 그래 난 잔다. 나는 누워서 팔베개를 하고 벽 너머로 들려오
는 사람들의 두런거리는 목소리를 듣고 있었다. 한참을 그렇게 누워
있었다. 어디선가 자동차 출발하는 소리가 났다. 이곳에서 할 일이란

빨리 끝내는 일밖에 없는 것이다. 이곳에서, 이 세상에서……

선임하사는 전날 많이 마신 술로 피곤했을 텐데도 새벽에 일어나 가 버렸다. 그때는 이미 나 혼자였지만 그는 들어오지 않고 밖에서 방문만 쾅쾅 두드리고, 간다 새끼야 하고 소리치곤 뚜벅뚜벅 걸어 사라져 갔다. 나는 잘 가라는 대답을 하지 않았다.

"저 한 뒤 시간 늦을 것 같은데요."

라며 나는 젖은 머리를 수건으로 문질렀다.

"또 펐냐?"

매니저의 목소리가 경쾌하게 울렸다. 친구 같은 매니저. 이 사람도 참 좋은 사람이야 라고 생각하며 나는 수화기를 내려놓았다. 그리고 담배를 피우며 침대에 누워 몸이 마르기를 기다렸다. 하늘은 구름 한 점 없이 파랗고, 새 떼의 울음소리는 느티나무 가지 사이에서 햇살과 함께 산산조각 나고 있었다.

슈퍼마켓을 돌아 계단을 오르려는데 또 그 귀신들렸다는 여자가 어슬렁거리며 골목으로 들어섰다. 오늘은 뚱뚱했다. 오늘은 맑은 날이니까. 맑은 날은 귀신이 몸 속에 들어오고 귀신이 들어오면 저렇게 몸이 팽팽하게 부푼다고 언젠가 집주인 아주머니는 설명했었다. 신접한 여자는 그 부푼 몸뚱어리 위에 도포자락처럼 펄럭이는 주홍색 홈드레스를 걸치고 있었다.

"어디 가?"

하고 뚱뚱한 여자는 나를 향해 다가오며 실실 웃었다.

빨리빨리 입고, 출근해야지. 나는 급히 옷을 갈아입었다. 밤에 방 정리를 해야겠군. 창 밖으로 우리 호텔이 보였다. 석현이에게서 빼앗은

도색 잡지가 돌돌 말린 이불 옆에 팽개쳐져 있었다. 휴지도 새로 사와
야겠는 걸, 다 썼어.

　여덟 시에 김정옥 일행이 왔다.
　"나는 진을 한 잔 할까?"
하고 말한 노인은 그들의 은사인 모양이었다.
　"어서 올리게."
　노인 옆에 앉은 안경 낀 사람이 나를 가리키며 서둘러 말했다.
　"예, 예."
라며 나는 고개를 숙이고 나서 노인이 하필 페일 와인을, 그것도 가을
에 여름 술을 마시는 걸 보면 칵테일은 익숙치 않은 분이군 하고 생각
했다.
　"송진 냄새는 언제나 좋아."
하고 앞을 바라보며 노인이 말했다.
　나는 진저에일을 듬뿍 넣었다.
　"어머, 선생님 술 잘 안 하시는 줄 알았어요."
라고 김정옥이 말했다.
　"김 선생 만큼이야 하지."
라고 말하며 노인은 반백의 머리털을 뒤로 쓸어 넘기며 푸근하게 웃었
다. 김정옥은, 내가 술꾼인 거 모르시나봐 하는 표정으로, 나를 보며
빙그레 웃었다. 귀여운 여자야. 나도 그녀를 따라 슬쩍 웃었다.
　"선생님. 시골선생 노릇 정말 못 해먹겠습니다."
라고 안경이 노인을 바라보고 말했다. 이어서 그는 자기 말이 대단히
우습다고 생각되는지 어깨를 들썩이며 웃었다. 그러자 나머지 네 명도

재미있어 죽겠다는 듯 어깨를 들썩이며 함께 웃었다. 웃음에 맞추어 몸을 흔드는 그들은 나란히 말을 타고 어디론가 달려가는 것처럼 보였다. 노인은 웃지 않았다. 웃음이 곧 그쳤다.

"한 잔 더 하지 뭐."

잔을 조금 앞으로 밀며 노인이 말했다.

"어서 올리게."

안경이 좀 전과 같이 재빨리 나를 향해 말했다.

나는 진저에일을 더 많이 섞었다.

김정옥은 벌써 세 잔 째를 주문했다. 나는 셰이크를 흔들며 그녀를 건너다보았다. 그녀는 일행의 끝에 앉아 옆 사람과 손짓을 섞어가며 토론을 하고 있었다.

"그럼 그게 뭐냐구요? 텍스트죠 뭐. 라깡도 좀 읽어 보세요."
라고 그녀는 막 대머리가 벗겨지기 시작한 사람의 배싹 마른 가슴을 검지로 겨냥하며 말하고 있었다. 나는 그녀 앞에 잔을 내려놓았다. 김정옥은 얼굴을 들어 밝게 웃었다. 그 웃음은 꼭, 토론은 한심해, 칵테일 한 잔이 더 좋아, 하고 말하는 것 같았다. 그러나 토론은 점점 격해져 갔다. 그녀도 더 이상 나에게 미소를 보낼 여유가 없는 것 같았다. 지기 싫어하는 여자야.

안경이 고개를 수그리고 노인에게 뭔가 속삭이고 있었다. 김정옥은 잔을 내려놓고 다리를 바꾸어 꼬면서 빠 뒤 뚜, 라고 외쳤다. 제기랄. 대머리가 욕을 하고 반쯤 남은 위스키를 단숨에 마셔버렸다. 그들은 끊임없이 지칠 줄 모르고 지껄였다. 나로서는 전혀 알아들을 수 없는 내용을 외국어인 듯한 말들을 섞어가며 하고 있었다. 열심히 떠들고 있는 그들 앞에 서서 나는 내가 뭔가 크게 잘못한 것이라도 있다는 기분이 되었다. 나는 그들이 빨리 다음 잔을 주문해 주기를 바랐다. 얼마나 공부를 많이 했으면 저럴까? 저렇게 어려운 말들을 술술 할 수 있을까?

김 교수님 전공이 뭐세요? 저요? 불문학이에요. 아하 불문학, 그러면 프랑스에서 사셨더랬어요? 네, 잠깐. 그곳 봄두 여기처럼 이래요? 그럼요 똑같죠 뭐 꽃피고 따스하고, 하지만 여기 보단 좀 춥지요. 봄에 눈이 올까? 나는 노란 봄 스웨터를 입은 김정옥을 그려보며 생각했다. 그때 같이 오셨던 분은 요즘 왜……. 아 그 언니 서울 갔지요. 아니 서울에 원래 살고 있었지만 이젠 거기에 자리를 잡았거든요. 나처럼 이렇게 매번 내려올 필요가 없어진 거지요. 그럼 서울서 출퇴근 하세요? 뭐 일주일에 두 번이니까요. 그런데 건상 씨는 여기 내려온 지 얼마나 됐어요? 그녀가 빨간 슬링이 든 글라스를 돌리며 맵시 있는 표정으로 물었다. 얼마 안돼요. 그럼 우리 서울 촌뜨기 동지네요, 호호. 나는 이 여자의 나이가 궁금해졌다. 네. 동지가 한 분, 그것도 교수님 동지가 있어서 좀 안심입니다. 교수가 아녜요, 시간 강사지. 그게 그거죠 뭐. 나는 냉수를 쭉 들이켰다. 바텐더는 술을 못하게 되어 있나요? 아니오. 꼭 그런 법이 있는 건 아니죠, 하지만 대개들 절대 안 마시죠. 왜요? 여자가 정말 궁금해서 못 견디겠다는 듯 눈을 둥그렇게 뜨며 물었다. 일종의 자존심이죠 라고 말하려다 나는 그것이 대답치고는 멍청하기 그지없다는 생각이 들어 쓱 웃기만 했다. 글쎄 저도 이유는 잘 모르겠어요. 아마, 글쎄, 손님하구 같이 마시다 보면 취할 테고……. 또……. 뭐……. 남자 호스테스 같달까 그래서겠죠. 나는 마지막 말을 코를 풀듯 확 풀어버렸다. 세상에 세상에 프랑스에서는 바텐더는 예술가예요. 예술가? 지금까지 공연히 프랑스 그러면 나의 기분이 좋아졌던 이유가

바로 프랑스에선 내가 예술가요, 고상한 일이지, 그것이었나? 나는 좀
멋적어졌다. 다른 사람이 그런 말로 나를 위로하려 했다면 나는 반발
심을 느꼈을지도 모른다. 그러나 이 멋진 각선미의 여자는 다르다. 확
실히 달라. 사랑스럽거든.

"르 끌레지오를 보세요. 그 사람의 경우에는……."

"나두 읽었어요. 그 뭐더라 그래, 조서!"

나는 토론에 빠져 있는 김정옥의 입에서 내가 아는 작가의 이름이
나오자 서슴없이 그들의 대화에 끼어 들었다. 하지만 그들이 나를 동
시에 슬쩍 올려다보는 모습을 보자 얼른 후회했다. 이거 내가 너무 촐
싹거렸나?

"그런데 이, 읽긴 읽었지만 무슨 소린지."

나는 어눌하게 말했다. 대머리가 경멸한다는 듯이 자기 이마를 짚으
며 씩 웃었다. 하긴 내가 뭐라구 이들 대화에 참견할 것인가.

"조서 읽어 보셨어요? 어땠어요?"

라고 김정옥이 빠르게 물었다.

"……어땠냐구요? 그, 글쎄, 미, 미친 사람이 환상 같은……."

나는 끝까지 말하지도 못하고 바보같이 웃다가 입을 다물었다. 대머
리가 또 픽 웃었다. 김정옥은 대꾸도 없이 나에게서 고개를 돌리더니
계속해서 그와 말싸움을 시작했다. 공연히 아는 척을 했었군. 병신. 내
주제에.

김정옥은 입이 타는지 물을 마셔댔다. 저렇게 악착같은 면이 있구
나. 그것이 직업의 세계라는 것일까? 저 여자의 직업은 공부하고 가르
치고 또 이렇게 말싸움하는 것이고 나는? 나는 뭐 하는 놈일까? 술 만
들어 파는 직업, 하긴 건달이라는 직업도 있기는 있다. 제비라는 직업

도 있고, 창녀라는 직업도 있다. 서. 그렇다. 서는 말이 별로 없었다.

한번은 그녀가 바로 이 자리에 앉아서 내가 만든 레모네이드를 마신 적이 있다. 지난 여름이었는데 환장할 노릇이었다. 서가 홀을 가로질러 내 앞에 와 앉을 때까지 나는 내 눈을 의심하지 않을 수 없었다. 이런 경우는 또 처음이네. 저 여자 머리가 어떻게 된 거 아니야? 저 여자가 나와 그렇게 친한 사이가 되었나, 어느새?

"웬일이야?"

라고 나는 가능한 한 낮은 목소리로 물으며 두리번거렸다. 다행히 초저녁이라 손님이 한 명도 없었다.

"놀러 오라구 그랬잖아."

서가 자리에 앉으며 말했다.

"여긴 어떻게 알았지?"

라고 물었다.

"관광호텔 모르는 사람이 어디 있어?"

서는 성냥갑을 만지작거리며 입술을 비죽거렸다. 내가 관광호텔에 있다는 얘기도 했었나? 그냥 술집 웨이터라고만 한 것 같은데……. 취했었나? 내가 그렇게 취해서 온천에 간 적이 있었나? 나는 코끝의 진땀을 훔쳤다. 서의 한쪽 팔뚝에는 살집이 동그랗게 뭉쳐 있는 곳이 두 군데 있었다. 담뱃불로 지진 자국이 틀림없었다. 혹시 어딘가 포주놈이 칼을 들고 따라와 있는 게 아닐까? 나는 다시 홀을 이곳저곳 둘러보았다. 혹시 내가 애에게 못할 짓이라도 했었나? 술에 취하면 무슨 짓을 했었는지 통 기억해 낼 수가 없단 말이다.

"뭐 하구 있어. 기가 막힌 걸 한 잔 준다고 해놓구선."

하고 말하며 서가 웃었다. 웃으니까 광대뼈가 더 두드러져 보였다.

“응? 그, 그래.”

나는 돌아서서 레모네이드를 만들기 시작했다. 쳇, 이 꼴이 뭐람. 내가 저 광대뼈만 크고 못생기기만 한 애한테 이런 거 서브하게 생겼어. 레몬을 써는 손이 부르르 떨렸다. 나는 돌아섰다. 서는 담배를 피우고 있었다.

“연락두 없이 이렇게 불쑥 오면 어떻게 해?”

“……”

서는 내가 들고 있는 칼을 바라보고 있었다. 개 같은 새끼. 나는 속으로 스스로에게 말하고 있었다. 니가 그랬잖아. 자기 테크닉이 그만인데 하구……. 개처럼 헐떡거렸잖아. 저 여자에게 온몸을 맡겼었잖아. 지금 니가 까만 돼지 보듯 진저리를 치는 저 여자에게 바로 저 여자에게 니 몸을 맡겼었잖아. 그래 놓군 더 강하게 즐겨 볼 심산으로 구슬렸잖아. 마치 진짜 친구나 되는 것처럼. 진짜 널 이해한다는 것처럼. 직업에 귀천이 어디 있냐구 떠벌인 건 바로 너잖아. 몸매가 좋다구, 언제 함께 놀러 가자구, 언제 일하는 곳에 한 번 오라구, 갖은 소리로 아양 떤 건 바로 너였잖아. 기억 안나? 여자는 아무 말도 안 했었어. 너 혼자 떠들었었지. 왜, 나는 왜 그랬을까? 왜 여자를 속였을까? 장난 삼아? 창녀니까 그냥 어떻게든 구슬려서 맘껏 즐겨보려고? 그래, 그랬다. 그리고 그리고……. 또 거짓말은 바로 나에게 한 거야. 나는 나에게 뭔가 속이고 싶었던 게 있어. 그게 뭐지? 뭐지? 어떤 개 같은 것 때문에……. 난, 나는 개다 개야. 그리고 저 여자는 미련해. 개 같은 놈이 개같이 지껄인 말을 믿고 찾아왔으니 말이야. 갑자기 나는 거칠게 짖으며 달려들어 여자를 물어뜯고 싶었다.

“밖에 더워?”

나는 레모네이드를 그녀 앞에 내려놓으며 볼멘 소리로 물었다. 서는 말없이 고개만 흔들었다. 그녀는 앞에 놓인 잔을 들어 한 모금 마셨다.

"어때?"

라고 나는 물었다. 아직도 목소리가 떨려 나왔다. 서는 대답 없이 고개를 끄덕이기만 했다. 잔을 잡고 있는 손은 시커멓게 부르터있었다. 자세히 보니 빨간 티셔츠도 때가 잔뜩 끼어 있었다. 청바지 자락 끝으로 뭉툭한 발가락 사이엔 닳아빠진 슬리퍼 끈이 끼워져 있었다. 걸레군 진짜 걸레야. 나는 어서 이 여자가 나가 주길 바랬다.

"지금 몇 시지?"

나는 혼자 중얼거리는 것처럼 말했다.

서는 꼼짝 않고 앉아 있었다. 이 여자가 기도를 하나? 서는 때로 내 가슴 위에 저런 자세로 오래도록 쭈그리고 있기도 했었다. 여자가 턱을 괴었다. 광대뼈 위에 빨간 손톱이 도드라져 보였다. 다시는 이 여자 있는 곳에 가지 않는다. 계속 나를 찾아오면 돈을 좀 줘야겠다. 물론 지금 돈 때문에 찾아온 것은 아니겠지만……. 일어서라. 그리고 나가라. 어서. 어서 제발.

서는 말없이 그렇게 앉아 있다가 일어서더니 재떨이에 커다란 침을 한 덩이 흘리고 나를 노려보았다. 그리고 나서

"갈께."

라고 말하고 그녀는 천천히 홀을 걸어 나갔다.

"에이 쌍"

나는 레모네이드 잔을 기울였다. 노란 액체가 수챗구멍으로 빠져나갔다. 나는 잔을 힘껏 내리 던졌다. 잔이 산산이 부서졌다. 치사하다, 만사가 다 치사해.

눈을 감으면 글라스 부딪치는 소리가 들리는 것 같다. 글라스를 씻으면서 오늘 또 하루 지나갔구나 하고 생각한다. 그럴 때면 피곤이 양 어깨를 짓누른다. 그리고는 자취방에 돌아와 이렇게 이불 속에 눕지만 여간해선 잠이 오지 않는다. 위스키를 한 잔 한다. 다시 불을 끄고 자리에 든다. 미열이 있다. 머리맡 갓 등을 켠다. 라디오를 켠다. ……아직도 저는 그 생각을 한답니다. 예쁜 주연 언니, 제 소식 꼭 그 친구에게 전해 주세요. 그리고 다음에 다시 만날 때까지 건강해야 된다고 전해 주세요. 꼭이요. 네? 아셨죠 꼭 꼭 꼭. 이렇게 사연 주셨네요. 네에. 정말 친한 친구가 훌쩍 전학을 가버리고 나면 아쉬운 마음 다 말루 할 수 없겠지요. 저두 촬영 끝나면 말이죠……. 나는 다시 엎드린다. 손을 뻗어 석현이한테 빼앗은 잡지를 펼친다. 금발의 여자가 뒤돌아서 엎드려 있다. 머리칼이 폭포 같다. 어깨 너머로 뒤를 돌아다보고 있다. 짧은 허리 뒤에 탐스런 둔부가 하얗게 드러나 있다. ……노래합니다. 떠날 수 없는 그대……. 사진 속의 여자는 웃고 있다. 그녀가 있는 침실엔 여린 안개가 끼어 있는 것처럼 뽀얗다. 나는 몸을 들썩인다. ……수많은 나날들을 이렇게……. 이번엔 손바닥만한 크기의 책을 집어든다. 사진은 누렇다. 한 손으로 남자의 성기 끝을 잡은 여자가 다른 손으론 자기 머리카락을 쓸어 올리고 있다. 사진사는 그녀에게 말했을 것이다. 잘 보이게 해. 머리를 쓸어 올리란 말이야. 남자는 양손을 뒤통수에 받치고 흐뭇하게 웃고 있다. ……밤이 이렇게 깊지만 지금도 무언가를 열심히 하고 계신 분들 바로 그런 분들 덕에 우리 사회가 지탱되는 것 아닌가 생각해 봅니다. 이번에는 경기도……. 흑인이 백인 여자를 뒤에서 올라타고 있다. 검은 곱슬머리의 여자는 가볍게 눈을 감고 있다.

그 여자는 지금 쾌감을 읽으려고 애를 쓰고 있다는 것을 보여주려는
것 같다. …… 정말 재미있는 사연 주셨네요…….

어느 날 로비에서 구두닦이 하는 석현이가 소철 화분 옆에 앉아 고
개를 푹 수그리고 있었다. 이거 너 어디서 났어? 이리 내놔요. 나두 좀
보자. 형은 이런 거 봐서 뭐 해요, 온천장 가서 생 비디오 보면서. 이
새끼 발랑 까져가지구. 그건 뭐야? 히히. 뭔데? 이거 말이죠 형. 저 대
학병원에 의사 학생 애들이요, 구두 닦아 가지구 갔더니 지네들 방으
로 나를 데리구 가더라구요. 그러면서 야 너 몇 살이냐? 그러더라구요.
그래서 열여섯이오 그랬죠. 너 정말 열여섯이냐? 네. 그러니까 걔네들
이 캐비넷에서 이 책을 가져오더니 너 가서 니 정액 좀 받아와라, 그러
는 거예요. 속으로 이 새끼들이 사람 갖구 노나 했죠. 그런데 애새끼들
웃지두 않고 또 그러는 거예요. 야 너 가서 이 병에다 니 정액 좀 받아
와라, 돈 줄께. 옆에 있던 뚱뚱한 놈두 나한테 그러는 거예요. 너 어떻
게 하는 건 줄 알지? 그러니까 다른 놈이, 임마 얘가 몇 살인데 그 짓
모르겠냐? 하는 거예요. 어이 나두 곤조가 있지. 싫어요. 그러고 나올
려니까. 이 책두 너 줄께, 그러잖아요. 나는 그 따위 책 아랑곳하지 않
는다는 몸짓을 하면서 그랬죠. 얼마나 줄 꺼유?

나는 티슈 상자에서 분홍색 휴지를 네 장 뽑았다. 그리고 팬티를 내
렸다. 나는 서가 내 등에 입맞추었을 때의 느낌을 되새겨 보았다. 따스
하고 부드러운 유방의 감촉에 대한 기억을 되살리려고 나는 고요히 집
중했다. …… 어머 이런 일도 있을 수 있네요, 세상에. 여하튼 아주 재
미있었습니다. 이 엽서 보내주신 강남구……. 금발 미녀가 벌거벗은
어깨 너머 뒤를 돌아보며 미소짓고 있다. 서의 손톱이 내 가슴 위에
빨갛게 멈춰 있었다. …… 벌써 아쉬운 작별……. 서양은 떠났는데. 언

제요? 오래 됐어. 나 갈께. 서가 내 귀를 지그시 깨문다. 재떨이에 떨어지는 한 덩이 침. 반쯤 벌어진 입. 게슴츠레 뜬 눈. 입김. 떠났어. 읽어봤어요? 그 책? 김정옥이 묻는다. 픽. 대머리의 웃음. 빨간 손톱. 흔들리는 유방. 언제 떠났어요. 흑인. 흑인. …… 지금까지 애청해 주신 데이트 가족 여러분 그럼 우리 내일 다시 만나요. 저는 송주연이었습니다……. 네. 집에 가요. 혜란이 웃으며 다가섰다. 널렸어 널렸어. 선임하사가 팔을 저었다. 나는 기침처럼 웃음을 토해냈다. 쬐끄만 방이 있다구요? 제기랄. 다 없어져 버려!

나는 내 이마를 짚어 보았다. 미열이 있군.

그래서 너 그 짓 몇 번이나 했냐? 나두 몰라. 개들 걸핏하면 부탁하니까. 내가 한 번 해보자. 아유 형이? 그래. 왜? 형은 돈 많은데, 뭣 하러 혼자 해. 그냥 나두 한 번 해보자. 대신 돈은 니가 가져. 그 대신 그 책은 나를 줘야지. 히히. 형 나 이 책 말구두 삼삼 한 거 많어 다 개들이 준 거야. 여기다 받으면 되니? 엉. 얼마나 되냐? 양이 보통. 몰라 좌우간 해서 갖다 주면 돼. 그 친구들 이 걸루 뭐 하는 거지? 글쎄. 비이커에다가 넣어 가지구 기르나 보지 뭐. 병신 같은 놈. 그게 되니? 알어 나두 안다구 그냥 해본 소리야. 아니지 혹시 알아? 정말 정액이 개구리 알처럼 비이커에서 커갈지두 모르는 거잖아. 하 이거 기찬 사진인데. 형, 그거 옆에다 흘리면 안돼. 석현이 녀석이 팔짱을 끼고 나에게 주의를 줬다. 의사 새끼들도 바로 저런 자세로 석현이에게 똑같은 주의를 주었으리라. 흘리면 안돼. 에라 임마. 나는 석현의 귀를 잡아 천장으로 던져 껌처럼 붙여버리고 싶었다.

나는 젖은 분홍색 휴지를 변기에 버리고 물을 내렸다. 물 빠지는 소리가 화장실을 향해 아가리를 있는 대로 벌리고 달려들었다.

다시 갓 등을 끄고 라디오도 껐다. 먹물 속처럼 캄캄했다. 이렇게 시커먼 것을 허파 속에 들이마셔도 살 수 있는 것일까? 나는 암흑을 쏘아보며 생각했다. 변기에 물 차오르는 소리는 여자의 하혈을 연상시켰다. 이제는 잠이 오려나? 괜히 끼어 들었어. 내가 뭔데, 그 사람들은 손님인데, 손님 말허리를 끊으면 가장 큰 실례라는 것도 잊었나. 나는 바텐던데. 서도 그래, 느꼈을 거야. 사람인데 자기 냉대하는 걸 모를까? 캄캄하군. 차가 지나가는군. 빠른데. 어디를 저렇게 빨리 가지? 꼭 어디론가 가야만 하는 거냐구. 우리는. 너무 빠르군. 캄캄하군. 차가 가는군. 빠른데. 물이 아직도 차오르는군. 할 수 없지. 나는 일어서서, 화장실로 갔다. 조금 훤하군. 나는 아랫도리만 벌거벗은 채로 서 있었다. 누군가 계단을 오르고 있었다. 나는 나의 붉은 성기를 내려다보았다. 어쩌지? 이층 마루는 불도 안 켰는데 환했다. 달이 떴군. 계단을 올라온 것은 고양이 몸집 만한 사람이었다. 다리 하나는 몽당연필처럼 짧았고 두 팔 모두 손이 달려 있지 않았다. 그는 온몸에 누런 오물을 뒤집어쓰고 있었다. 이게 뭐야? 네 아들이야. 계단 아래에서 어떤 여자가 외쳤다. 귀신들린 여자군. 그래 나야. 나 주홍색이야. 저건 네 아들이야. 내 아들이 왜 이렇게 생겼어. 니가 죄를 지었으니까. 죄? 그래. 간음한 죄야. 오늘 네 아들이 구린내 나는 정화조에서 기어나오더군. 네가 휴지에 싸서 버린 정액이 그 오물 처리통에서 부화된 거야. 알아? 몰랐어. 그럴 수도 있나? 그럼 똑똑히 봐. 음란죄야. 뚱뚱아 네가 뭘 알아. 거짓말하지마. 니 새끼야 똑똑히 봐두라구. 거짓말이야. 똑똑히 보라니까. 나는 가까이 갔다. 그 누런 동물은 더 이상 움직이지 않았다. 그것은 어느새 누군가 뱉어 놓은 침으로 변해 있었다.

　　"요즘은 어떤 책 읽어요?"

라고 김정옥이 나에게 물었다.

　　"아무것도 안 봐요."

라고 나는 대답했다.

　　"독서량이 많으신 것 같던데."

　　"많긴요. 아 요즘은 그렇고 그런 잡지는 거의 다 봐요. 주인 아저씨가 슈퍼마켓을 하는데 가판대에서 때 지난 잡지는 모두 들여놓거든요."

　　"어머, 그렇고 그런 잡지요?"

　　"네, 요즘은 종류도 다양해졌어요. 사건과 실화, 스크린 뒤안길, 러브, 등등. 야하기두 더 야해졌지요. 교수님은 그런 거 읽어보신 적 없겠지요?"

　　"그렇게두 야해요?"

하고 김정옥이 잔을 조심스럽게 입으로 가져가며 물었다. 쳐다보는 그 모습이 꼭 몰래 군것질을 하다 들킨 아이의 표정 같았다.

　　"그럼요. 아주 아주 야하죠. 눈 뜨고 못 볼 장면두 많아요."

　　나는 느릿느릿 대답했다. 그러자 김정옥이 나를 빤히 올려다보았다. 잠시 눈이 마주쳤다. 그 눈에는 지지 않겠다는 고집이 서려있었다. 그것은 자부심으로 충만한 사람이 아주 하찮은 일로 잠시 싸워야 할 때 나타내는 그런 초조함과 비웃음이 섞인 역겨운 얼굴이었다. 이 여자는 어떤 여잘까? 불현듯 나는 김정옥이 만만하게 보였다. 지라구 별 수 있어? 보통 여자일 뿐이지. 밤에는 성행위로 헐떡일지도 몰라. 참, 이혼했다던가? 그렇다면 성적인 공상으로 침대에서 마냥 뒤척이다 그러다가 잠이 들겠지, 자위행위를 할까? 이 여자도? 테레비를 보면서 특히 선전의 멋진 모델들을 보면서 공상을 할까? 이 여자도? 탤런트들하구 그 짓을 할까? 공상 속에서 이 여자도? 비디오를 볼까? 보면서 영화 속의 배우들처럼 그렇게 멀거니 섹스를 할까? 아니 멀거니 바라보고 있을까? 바로 이 여자도?

"무슨 생각해요?"

라고 김정옥이 물었다.

"그런 잡지들은 더러워요. 쓰레기지요."

라고 나는 대답했다.

"천만에요. 저는 그런 데 실린 글이 시사하는 바가 많다고 봐요."

"저는 그런 데 실린 글이 사람을 치사하게 만든다구 봐요."

나는 김정옥의 말투를 흉내내며 대꾸했다.

"그래요?"

김정옥은 의외라는 듯이 묻고, 스트로우로 브림을 톡톡 쳤다.

"슬링 한 잔 주세요. 한 잔 하구 슬슬 가봐야지."

라며 그녀는 두툼한 외투를 들썩였다.

"벌써 가시게요?"

라고 말하며 나는 돌아서서 주사기를 들었다, 안 보이게.

"이젠 아예 이사 오신 겁니까?"

하고 나는 물었다. 김정옥이 지난 여름에 이혼했다는 것을 나는 이미 주워들어 알고 있었다. 두 딸의 엄마라는 것도.

"아니오."

라고 김정옥이 대답했다. 어쭈, 거짓말도 하는군. 내가 다 들어서 아는 데도…… 나는 셰이크 속으로 주사기에 든 나의 정액을 쏟아 넣었다. 그리고 그것을 흔들기 시작했다. 첩, 첩첩, 첩, 첩첩.

　김정옥은 그 빠알간 액체를 조금씩 마시기 시작했다.

　"이 영감쟁이는 어딜 간 거야. 지 아들내미 왔는데."라고 어머니가 투덜거렸다. "정초부터 어딜 가서 자빠져 가꾸 술 처먹나 봐 아 지겨워." 어머니라는 그 여자가 마치 나에게 들으라는 것처럼 부엌에서 외치고 있었다. 왜 저럴까? 왜 나를 미워할까? 텔레비전에서는 코메디를 하고 있었다. "돈이라두 콱콱 벌어오면 술 마셔도 밉지나 않지. 쓰레기 청소부가 매일 술이야." 저 사람이 내 아버지의 아내란 말인가? 코메디에서는 두 사내가 가운데 서 있는 사내의 뒤통수를 번갈아 후려치고는 둘 다 차례로 시치미를 떼고 있었다. 어머니는 내가 중학생이었을 때 장암으로 돌아가셨다. 나는 텔레비전 화면만 뚫어져라 보았다. 그래야만 여자의 악담이 안 들릴 것처럼 느껴졌다. "그나마 내가 들여놓으면 다 써버려 술 처먹는다구. 우라질 놈." 아버지. 쓰레기통 같은 아버지. 작살난 아버지. "애새끼들 있으면 뭐 해. 밑 빠진 독인데." 나는 선물로 들고 온 꿀단지를 발바닥으로 휙 밀어버렸다. 어린 이복 동생들이 말없이 내 몸짓을 지켜보고 있었다. 나는 담배를 붙여 물고 방을 나왔다.
　강남터미널은 연휴의 끝이라 그런지 사람이 뜸했다. 다행히 막 차가 있었다. 아버지는 어디 가신 것일까? 이제는 수레 끌기두 힘들 텐데. 오늘 아무도 모르게 아버지 이름으로 된 통장을 보여 드릴려구 했었는데. 어디서 잘못된 것일까? 건강이 나빴기 때문이었을까? 암이란 얼마나 무서운 병인가. 자동판매기 옆에는 거지가 누워 있었다. 그의 손에는 흐르다 굳은 피가 묻어 있었다. 뭐가 잘못된 걸까? 아버지와 나는…… 담배 연기 사이로 칸막이 전체를 뒤덮을 만큼 커다란 낙서가 보였다. 검은 매직 펜으로 그린 여자의 음부였다. 나는 화장실 입구에서 손을 두 번 씻었다. 더럽다. 더럽게 더러워. 신호가 갔다. 여보세요?
어머니라는 여자였다. 나는 아버지 계시냐고 물으려다가 망설였다. 여
보세요? 나는 전화를 끊었다.

내 얼굴이 까만 유리창에 얇게 반사되어 보였다. 좁은 이마. 납작한
코. 어떻게 살아가야 할까? 그냥 이대로 살아가나? 그러다가 그냥 가
나? 장암이란 정말 끔찍하다. 그래서 그럴 것이다. 두려움에는 포기가
약이니까. 아버지는 아무것도 더 희망하는 것이 없는 것 같다. 나두 그
렇다. 젠장. 아들도 손자도 다 필요 없다. 미지근한 생활. 미지근한 삶.
진지해 봤자 듣는 소리라고는 미쳤어요? 어디 아파요? 헤어지구. 그러
면 돈이나 벌지 뭐. 또 잠이 안 오기 시작. 술. 꿈. 개 같은 꿈. 휴지하고
뒤엉켜 살래? 그래 휴지다. 휴지. 걸레. 나는 차창을 손바닥으로 쳤다.
쿵. 건너편에서 졸던 승객이 한 번 뒤척이는 모습이 내 손등 너머로
비쳤다.


"어머, 이곳 달력도 이중섭의 소네요. 건상씨 저 달력 바꿔야 되겠어
요."
"왜요?"
나는 돌아서서 힐끗 달력의 그림을 보며 물었다.
"여기 분위기하구 너무 안 어울려요."
김정옥이 머리를 저으며 말했다.
"벌써 다들 표시를 했는 걸요."
"어머, 그렇구나. 저게 무슨 표시예요?"
"이것저거죠. 자기들 월급날, 노는 날, 데이트하는 날, 뭐 그런 거예
요."

"데이트도 즐겨요?"

"그럼요. 데이트는 뭐 교수님들만 하는 게 아니랍니다."

"그 교수 소리 좀 작작 하세요."

오랜만에 나를 본 김정옥은 왠지 장난스러운 기분에 젖어 있는 것처럼 보였다.

"저는 이 소를 보고 있으면 꼭 취해 있는 것처럼 보여요."

하고 내가 말했다.

"누가요?"

"이 붉은 소 말이에요. 꼭 취한 여자 같아요."

"저 소가 취한 여자라구요? 어머, 말두 안돼."

"왜 말이 안 되는지요? 제겐 그렇게 보이는데요?"

하고 나는 일부러 더욱 공손하게 물었다.

"뭐 그렇게 보는 것도 자유겠지만요, 대개 소는 생산의 건강한 이미지라구요. 저 그림두 붉은 색 계열이잖아요? 보세요. 왕성한 생명력이 느껴지지 않으세요?"

하고 김정옥은 빠르게 말했다. 나는 고개를 끄덕이며 듣다가, 말을 마친 김정옥이 이제 알았냐는 듯이 똑바로 나를 쳐다보고 있는 모습을 보자, 불현듯 그 자신만만한 낯짝을 향해 짧은 욕 한 마디를 던지고 싶은 충동을 느꼈다. 나는 헛기침을 하고는 다시 소를 돌아보았다. 그 소의 두툼한 입술에서는 죽어가는 퇴물의 미지근한 평화가 느껴졌다. 그것은 술에 중독된 작부임에 틀림없었다.

"이제 곧 봄이 오겠지요. 꽃도 필 테고. 노오란 개나리꽃."

이라고 말하며 김정옥은 자신의 짧은 머리카락을 훑었다. 다섯 달이 지났는데도 김정옥의 배는 불러오지 않았다. 나는 그녀가 외투를 벗을 때마다 관찰했었다. 물론 정액을 위장에서 착상시킬 수는 없는 노릇이다. 그래도 나는 혹시 혹시 하며 지켜보았다. 김정옥처럼 딸만 낳은 여자는 밥통 임신이 안 되는 것인지도 모른다. 아니면 혹시 정액의 양이 적었던 것일 수도 있다. 임신을 시킬 수만 있다면 반드시 저런 여자여야 한다. 저렇게 머리 좋고 아름다운 여자가 낳을 내 아이는 얼마나 소중한 아이일 것인가. 천만에! 그렇지 않아. 그녀는 언제나 슬링을 마신다. 너는 언제나 그 빨간 술에 정액을 섞는다. 니 애는 빨간 피부를 가지고 태어날 거야. 분명해. 꼭 도깨비 새끼를 낳게 될 거야. 두고 보라구. 양수에서는 술 냄새가 날 거야. 벌건 술 냄새 말야.

"그때 같이 오셨던 선생님은 요즘 어떻게 지내세요?"
라고 내가 물었다.
"아, 그 언니. 조교수로 발령 났지요."
라고 그녀가 대답했다.
"건강하신가요?"
라고 내가 다시 물었다.
"호호. 그 언니는 기둥처럼 튼튼하지요."
라고 그녀가 대답했다.
나는 그 통통한 조교수에게도 내 정액을 먹였었다. 그 여자도 임신이 안 된 것인가 보다. 제기랄.
"체리 좋지요?"
라며 나는 김정옥에게 스틱에 꽂혀 있는 체리를 들어 보였다.
"좋구 말구요."
라고 그녀가 대답했다.
어서 마셔라. 그리고 빨리 나의 체리를 삼키렴. 체리 속엔 하얀 내

정자가 꿈틀거린단다. 네 몸 속을 기다리며, 너의 그 따스한 몸 속을 말이야. 그녀는 웃으며 체리를 입으로 가져갔다. 안돼!

"잠깐 그거 이리 줘봐요."

라며 나는 체리를 그녀의 손에서 빼앗았다.

"뭔가 묻은 것 같아요."

나는 내 체리를 들고 돌아서서 그것을 입안에 넣었다.

"뭐가 묻었다면서요?"

그녀가 손을 들어 나를 말리며 물었다. 나는 체리를 씹었다. 비린 맛이 혀뿌리로 번져 나갔다. 나는 그것을 꿀꺽 삼켰다. 욕지기가 올라왔다. 나는 물을 마셨다. 어디선가 송진 냄새가 났다.

"어디 아파요? 건상씨."

그녀가 일어서며 물었다.

"아니오. 괜찮아욥."

또 욕지기가 일었다. 눈물이 왈칵 쏟아졌다. 내가 먹다니. 나의 배에서는 내가? 내 아들이 임신이 될까? 우하하하. 나는 웃기 시작했다. ▫

(1993년 12월)

# 뿔

　"쥐새끼 아가리 속이다!"

　두 평 남짓한 골방에 누워 열에 들뜬 달치는 신경질적으로 머리통을 뒤척이며 외쳤다. 이상하게도 그의 눈은 싸구려 도배지 위에 사로잡혀 있었다. 불그죽죽한 꽃무늬를 따라 이쪽에서 저쪽으로 되돌아가며 계속 불안하게 눈동자를 움직이던 달치는 한숨을 푹 쉬었다. 날카로운 고통이 찌르르 왼쪽 갈빗대로 저며 왔다. 그는 신음을 참을 수 없었다. 마치 썩은 피가 멍자국으로 몰려다니며 악을 써대는 것 같았다.

　"아아, 징그러운 세상……"

　달치가 푸념했지만 망구는 여전히 대꾸가 없었다. 앞을 노려보고 있던 그는 묵묵히 소주병을 들어 마신 후, 조심스럽게 집어든 김치 쪼가리를 턱에 골이 지도록 힘을 주며 천천히 씹었다. 망구는 다시 허공만 노려보고 있었다.

떨어지는 주먹에 겨워 오른팔을 들어 허공을 휘저으며 아량을 구걸
했지만 성대의 구둣발이 옆구리를 질렀다. 쌍놈 새끼 어디라고 멋대로
지랄이야. 성대의 똘마니들이 에워싼 채 어정거리며 침을 퉤 뱉기도
하고, 욕을 하고 껌을 씹으며 픽픽 웃기도 했다. 달치는 광장의 아스팔
트 위로 바삐 움직여 가는 구둣발들을 보고 있었다. 텅. 또 오른쪽 가
슴이 채이자 고슴도치 같은 고통이 온몸으로 설설 기어나갔다. 이렇게
해서 죽는구나. 달치는 기운을 잃고 고개를 꺾었다. 까맣게 고인 빗물
에 사람들이 거꾸로 비쳤다. 땟국이 흐르는 조랑말이 연신 대가리를
끄덕이고 말굽을 따각따각 울리며 사람들 사이로 지나갔다. 두런두런
달래는 망구의 목소리가 들렸고 성대가 욕지거리를 내뱉었다. 망구가
가슴께로 팔을 돌려 질질 끌고 가자 달치는 토할 것 같았다. 맥 빠진
팔이 고여 있던 빗물로 툭 떨구어졌다. 달치의 젖은 팔이 끌리며 아스
팔트 위에 줄을 그었다. 사람들은 그들을 저만치 피해 갔다. 자기를 내
려다보고 오만상을 찌푸리며 길을 비키는 모습을 보면서, 달치는 공연
히 주변 모든 것들을 향해 빈정거리고 싶은 기분이었다. 하늘에 꽉 찬
높은 구름 위로는 해 같지도 않은 해가 작고 허연 동그라미로 찍혀 있
었다.

빠진 눈알처럼 달랑 매달린 알전구에 눈이 부셔 달치는 모로 누웠
다. 이름 모를 다족류의 벌레가 빠르게 벽 쪽으로 기어갔다. 망구는 여
전히 벽에 기대어 깡술을 마셨고, 들창 너머로는 장마비가 내렸다. 부
챗살 모양의 네온사인이 접혔다가는 도로 펼쳐지고 다시 접혔다가는

펼쳐지고 있었다. 아래쪽 큰길로부터 물먹은 자동차 경적 소리가 울려
왔다.

　"빨리 박아 줘요."
　달치는 책상을 짚고 의사에게 달려들 듯이 다가가며 요구했다.
　"알았어. 알았다니까."
　주정뱅이 의사가 손을 저으며 애매하게 대꾸했다.
　"돈은 있어요."
　달치가 안주머니를 만지며 말했다.
　"그래 박아 줄께, 박아 줘. 나아 원, 서둘기는."
　의사가 일어서며 말했다.
　달치는 시트에 뺨을 붙이고 엎드린 채, 마취된 자기 등짝 위를 오가
는 의사의 손길을 무감각한 살갗의 저편에서 꿈속인 양 어렴풋이 느끼
고 있었다. 나도 이제 놈들 못지 않게 쇠철심을 박아 넣는단 말이다.
달치는 자꾸 두려운 마음이 들면 이렇게 되뇌이며 주먹을 쥐었다. 성
대라는 놈은 ×에다가 해 넣었다며? 흥, 양아치, 제비밖에 안 되는 놈
이……. 이렇게 생각하고 있는데, 뼈에 못질을 하는지 등짝이 세차게
울리며 온 몸이 흔들렸다. 달치는 코끝의 진땀을 훔치며 갈 데까지 가
는 거라고 다짐했다.

　달치가 해 넣은 쇠파이프는 저번에 성대에게 박살이 났던 지게보다
더 가벼웠다. 니은 자로 꺾인 파이프의 한 쪽은 메스로 찢은 살 속에
집어넣어 뼈에 단단히 박아 놓았고 나머지 한 쪽은 바로 엉덩이 위 부
분으로 해서 달룽 솟아 나오도록 해서 한 쌍을 나란히 등짝에 심어 놓

았던 것이다. 달치는 양팔을 돌려 솟아난 쇳덩어리 뿔을 탐스럽다는 듯이 만져보곤 했다. 이제 건드릴 놈 없겠지.

여름도 다 가고 추석이 되자 대목이었다. 달치는 웃옷 뒤에 알맞게 구멍을 내고 뿔을 드러낸 채 역전 광장을 쏜살같이 달려가며 부지런히 지게질을 했다. 몸의 일부가 되어버린 지게 덕에 미어 터지는 사람들 사이로도 얼마든지 비집고 다닐 수가 있어서 빠르고 좋았다. 사람들도 그가 다가가 등짝을 돌려 대면 별 짐이 없는 사람도 알 만하다는 듯이 조금 두려운 표정을 지으며 마지못해 들고 가던 작은 가방 하나를 총 구처럼 튀어나온 달치의 두 뿔 위에 가만히 올려 놓았다.

목을 물 테다. 물고 안 놔줄 테다. 달치는 성대의 똘마니를 따라 철 교 밑 성대의 아지트로 가며 속으로 결심했다. 쓰러진 놈 위로 벌렁 눕는 거다. 이렇게. 걷고 있던 달치는 댄스라도 하듯이 갑자기 휙 돌아 서더니 엉덩이를 뒤로 한 번 불쑥 뺐다. 성대가 자기 뿔에 찔려 바로 사타구니 사이를 움켜쥐고 비명을 지르는 모습을 그리며 달치는 충혈 된 두 눈을 부라렸다. 이번엔 너 죽고 나 죽는 거다.

달치는 방구들에 주저앉아 뿔에 기대어 막걸리로 목을 축이며 구겨 진 지전을 펴 차곡차곡 쌓고 있었다. 이번 설 대목까지만 벌고는 소사 에 도로 내려가야겠다고 다짐했다. 도망간 마누라 쫓아 잡아죽인다고 무작정 상경했던 것이 엊그제 같은데……. 이젠 정말 어느 놈팡이하고 지랄을 하다 뒈지든 말든 상관없다고 생각했다. 지쳤기 때문에 다 포 기하고 다 체념하고 그만 쉬고 싶을 뿐이었다. 이런 것도 용서라면, 용

서란 항복이 아니고 무엇이냐? 제기랄. 달치는 투투 침을 묻혀 지전을
세기 시작했다.

　언제나 엎드려 자야 하는 달치는 가슴이 아팠다. 깨어서는 콧속이
멍멍하고 머리가 무거웠다. 텐트처럼 불룩 솟아오른 솜이불이 내리 누
르는 통에 옆으로 눕기는커녕 뒤척이기도 힘들었다. 귀찮아서 이불을
젖히면 곧 뿔 끝에서부터 싸늘한 겨울 공기가 등뼈를 타고 전달되었다.
　한낮에도 이 칼바람만은 견딜 수가 없었다. 붕대로 감아 보고 자전
거 튜브를 덧씌워도 보았지만 구멍난 야전 잠바를 비집고 들어오는 겨
울 바람으로 얼어드는 쇠뿔의 냉기를 막을 수는 없었다. 고드름 두 가
닥이 온종일 등짝에 얹혀진 꼴이다 보니 입이 덜덜 떨리고 등으로 식
은땀이 흘렀다. 달치는 아무 짐이나 닥치는 대로 지고 다니며 몸의 열
기로 뿔을 데우기도 하고 짊어질 짐이 없으면 무작정 역전 광장을 이
리저리 마구 뛰어 다녔다. 그 모습은 마치 시험대 위에 갇혀 나갈 길을
찾아 헤매는 생쥐처럼 보였다.
　지친 몸으로 돌아와 방바닥에 나자빠져도 두 뿔 기둥에 받쳐진 허리
는 휘어져 불룩 솟아 오른 꼴로 결코 평탄하게 가라앉을 줄 몰랐다.
아차, 뿔을 잊었었구나. 달치는 뿔을 만져보고 두 팔을 휘저으며 몸을
비틀어 간신히 자기 몸을 옆으로 쿵 쓰러뜨렸지만, 바닥에 부딪치는
충격으로 옆구리, 턱, 관자놀이 할 것 없이 몹시 아팠다. 울먹이는 얼굴
로 천천히 무릎을 끌어당겨 감싼 그는 아이처럼 두려움에 흐느껴 울기
시작했다. 그러자 떨리는 몸의 요동에 따라 뿔이 방바닥에 부딪치며
에스 오 에스를 보내는 모르스기처럼 가는 신호음을 울렸다.
　어느새 달치는 허리를 치켜세우고 자고 있었다. 가슴이 억눌려오자

무의식중에 용을 써서라도 똑바로 눕고 싶었던 것이다. 그런 자세로 오래 있으니 이번에는 다시 허리 쪽 살이 배어 그런지 두 다리로 번갈아 방바닥을 밀며 허리를 더 곧추 세우려들었다. 하지만 너무 고단했던 그는 깨지는 않았다. 계속 버둥거릴 뿐이었다.

그는 지구를 등에 지고 걸어가고 있었다. 처음 지구를 등에 올려놓아 주신 분은 환한 빛에 싸인, 흰 옷을 입으시고 인자한 미소를 머금은 할아버지였다. 땀투성이가 되어 낑낑거리며 걷고 있자니 사람들이 지나쳐 가며 혹은 가련하다는 듯이 혹은 비웃는 얼굴로 손가락질하며 지구를 지고 간다고 말했다. 달치는 얼어붙은 허허벌판을 걷고 있었다. 그는 외롭다고 느꼈다. 지구는 조금도 가벼워진 것 같지는 않았지만 크기가 점점 작아지고 있었다. 뒤돌아보면 새파란 지구가 그의 뿔 위에서 느리게 돌고 있었다. 파란 바다 빛깔이 너무도 고와, 지구는 커다란 보석처럼 빛나 보였다. 달치는 어서 가야겠다고 결심했다. 빨리 가서 지구를 누군가에게 꼭 돌려주어야 한다고 생각했다. 그러나 좀처럼 발이 떨어지지 않는 것이었다. 발치를 내려다보니까 아내가 자기 발에 밟혀 피투성이가 되어 있었다. 짓이겨진 피와 살에 발이 빠져 걸을 수가 없었다. 옆에는 흰 포대기에 쌓인 달치의 아버지가 어린아이의 모습으로 얼굴에 흰 수염을 날리며 웃고 있었다.

"아버지는 너 때문에 울화병에 돌아가셨어." 하고 달치는 아내를 향해 외쳤다. 아내는 온 몸이 괴로운 표정이 되어 구겨져 있었기 때문에 달치는 가련한 생각이 들어 이제 그만 밟자 했지만, 그 앞에 뉘어져 있는 아버지 때문에 더 이상 앞으로 나아갈 수가 없었다.

"돈 좀 벌더니, 몸은 불고 일은 하기 싫고, 그런가?" 하고 망구가 달치를 흔들며 귓가에 대고 외쳤다.

"자식, 몸뚱어릴랑 잔뜩 휘어 가지구……. 고추도 있는 대로 빳빳해져서 꼭대기를 향하고 있구나……. 무슨 생각을 하고 있는 거냐?"

"닥치구 있어. 아마 이 봉이 허리 안쪽의 어디를 자극시켜 가지고 신경이 흥분하게 되는 것 같단 말이야."라며 달치는 옆으로 넘어졌다가 뭉그적거리며 앉았다.

"자식, 꽤 유식해졌군. 자, 이거 먹어." 하고 망구는 약병을 내밀며 말했다.

"이것이 무슨 약이야?" 하고 달치는 손바닥에 놓인 노란 캡슐을 보며 물었다.

"우리 집 년들이 머리 아플 때 먹는 거야. 미제라구. 너 아무래도 그거 뽑아야 될 것 같아."

"너는 아무렇지도 않은데 ……. 나는 왜 이럴까?"

달치가 뿔을 양옆으로 지그시 당기며 고개를 갸웃했다.

"나야 팔뚝에 금을 조금 심었지만, 너는 무식하게 쇠 쪼가리를 등짝에 엿같이 붙였잖아. 독이 올라서 부은 거야."

"상관 마."

달치는 무뚝뚝하게 잘라 말하며 노란 약을 세 알 입안에 털어 넣었다.

"미친 놈. 한 알만 먹어도 돼."

망구가 손을 가져갔지만 이미 소주와 함께 삼킨 뒤였다.

"상관 마……. 니미랄, 아무래도 내려가야겠어."

"어딜? 고향? 그래, 그래, 생각 잘했어. 돈이나 떼먹지 말구 어서 꺼져라."

달치는 그 동안 번 돈을 생각했다. 뿔 박으려고 망구에게 빌린 돈하고 다시 빼기 위해 들어갈 돈을 제하면 별로 남는 것도 없었다. 하지만 그것마저 모두 이 친구에게 줘 버리고 떠나리라 결심하며 달치는 괜히 더 뾰루퉁한 표정으로 망구에게 말했다.

"네까짓 놈에게 줄 돈은 없어."

"후레자식 놈."

달치는 비시시 웃었다. 갑자기 자기가 지난 일 년여 만에 농사꾼에서 덜 떨어진 뱃놈 같은 무척 거친 사람으로 변했다고 느꼈다. 달치는 이상하게 망구가 고맙게 여겨질수록 멋쩍어서 더 거칠고 무뚝뚝하게 그를 대하는 것이었다. 사내라면 친구를 그렇게 대할 줄 알아야지…… 달치는 적어도 자기가 서울에서 자존심만은 지켰다고 믿었다. 그리고는 다시 뒤로 팔을 뻗어 두 뿔을 쓰다듬으며 자존심이란 이렇게 딱딱한 것이라고도 생각해보았다.

달치가 몹시 기침을 했다. 이마에 땀이 돋고 있었다.

"너 이따가 우리 여관으로 와라."

"포주놈 집을 왜 가?"

"뜨거운 물에 목욕두 좀 하구. 내가 성자 년더러 들어가라고 할 꺼니까."

"쌍놈!"

확실히 망구 말대로 더운 물 속에 잠겨 있으니 살 것 같았다. 비록 물 속에서지만 몇 달만에 처음으로 편안하게 누워 보았다. 약 기운 때문에 조금 어지럽기는 했지만 조만간 수술하고 나면 예전처럼 건강한 몸으로 돌아가리라는 희망에 뿌듯했다.

"어머 이 뿔 좀 봐. 아찌, 안 아퍼?" 하고 성자가 달치의 등에 비누칠을 하며 호들갑을 떨어댔다.

"내가 여기 녹슨 곳 좀 닦아줄게."

"그만 둬. 어차피 도로 뺄 거야."

"어머, 이 멋진 것을 왜 도루 빼? 고생해서 박아 놓구서."

"이년아, 네가 뭘 알아."

"왜 욕이야, 쌔끼야."

달치는 픽 웃었다. 성자가 욕을 하자 이상하게 온 몸이 근질거리는 기분이 들었기 때문이었다.

"이리 와." 하고 달치가 성자의 팔을 끌고 침대로 갔다.

"오마마, 저 뿔 흔들리는 것 좀 보라고……."

성자는 달치의 엉덩이 위로 난 두 뿔을 번갈아 잡고 수건으로 닦아 가며 따라 갔다.

성자는 침대 위에 엎드린 달치 위에 엎드려 뿔을 관찰하고 있었다.

"너는 그 쇠몽둥이가 그렇게 좋으냐?"

달치가 돌아보며 물었다.

"좋은 것이 아니라 신기하잖아."

성자가 담배를 빨아 연기를 뱉고는 빨간 담뱃불을 뿔에 대고 있었다.

"아찌, 뜨거워?"

"아니……. 아니, 조금 뜨뜻해지는 것도 같은데."

"햐아, 이상하다."

성자는 두 뿔을 껴안았다. 그러자 달치는 뿔을 통해 성자의 체온을 느낄 수 있을 것만 같았다. 아주 부드러운 여자의 살이었다.

"이제는 그것도 내 몸의 일부가 되었나 봐."

달치도 담배를 물며 말했다.

"그러니까 빼지 마. 이 멋진 것을 왜 빼? 어머, 어머, 두 뼘이 넘어."

병상 위에는 부풀대로 부풀어 오른 달치가 죽어가고 있었다. 데려가려고 온 망구는 떨리는 손으로 뿔을 밑으로 잡아당겨 보았다. 뿔과 닿아 있는 살이 조금 찢어져 엉겨 있던 딱지 밑으로 검은 피가 진득하게 돋아 나왔다. 뿔에는 파란 가루 녹이 슬어 있었다. 망구는 그것을 엄지손가락으로 문지르고 긁어내었다.

"야, 어째 열흘만에 이 지경이 되냐?"

망구가 답답한 표정으로 울먹이며 말했다. 달치는 벌거벗겨진 채 흰 시트 위에 엎어져서 콧구멍에 가는 호스를 끼고 있었는데, 망구에게 무슨 말인가 하려는 모양이었다. 부은 눈은 곧 앞으로 튀어 나올 것만 같았고, 코앞에는 면도사처럼 세모난 플라스틱 판을 대고 있었지만 너무 부어 오른 입술과 인중 때문에 있으나마나 한 지경이었다. 망구는 그것을 떼 팽개쳤다.

"달치야, 뭐라구 하는 거야, 새끼야."

달치는 입을 뻐끔거렸다 다물어지지 않는 입술 사이로 침이 흘러내리고 있어 형광등 불빛에 반짝였다. 망구는 애처로워 머리를 들고 눈물이 글썽한 눈으로 창 밖을 보았다. 해는 떨어지고 먹지처럼 얇은 산 위로 노을이 물들고 있었다.

"이 놈의 것, 지금 좀 시원하게 빼버리면 안되나?"

망구는 의사더러 들으라고 문을 향해 소리를 질렀다.

"아프냐?"

망구는 두 뿔을 잡고 힘껏 잡아 뽑아 보았다. 뿔이 돋은 자리가 더 벌어지며 피가 솟아올랐다. 달치가 희미한 신음을 내었다.

“아, 지랄이다.”

망구는 머리를 감싸 쥐며 중얼거렸다. 달치의 등은 군데군데 퍼런 반점이 돋았으며 쇠기둥이 들어간 부분은 까맣게 죽은 살이 터지고 고랑이 파일 정도로 부어 올라 마치 썩은 토마토처럼 보였다. 배에 가스가 차 오는지 달치의 몸은 가운데가 엄청나게 부풀어올라 있었다. 그것은 여전히 뻐끔거리는 입술과 함께 그를 흡사 갓 잡혀 올라온 한 마리의 복어처럼 보이게 만들었다. 여전히 솟아 있는 두 뿔은 방금 그를 낚아 올린 누군가의 거대한 낚시 바늘이었다.

“완전히 작살이 났구나, 임마.”

망구가 달치 입에 귀를 가져가며 훌쩍였다.

“뭐라구? 뭐라구? 내 딸이, 뭐라구?”


겨울에 웬 놈의 파리냐? 망구는 관에 두른 광목 위로 손을 가져가 파리를 쫓았다.

“어 어, 안 돼, 안 돼. 땅에 닿으면 절대 안 돼.”

관을 든 누군가가 외쳤다.

“큰일인 걸. 축대 때문에 나갈 수가 없어.”

달치의 관은 좁아 터진 방문 밖으로 채 내밀어 보지도 못하고 공연히 방에서 한 바퀴 빙그르르 돌았다. 관을 든 사람들은 힘에 겨워 비틀거리며 저마다 궁시렁거리고 투덜대고 악을 썼다.

“제기랄, 밀지 말고 살살 돌아. 벽에 부딪치잖아.”

“망할 놈의 방구석 오부지게 작구나. 창문을 뜯어야 하나?”

“그리로는 생각두 말어. 절벽이라구. 길도 여기보다 훨씬 좁다구. 삐끗 했다가 모조리 곤두박질이야. 야, 임마. 땅에 닿으면 안 된다니까.

이 멍청아.”

망구가 헐떡이며 뒤에서 관을 든 사람들에게 윽박질렀다.

“아이구 힘들어. 이렇게 방안에서 돌고만 있으면 어떻게 해. 지금 몇 바퀴 째야?”

“×팔 놈. 지 나이 처먹은 대로 서른 아홉 바퀴 돌구 나가려나? 야 다시 한 번 밀어 봐. 뒤에서는 납죽 앉아 봐. 기울어지는 건 할 수 없잖아.”

성대가 우격다짐으로 으르렁대며 명령했다.

“야, 씨발 놈들아, 빨리 의자 가져다가 문 밖에 놔. 자 힘주고 밀어 봐. 이 새끼야, 니가 먼저 나가.”

성대가 관을 들어 올리며 앞 사람에게 쥐어짜는 목소리로 말했다.

“배가 걸려서 못 나가요, 형님.”

문과 관 사이에 몸이 껴 꼼짝 못하게 된 성대의 똘마니는 갑자기 너털웃음을 터뜨리고 나서 욕을 했다.

“야, 더 위로 올리고, 뒤는 내리고, 발을 내서 의자를 짚어. 그렇지, 자, 밀어, 하나, 둘, 셋.”

모두들 얼굴이 벌개지도록 힘을 썼지만 관은 움직일 줄 몰랐다. 망구는 후들거리는 무릎으로 관을 받치며 이마의 땀을 닦았다. 그때 파리가 원을 그리며 문 밖으로 날아가는 모습이 보였다. 달치 녀석 혼백이 저것 타고 가는구나. 망구는 이제 관이 빠져나갈 수 있다고 믿었다.

“자, 더 높이 들어. 하나, 두울, 셋, 으랏차!”

성대가 외치자 관은 반쯤 주욱 빠져 나왔다. 관 밑의 모서리가 축대에 쿵 부딪쳤다. 망구는 관 속에서 흔들리고 있을 달치의 모습이 떠올라 오싹했다. 축대가 땅은 아니겠지? 망구는 달치가 자기들 때문에 지옥에 떨어지면 화가 나서 곧장 자기까지 함께 끌고 갈 것 같아 무서웠다. 아이고, 부처님. 망구는 모두에게 제발 천천히 조심해서 운구하라고 몇 번이고 되풀이했다.

창 밖에는 함박눈이 쏟아지고 있었다. 썰렁한 시멘트 바닥의 유가족 대기실에는 유난히 사람이 많았다. 다들 후줄근한 꼬락서니에 특히 중늙은이들이 많았다. 어느 행려병자 수용소에서 단체로 몰려온 것 같았다. 망구는 주뼛주뼛 그들 사이로 끼어 들었다. 그러자 자기도 갑자기 늙어버린 기분이었다. 아닌게 아니라 지치고 배도 고픈데다가 추워서 가뜩이나 훌쭉한 볼이 볼썽사납게 조여들고 있었다. 스스로도 처량하게 보이겠다 싶은 표정을 지으며 주저앉으려니까 검은 스웨터와 검은 바지를 입은 청년이 다가와서 그의 팔을 잡고 "형제님, 어서 오십시오."라고 말했다. 창백한 얼굴에 넓은 이마는 튀어 나왔고, 숱이 적은 머리카락을 착 달라붙게 뒤로 넘긴 모습이 꼭 해골 바가지 같은 인상이었다.

"댁은 꼭 트위스트 김처럼 생겼구랴, 호호호." 하고 옆에 퍼지르고 앉은 합죽이 여자가 망구를 보며 말했다. 산발한 머리에 피부가 새까맸다.

"자, 한 잔 드시구려 누가……?"

곰보인 영감이 떨리는 손으로 망구에게 잔을 건네며 물었다.

"예, 친구가……."

말을 하다 말고 망구는 몹시 서글퍼졌다. 또 서글프다고 느끼자 죽은 달치를 위로한 것만 같아 기분이 좋았다. 또 부랑자들과도 서글픔을 함께 나누며 잘 어울릴 수 있을 것 같았다. 그는 찬 막걸리를 벌쭉 벌쭉 들이켰다. 속이 썰렁해지며 눈물이 찔끔 났다.

"이 찌개도 좀 드슈."

곰보 영감이 국자보다 조금 작은 군용 스푼을 내밀었다. 김치찌개에
는 돼지고기와 두부가 듬뿍 들어 있었다.

"주님은 지치고 가난하고 절망한 이들에게 평화를 주십니다. 형제
여, 우리 슬픔 속에서도 기꺼이 기도합시다."

창백한 전도사가 모퉁이에 서서 숙인 머리를 부랑자들에게로 향한
채 오래도록 중얼거렸다.

망구는 점점 취기가 돌자 한없이 너그러워져서 아무나 업어주고 토
닥거려 주고 싶을 만큼 흐뭇한 기분에 젖어들었다. 사람들은 계속 먹
고 마시고 때로는 전도사를 따라 낮은 음성으로 '아멘.' 하고 말했다.

망구는 인부를 쫓아서 비틀비틀 걸어가며 저고리 안에 있는 봉투를
만지작거렸다. 달치는 사천이백구십오원을 유산으로 남겼는데, 망구
는 그 돈을 달치의 동생 집에 있다는 달치 딸에게 유골 단지와 함께
전해 주어야 했다. 하지만 망구는 오늘 실컷 취해야 한다고 생각했다.

"까짓거 돈은 내게 얼마든지 있으니까 오늘은 이까짓 달치 유산으
로야 술이나 죽을 때까지 마시고……. 그리고 나서 딸넨지 뭔지 찾아
보지 뭐."

유골 단지는 따뜻했다. 거기다가 쇠 몽둥이 두 개도 받았다. 달치의
시신에서 나왔다는 것이었다.

"아따, 그 놈, 사리 한번 우라지게 크네."

흥얼거리며 무악재를 넘다가 망구는 고물장수를 만났다. 절름발이
영감인 고물장수는 개털 모자를 눌러 쓰고 자루를 둘러멘 채, 엿 가위
로 망구가 들고 있는 쇠 몽둥이를 가리키며 물었다.

"그것이 뭐여? 어디서 난 겨? 꼭 × 같이 생겼네이."

"친구가 주고 갔어유."

눈발 때문에 찡그린 망구가 덩달아 사투리로 대답했다. 버스 한 대가 바퀴에 감긴 쇠사슬로 눈 덮인 아스팔트 도로를 무시무시하게 긁어 대며 지나갔다.

"돈은 뭔 돈, 자 엿이나 먹어."

고물장수는 쇠 몽둥이를 받아 자루에 넣고, 돈을 달라는 망구에게 엿가락을 두 개 주었다.

엿을 씹으며 망구는 내리막길을 휘청휘청 걸어갔다. ▢

(1994년 12월)

# 환상실

황 사장은 도화지 위에 '만족'이라고 썼다가 대번에 북 찢어버렸다. 숫! 종이뭉치는 쓰레기통 가장자리에 맞고 밖으로 떨어졌다. '만족 못한다는 말인데……' 거기에는 이미 구겨진 도화지뭉치가 여럿 나뒹굴고 있었다.

한 시간이 넘도록 황 사장은 자기가 이제까지 해온 일이나 앞으로 할 이런 저런 일들이 혹시 잘못된 것이 아닐까 하는 의심을 거듭했다. 간혹 이런 기분이 드는데 오늘은 조금 유별났다.

그림 그리겠다고 회사를 집어치운 것만 해도 과연 잘한 짓일까? 이번에는 '국면 전환'이라고 써서 점쳐보았다. 숫! 보기 좋게 골인이었다. 황 사장은 만족한 듯 끄덕이며 산다는 것은 아주 사소한 일로 백 팔십도 확 바뀐다고 생각했다. 자신에게는 지난 일 년이 그랬다. 우연히 거리에서 대학 동창을 만났던 것이 그 계기가 되었던 것 같다.

녀석은 어디 먼 여행이라도 다녀오는지 목이 헐렁한 스웨터에 구겨진 바바리코트 차림이었다. 화단에서 주목받기 시작했다는 풍문이 떠돌던 바로 그 친구였다. 갑자기 황은 불심검문 하듯이 달려드는 질투심 때문에 초조해지고 말았다.

"어때? 작품은 잘 되구?"

신예 화가께서 물었다.

"으응……. 시, 실은 그림은 뭐 그저 그래……. 먹구사느라고……."

맥없이 웃던 황은 명함을 꺼내며 웬일인지 몹시 부끄러웠기 때문에 손이 떨릴 정도로 당황했다.

"광고 회사구나……. 어머니는 어떻게 건강하시고?"

옛 친구는 황의 명함을 보며 빠르게 지껄였다.

이상하게도 그는 마치 싸구려 아량이라도 베푸는 투로 말하는 것 같았기 때문에 황은 잔뜩 약이 올랐다. '아니, 네 까짓 게.'

황은 어머니의 대형 음식점에 대해서는 그렇게 자부심을 가졌던 적이 없었다. 그렇다고 뭐 부끄러울 것은 더더욱 없다고 다짐하고 있었다. 돈이 많다는 것은 좋은 것이 아니냐. 하지만 그런 심리의 바닥에는 절대로 수치심을 느껴서는 안 된다는 강박감이 있었다. 즉, 예술가의 삶에 대한 열망과, 돈깨나 있지만 기껏해야 천민 부르주아지 아니냐는 자괴심을 동시에 모두 고집스레 자각하고 있었던 셈이다. 더 솔직하게 말한다면 이것은 하나의 갈등 요인일 수도 있는 이 두 가지를 교묘히 번갈아 수긍하는 교활 내지는 곱절의 뻔뻔한 순환식 허영이었는지도 모른다.

그날 이후 황은 무척 심란했다. 이제 그만 알량한 직장 생활일랑 때려치워야만 하는 이유를 찾아내서 스스로를 납득시키려는 자신의 집요한 노력 때문에 지쳐서 회사고 집에서고 어리벙벙할 지경이었다.

　원만한 생활이지만 보람은 없어, 아니 보람은 있다. 있을 뿐만 아니라 오히려 작은 보람들 투성이라서 문제다. 하지만 최상의 만족은 없다. 그림을 못 그리기 때문이지. 그림 대신에 도안이나 한다고 만족될 리 없지 않은가? 그렇다. 고갱처럼 인생을 백 팔십도 홱 바꿔버리는 것이 필요할는지도 모른다. 그러고 보니 마치 오 년 후에는 그만두는 것이 입사할 때의 원래 계획이었던 것 같은 느낌마저 든다. 이제는 본격적으로 작품에 임할 때가 된 것이다. 그러나 문제는 자신이 그림에 재능이 없다는 것을 그 누구보다도 자기 스스로가 잘 알고 있다는 데 있어, 그 사실이 황은 말할 수 없이 불쾌했다.

　소년 시절 황은 재주 많은 우등생이었다. 어머니는 그런 그를 외과의사로 만들기 위해 수단을 가리지 않을 태세였지만 조숙했던 황의 고집도 만만치 않았다. 과외, 과외에 대해 반항, 반항이었다. 난데없이 화가가 되겠다는 것이었다. 하긴 황이 그 방면에 소질이 있는 것도 같았다. 어머니에게는 나갔다 하면 타오는 사생대회의 상장이 이를 증명해주었고, 황 자신은 기성세대에 대한 끝없는 반항심이야말로 창조 정신의 본질이 아니겠냐고 확신하여 무엇이든 다 때려부수고야 말겠다는 투로 갈수록 더 기고만장해져서 거의 혁명가의 꼬락서니로 길길이 날뛰었던 것이다. 선생들도 두손 들고, 결국 황은 미술 대학에 들어가 우선 머리와 콧수염을 실컷 기르게 되었다. 그러고 한 이 년, 선배가 지도해주는 대로 미친 듯이 방황하고 나니까 좀 시들해지더니 그림이고 뭐고 웃기는 짓이라는 생각이 번쩍 드는 것이었다. 그러자 갑자기 검사가 되고 싶은 열망이 폭발적으로 찾아왔다. 잘못 살고 있는 것 아닐까? 황은 태어나서 처음으로 무기력을 맛보았다. 그 후 군대에서 돌아와, 나한테 뭐 그림이 되겠어? 하는 식으로 술에 취한 후배들 앞에서 필요 이상으로 증폭된 진심을 늘어놓자, 그 형은 진짜 예술가야 어쩌구 하는 식으로 본의 아니게 치켜세워졌다. 또 사실 그는 아직도 자신에게 어떤 예술적 잠재력이 정신의 우물 저 밑바닥에 축축한 습기로나마 남아 있어 언제 샘솟을는지 모른다고 믿었다. 물이야 있건 없건 컴컴한 우물 속은 메아리가 그럴싸한 법이라, 말하자면 그 나이의 그만한 체념이 풍기는 데카당 분위기에 휩쓸려 속고 속이다보니 그런대로 만족할 만했던 것이다. 졸업도 그렇게 하고 결혼도 그렇게 했다. 그림? 그게 어디 쉬운 거요? 그러나 언젠가는 내 명작을 하나 남길 테니 두고 보시구려. 이 정도의 만족, 아니 이 정도의 태만. 아무튼 어느 날 황은 작품을 하느라고 그럴싸하게 지쳐 보이는 옛 친구를 만났고, 그리고 며칠 후에는 다 썩어빠진 생활이야! 하며 뚜렷한 내용도 없이 그저 막연하나마 자기의 삶을 깊이 반성했다. 그리고 이 나이에 이렇게 진지하게 반성하고 있는 자신의 성실성에 스스로 탄복하고 도취되지 않을 수 없었다. 이런 철저함은 자신의 본래 기질인 꺼지지 않는 예술가적 끼를 여실히 보여주는 특징이 아니겠는가 하는 확신이 들자 지금의 자기 생활은 무엇인가를 준비하기 위한 하나의 의미 있는 고행으로 보였다. 바뀌어야 된다! 황은 공연히 희망에 부풀었다. 나는 결코 저질 부르주아지일 수는 없단 말이다!

아내는 대찬성이었다. "거 참, 여자란 모르겠거든." 하고 황은 중얼거렸다. 아내는 즉시 시어머니와 상의하여 신촌에 가지고 있는 빌딩 이층의 소극장을 몰아내고 평소 벌러왔던 대로 레스토랑을 개업하기로 했다. 그래도 생계 수단을 이런 식으로라도 확보해 놓아야한다는 둥 신나서 돌아다니며, 지배인도 구해오고 어머니 식당에서 일하던 요

리사도 빼내오고, 어쨌든 이제 당신은 그림에만 몰두하시라며 입구 안쪽에 작업실까지 만들어주었다. 아무리 굳은 결심으로 인생의 국면을 바꾸었다손 치더라도 자칫하면 판판이 노는 날건달이 될 수도 있으니 이 정도의 울타리는 치고 있는 것이 좀 안심이 될지도 모르겠다는 생각도 했다. 고갱보다는 그래도 내 조건이 좀 낫군. 이렇게 해서 황은 졸지에 레스토랑 '종종'의 사장이 되어 있었다.

지배인이 청바지 차림의 웬 여학생을 앞세우고 들어서자 황 사장은 책상 위에 꽈 올려놓았던 두 발을 덜렁 내려놓으며 일어섰다. 그렇지, 오늘 할 일이 두 가지 있었지, 하고 생각하며 황 사장은 소파에 앉으라고 권했다. 지배인은 한번 굽실하더니 방을 나갔다.

"들으셨겠지만 아르바이트가 아니라 정식 종업원입니다." 황 사장은 정색을 하며 앞에 앉은 여학생을 향해 다짐하듯 물었다.

"알고 있습니다." 여학생이 대답했다. 단정한 목소리였다.

"그럼 자, 여기에 간단한 자기소개서를 좀 써주실까? 아 뭐 어렵게 생각할 것은 없고……. 난 우리 식구들에 대해서는 처음 만나면 꼭 이렇게 하니까." 황 사장은 상체를 돌려 책상 위에서 종이를 집어 여학생 앞에 놓으며 말했다.

"펜 줄까요?"

"아니오. 제가 가지고 있습니다." 여학생은 작은 배낭을 벗어 다리 위에 놓더니 거기서 만년필을 찾아 꺼내어 쓰기 시작했다.

하하, 애구만 애야, 하고 황 사장은 여학생의 행색을 훑어보며 되뇌었다. 손지숙. 음, 지숙이라, 흔한 이름이군. 72년? 그럼 몇 살이야? 학생이 아니구만! 아니, 왜 저렇게 고개를 숙이나? 보이질 않잖아. 꼭 애한테 젖 물리듯이 하고 쓰는구먼. 손톱을 아주 짧게 깎았군. 손마디가 좀 굵은 편인데.

지숙은 쓰다가 갑자기 상체를 일으키기도 하고 만년필 꼭지를 깨물기도 하며 종이의 절반 가량을 채우더니 자기가 쓴 것을 읽으면서 뭔가 고쳐야되겠다는 시늉을 했다. 부끄러워하고 있구나. 자기 책상 앞으로 돌아가서 안 보는 척 보고 있던 황 사장은 미소를 띄우며 다시 소파 쪽을 향해 말했다.

"다 썼어요? 자, 그럼 앞으로 잘 지내봅시다. 많이 좀 도와주시고……."

황 사장은 악수를 청했다. 나가는 지숙이의 뒷모습을 빤히 바라보던 그는 그녀의 오른쪽 다리가 좀 휘어진 것을 발견했다. 혹시 자위에 탐닉하고 있는 것은 아닐까? 세파를 맞아 반드시 싸워 이겨야 되며, 그러기 위해서는 가리지 않고 열심히 일하자는 저런 태도. 저런 여자는 고집이 세고 집착이 강할 뿐만 아니라 모든 것을 자기 위주로 생각하거든……. 단발머리에 예쁘장하고……. 왜 하필 레스토랑에서 일하려는 거지? 하긴 월급은 후하게 준다…….

황은 자화상 스케치 몇 점을 차례로 들어보며, 잡다하게 읽어 알게 된 심리나 사주 팔자에 대한 지식을 들춰보았다.

이마도 적당하게 넓고, 눈은 쌍꺼풀이 지고, 코는 깍쟁이처럼 반듯하고, 인중이 맵시 있어 얇은 입술에 딱 어울리고, 귀도 복스럽게 동그스름한데, 이 턱은 도대체 뭐냐? 뭉툭하고 좀 긴 편이거든. 도대체 재물이 있다는 거야, 없다는 거야? 황은 연필 스케치한 자화상과 거울에 비친 자기 프로필을 번갈아 바라보며 중얼거렸다. 만족하는 모습이란 뭐냐? 이 여자는 목이 너무 짧지만 웃고 있다. 상당히 거만하게 웃고 있군. 이 여자는 팔꿈치를 식탁 위에 올려놓았군. 놀란 눈을 하고 있지만 장난기가 있다. 이것도 일종의 만족 아니면 만족하기 일보 직전이 아닐까? 황은 손님 중에 인상적인 사람들의 모습을 본인들도 모르게 사진으로 찍어두었던 것인데 이것으로 크리스마스 즈음하여 레스토랑 입구에다 작은 전시회를 열 계획이었다. 말이 전시회지 판촉 행사 비슷한 일종의 해프닝이 될 것이다. 3호나 4호 정도? 고객의 포즈를 밝은 분위기의 유화로 그려 입구에 걸어놓는다. 마침 크리스마스라 들뜬 분위기에 어울리고 시비 거는 자도 없을 것이다. 대개의 모델은 여자 손님들이었다. 그 사이에 자신의 자화상도 슬쩍 끼워 넣을 생각을 하니 흐뭇했다. 그림은 절대 안 팔 테다. 때로는 모델이 된 여자가 항의를 할지도 모른다. 적당히 호감과 호기심을 드러내는 그런 귀여운 항의. 그럴 만한 인상의 여자들만 모아놓았으니 그럴 만도 할 테지. 그러면 슬쩍 그림을 선물한다. 차츰 소문이 나고, 그게 알려지면 기자들일랑 취재합네 하고 들락날락하고. 좋군. 손님들이 만족해하는 모습에서 힌트를 얻었지요. 그래서 전시회 이름을 만족 시리즈라 해보았습니다만…….

황은 도화지 한 귀퉁이에 '만족이란 무엇인가?'라고 휘갈겨 썼다. 그 위에 '이게 다 무엇인가?'라고 쓰던 황은 와락 도화지를 구겼다. 한숨을 푹 쉬고 난 황의 얼굴은 갑자기 우울해 보였다.

'결점이란 무엇인가?'하고 생각하며 황은 다시 거울을 통해 자기의 뭉툭한 턱을 흘겨보았다. 손지숙이란 애, 다리가 좀 휘었어. 문제가 좀 있을 것 같지 않아? 문제 없는 사람은 없다. 다 그냥 저냥 사는 거지. 아 참, 오늘 해야 할 일 또 한 가지를 잊고 있었잖아, 하고 황 사장은 후닥닥 일어서서 소파에 걸쳐두었던 외투를 집었다.

또 한 가지 일이란 화장실 건이었다. 그것은 며칠 전 놀러왔던 한 후배가 화장실에 다녀와서 투덜거리는 바람에 시작된 것이다.

"어머, 썰렁해라."

"스팀이 들어갈 텐데……. 거 이상하군."

"선배는 말이죠, 숙녀들이 무엇을 원하고 있는지 잘 좀 궁리해보셔야 해요. 화장실이, 그것도 여자 화장실이 허연 타일 일색이니 정이 뚝 떨어질 만도 하죠 뭐. 깨끗하기만 하다고 좋아할 줄 아세요? 푸근함이 있어야 된다구요, 푸근함이."

"으음."

작품을 준비하며 인간 이해에 전념을 기울이고 있다고 자부하던 황은 의표를 찔린 기분으로 신음 비슷한 소리를 냈다. 그리고 그날 밤 잠자리에서 아내와 의논하고 나서 이 지구상에서 가장 푸근한 화장실을 꾸며놓으리라고 결심했다.

을지로와 청계천을 둘러보았지만 마음에 차지를 않자 황 사장은 전에 다니던 회사 동료를 통해 수소문하여 강남에 있다는 무슨 무슨 전문 시공업체를 찾아가게 되었다.

"물론입죠." 하고 두 손을 포개 쥐고 허리를 약간 구부려 보이는 아무개 부장이라는 자는 온갖 종류의 최고급 자재의 선택은 물론 시공까지도 책임질 수 있다며 전시장으로 황 사장을 안내했다. 그는 뭘 물어볼라치면 기름 발라 넘긴 머리를 약간 숙이며 두 다리를 빈틈없이 붙이고 물론입죠, 하고 절대 수긍하는 버릇이 있었다. 그 모습이 비굴하다기보다는 유쾌해 보였기 때문에 황 사장은 이 친구가 마음에 들었다.

이 녀석, 내 취향인데. 치켜주면 줄수록 빤하게 거만해지는 상대를 보며 즐기게 되는 또 하나의 음성적 거만 같은 것을 터득했단 말이지.

요따위 소위 서비스업을 하다보면 자연히 알게 되는 것인데……. 나보
다 어려 보이는 친구가 벌써 장사가 뭔지 아는군.

"보십시오. 이런 색, 우리 나라에선 안 나옵니다."

그는 코발트 빛깔 변기의 앉는 부분을 매만지며 황 사장을 올려다보
았다. 낯짝에는 웃음이 가득했다.

"호오, 과연……." 황 사장은 변기의 빛깔을 음미해보았다. 이 녀석,
웃음을 달고다니누만. 웃으니까 눈, 콧구멍, 입 할 것 없이 모두 실처럼
가늘어지는구나. 황 사장은 이 친구 별명을 실타래로 붙이면 좋지 않
을까, 하고 생각하며 그의 야릉야릉 끊이지 않고 이어지는 제품 설명
을 들었다.

"이것은 핑크인데 말입죠. 네, 차암 좋습니다. 비데하구 드라이어,
물론입죠, 다 부착할 수 있고요. 아니 이것은 원래 다 붙어 있습죠. 성
능을 한번 보시겠습니까?"

그가 바닥에 놓여 있는 단추를 누르고 돌리고 조작을 하니 과연 물
이 힘차게 빠져 내려가고 나서 한줄기 물이 솟구치기도 했다.

"좀 더? 좀 더?"

그는 변기를 향해 얼굴을 돌리고 목소리를 높였다. 그러자 솟는 물
줄기가 조금 더 세차졌다.

"이크, 물이 튀지 않소."

황 사장이 항의하자 그가 잽싸게 다음 단추를 눌렀다.

"염려 없습니다, 직접 사용한다고 했을 때는. 물론입죠, 틀림없습니
다. 네. 자, 드라이어가 작동되죠? 이것도 온도 조절이 가능합니다. 비
데가 작동하면서 동시에 드라이어도 작동이 가능합니다. 자 회장님,
손을 대보시죠. 온도가 적당합니까?"

황 사장은 회장 소리에 기분이 흐뭇해졌기 때문에 또 한번 이 친구가 마음에 들었다.

"이건 또 뭐요?"

"아, 그건 저희들 전문용어로 훼이크 싸운드라고 합니다만, 요렇게 손을 살짝 얹으면……."

그가 손을 얹자 반짝이는 스테인리스 상자의 숨구멍에서 물 빠지는 소리가 요란하게 울렸다.

"하하, 과연……. 거 어디서 들어본 것 같소. 여자들이 용변 보는 소리가 나면 쑥스러워서 쓸데없이 물을 흘려 보낸다나 뭐 그럽디다."

"예, 그렇습죠. 바로 그겁니다."

"그런데 거 뭐 다른 게 울려 퍼지게 할 수는 없을까요? 가령 행진곡이 나오면 어떻소?"

"예, 물론 그것도 장치만 하면 가능하겠습죠만……."

"그런데 말이오. 난 화장실을 한번 대대적으로 꾸며볼까 생각중인데……."

"물론입죠."

"해서 말인데, 아 참, 여기 명함이 있고……. 크리스마스 전까지 여자 화장실만 잘 좀 근사하게 되겠소? 여기서 책임지고 할 수 있겠소?"

"물론, 물론입죠."

두 번 고개를 살짝 숙이며 그가 대답했다.

"'종종'이라, 이 레스토랑 한 번 들어본 것도 같군요, 사장님."

이렇게 해서 레스토랑 '종종'은 파격적인 열 일곱 평 규모로 첨단 시설이 완비된 우아하면서도 격조 높은 화장실을 갖게 되었다.

“고맙습니다.”

황은 앞자리에 다리를 꼬고 앉아 담배를 눌러 끄고 있는 긴 퍼머넌트 머리 여자에게 말했다.

“천만에요. 기사거리가 될 만하니까 된 거죠.”

그녀는 글라스를 들어 냉수를 한 모금 마시고 나서 고개를 쳐들었다. 이 여자는 걸핏하면 어깨까지 내려온 머리털을 뒤로 던지듯 젖혀 넘기는 버릇이 있었다.

얼마 전 모 일간지에 ‘종종’에 대한 기사가 실렸다. 주말에는 생활 정보랍시고 시내나 근교에 가볼 만한 곳을 소개하는 난이 있는데, 거기에 스튜 맛이 좋고 실내 장식이 일류급인 레스토랑이라는 식으로 소개된 것이다. 주인인 황에 관해서도 몇 자 적혀 있었는데, 화가이며 박식가로 지난 겨울에는 인상적인 풍모의 손님들을 모티프로 한 소품전을 바로 자신의 레스토랑에서 열어 화제가 되기도 했었다는 둥 대체로 재미있는 괴짜라는 투였다. 물론 화장실에 대해서도 다루었다. 실은 기사의 초점이 바로 화장실이었다. 가히 일류라고 극찬하지 않을 수 없는 화장실의 인테리어는 또 한 번 주인의 고상한 센스를 확인시켜준다 운운하고 있었다. 황은 그다지 내키지는 않았지만 그래도 인사말이라도 하기 위해 담당 기자와 통화하던 중에 그 기자가 ‘종종’을 기사로 다루게 된 것은 그 집 단골 손님인 한 월간지 여기자의 추천 때문이었다는 것을 알게 되었다. 그래서 ‘커리어 우먼’이라는 그 잡지사에 전화를 걸어 박문희라는 여기자를 찾는다고 말하는데, 마침 옆에서 듣고 있던 손지숙이, 박은 바로 자기 친구라며 굳이 인사 챙기실 필요가 없다고 하는 것이었다.

“허어, 이거 고맙게 됐는 걸. 덕분에 ‘종종’이 꽤 알려졌겠어.” 하고

말은 했지만 황은 그다지 고맙지도 않은 기분이었다. 음식점이야 알려
지면 알려질수록 장사가 잘되니까 좋을 것이라는 일종의 선입견이 자
기에게도 예외 없이 적용되고 있으니 자기도 별 수 없는 장사꾼 아니
고 뭐 별거겠냐는 것을 인정해야만 하는 꼴이었다. 거기다가 이건 뭐
나를 꼭 광대 모양 취급해놓지 않았느냐 말이야, 쳇.

박문희는 황이 권하는 식사를 극구 사양했다. 일 때문에 곧 가봐야
한다는 것이었다. 자신이 대접을 받아야 할 이유가 전혀 없다는 식으
로 꼿꼿하게 굴어서 공연히 황은 자기가 무슨 수작을 부리려다가 잘
먹혀들지 않는 상황인 것 같아 주눅이 들 지경이었다.

"이 그림들이 어떻습니까? 유명한 '풀밭 위의 점심'입니다만, 둘로
나뉘어져 있습니다."

황은 두 여자 앞에서 약간 허세를 부리고 싶어졌다.

"재미있는 장난질이군요."

박문희가 자기 등뒤의 그림과 홀 너머 반대편 벽에 걸려 있는 그림
을 번갈아 보고 나서 시들하게 대꾸했다.

장난질? 황은 턱주가리를 괴고 자신을 똑바로 건너다보고 있는 여
자의 초롱초롱한 두 눈에 가위 찌르기의 일격을 가하고 싶은 충동을
자제해야만 했다.

"전 왔다 갔다 하면서 이 그림들을 보면요, 꼭 반대편 그림을 겹쳐
서 완성해보곤 해요. 맘속으로요."

손지숙이 얼굴은 자기 친구를 향한 채 황에게 말했다.

"하하, 그것도 한 반응이겠지, 미스 손은 어느 그림을 먼저 보게 되
지? 바로 이쪽은 여자의 누드만 뺀 '풀밭 위의 점심', 저쪽은 흰 공간에
애오라지 누드만 달랑 올라 있는 '풀밭 위의 점심'."

"이런 식으로 나눠놓은 것을 어디선가 본 것 같은데요…… 그건 뭐 그렇다 치고 저게 뭐 어떻다는 거죠? 하나의 재치라 이거예요? 아니면 무슨 심리 테스트라도 하는 거예요? 솔직히 좀 역겨워."

박문희는 쉬지 않고 빠르게 지껄였다.

왜 갑자기 화가 나서 주절대지? 이 여자 혹시 어려서 부모가 이혼한 애정 결핍 케이스가 아닐까? 저돌적이어야만 버틸 수 있다는 식의 저 끔찍한 도시인 쌍통을 보라! 황은 상대편을 빤히 읽어냈다고 생각하자 여유를 되찾았다.

"글쎄, 모르겠군요. 아무튼 모욕감을 느낄 것까지는 없다고 보는데요. 허허, 미스 손처럼 감상하게 되는 사람도 있고, 그저 그렇다는 거지. 허허허."

황은 마음씨 좋은 구멍가게 영감처럼 웃었다.

"그래요. 아무려면 어때요." 하고 박문희가 샐긋 입을 찡그리고 나서, "지숙이한테 좋은 그림 많이 보여주시구요. 잘 대해주세요." 하고 말했다.

"어머머? 기집애."

지숙은 박문희의 어깨를 밀치고는 자기도 덩달아 키들키들 웃었다.

과연 레스토랑 '종종'은 갈수록 화장실로 유명해지는 모양이었다. 여자 손님들이 부쩍 늘었다. 개중에는 발랄한 봄 캐주얼 차림의 아가씨들이 끼리끼리 와서는 자리도 잡기 전에 우선 화장실이 어디니 얘, 하고 까불며 동시에 우르르 그쪽으로 갔다가 또 우르르 몰려나오며 서로 툭툭 치고 수다를 떤다, 둥그렇게 뜬 눈으로 장난스레 두리번거린다, 입을 틀어막고 웃음을 참는다, 이런 꼴이었다.

이렇게 되자 황은 몇 시간이고 홀 한 구석에 죽치고 앉아 화장실에 다녀오는 여자들만 관찰하는 버릇이 생겼다. 살이 오른 삼십대 후반, 골치 아픈 것 싫어하는 새대가리 형에 실없어 보인다. 저런 여자는 나오자마자 노골적으로 히죽히죽 웃으며 같이 온 친구에게 손짓까지 할 가능성이 높다. 그리고 잠시 후 과연 그와 비슷한 동작이 연출되면 황은 자신의 이 화장실이 무슨 비장의 무기라도 되는 양 믿음직했다. 언젠가는 아내가 와서 자기 남편이 꾸며놓은 이 화려한 여자 화장실을 보고 "에그 지겨워." 하고 외쳤었는데, 이런 반응은 극히 예외적이랄 수 있었다. 이번 여자는 도시풍으로 젊고 제법 반반하군. 오피스 걸 차림인데 연애를 걸러 온 모양이지? 저런 여잔 나오자마자 냉정한 표정으로 오히려 좀 불쾌하다는 듯이 재빨리 제자리로 돌아가지. 자리에 앉고는 자기 앞의 남자에게만 살짝 앙큼할 정도로 의미있는 눈웃음을 짓게 될 거야⋯⋯.

때로 황은 대담하게도 여자들이 눈치 채지 못하게 요령껏 사진도 찍었다. 들어갈 때와 나올 때를 놓치지 않고 본다. 스톱 워치를 써서 들어간 여자가 취하고 있을 행동들을 시시각각 짐작해본다. 나오는 시간을 가늠하고 결과를 정확히 기록해둔다. 대개는 웃으며 나온다. 가능하면 조리개를 열어 자료로 남긴다. 거기다가 한술 더 떠 황은 화장실을 다녀오는 여자들의 나이와 인상과 표정에 나타나는 반응 사이에는 모종의 함수 관계가 성립하며 여기에는 몇 가지 유형이 존재한다는 가설까지 세우기에 이르렀다.

이리하여 그 해 여름이 막 시작될 무렵에는 화장실로 이름이 나버린 '종종'이 드디어 영화 촬영 장소로까지 쓰이게 되었다. '열 마리 백마를 모는 여자'라는 괴상한 제목의 영화였는데, 탤런트 전나애가 모처럼 과감한 베드신을 연출할 작정이어서 이미 장안의 화제가 되고 있다는 웨이터들의 설명을 듣자, 황 사장은 평소 주말연속극에서 그녀를 볼 때면 남몰래 속으로 감탄을 해왔던 터라 매일매일 촬영 날짜만 손꼽아 기다리며 점점 흥분하고 있었다.

새벽부터 시작된 촬영은 정오가 다 되도록 계속되었다. 그러나 막상 촬영이 시작되자 어처구니없게도 코앞에 절벽처럼 벌떡 일어선 수줍음 때문에 황 사장은 전나애가 연기하는 모습을 직접 보고 싶었지만 참아야 했다. 위신이 안 설 거야, 어차피 끝나면 보게 될 텐데 안달이 나서 기웃거린다면 우습게 볼지도 모르지, 하고 생각하며 막무가내로 방안을 왔다갔다하면서 이제나저제나 전나애가 한 번 자기에게 와서 악수라도 해줄까 기대하고 있었다. 그런데 지금 어디서 뭘 찍고 있는 것일까? 화장실 신이 이다지도 길다는 말인가? 엔지가 계속 나고 있나? 아아, 어쨌든 지금 이 순간 내 화장실에서 저 유명한 전나애가 어떤 몸짓을 하면서 열연을 하고 있는 것이 사실이란 말이지. 거 참, 믿기지 않는군. 끝나면 점심이나 같이 먹어야겠지. 그때 화장실 연기는 어땠나요? 하고 물어봐야지. 아니야, 그러면 너무 주제넘을지 몰라. 화장실은 어땠나요? 근사하던가요? 꾸민다고 꾸며본 건데……. 도대체 어떤 장면일까? 길지는 않을 거야, 아니야 길지도 몰라. 길지 않다면 왜 이렇게 길겠어? 혹시 정사 장면이 아닐까? 그렇다! 지금 정사 신을 찍고 있는 것이 틀림없다. 황 사장은 갑자기 우뚝 섰다. 체면이고 나발이고 어서 화장실로 달려가 정사 장면을 자세하게 보고야 말겠다고 결심하면서 문을 향해 달려가는데 마침 덜컥 문이 열리며 웬 잠바때기를 걸친 사내가 들어섰다.

"사장님이시죠? 덕분에 촬영 잘 끝내고 갑니다." 하고 사내가 말했다.

"벌써 다 끝났습니까?" 하고 묻는 황 사장은 다시 한 번 처음부터 새로 찍을 수는 없겠냐고 애원하고 싶었다.

"아유, 애먹긴 했습니다만."

사내는 모자를 벗고 부성부성한 곱슬머리를 벅벅 긁으며 그만 가봐야겠다는 듯이 슬슬 뒷걸음질쳐 나갔다.

"기왕에 시간도 그러니 점심이나 들고 가시죠?"

황 사장이 다급하게 물었다.

"아니오. 촬영 스케줄이 있어서 가야 하거든요."

"……다들 나가셨나요?"

황 사장은 고개를 주욱 빼서 홀 쪽을 바라보며 볼멘소리로 물었다.

"예, 벌써 다 철수했습니다. 이거 시간을 좀 오버해서 폐를 끼쳐서……."

"원, 천만에요. 얼마든지, 필요하시면 얼마든지 이용하십시오. 저야 영광입니다. 진심입니다."

황 사장은 전나애의 뒷모습이라도 좀 볼 수 없을까 하고 아쉬운 표정을 지으며 빌딩 현관까지 감독이라는 자를 따라 내려가 보았지만 배우라고는 그야말로 쥐새끼 한 마리도 없었다.

"언제 한 번 또 오십시오."

황 사장은 차에 오른 감독과 악수를 하며 말했다.

"곧 촬영이 끝나는데, 그러면 여기서 우리 연기자 스태프들 모두하고 쫑파티를 하고 싶은데요. 괜찮겠습니까?"

"아, 그 그야 물론 오십시오. 대환영입니다."

황 사장은 펄쩍 뛰고싶을 만큼 좋았다.

머칠 뒤에는 과연 '열 마리 백마를 모는 여자' 팀이 놀러 왔다. 서둘러 영업을 끝내고 기다리는데 우르르 몰려들었다. 전에 보았던 감독이 황 사장에게 전나애를 소개했다.

"안녕하십니까?"

황은 자기 목소리가 기름지게 울려나오는 것이 여간 대견하지 않았다. 막상 맞닥뜨리고 나서 보니 부끄럽고 자시고도 없고 역시 감탄스러울 뿐이었다.

"안녕하세요?"

전나애가 살짝 고개를 숙이고는 환하게 웃었다.

그녀는 모든 것이 동그스름했다. 코끝과 두 볼, 가르마로부터 시작해 자그마한 머리를 덮고 턱밑에서 살며시 옥아든 노리께한 머리털, 하얗게 드러나는 잇바디, 뽀얀 얼굴의 전체 윤곽도 동글갸름했다. 황은 전나애의 움직임이 모조리 정지 화면으로 바뀌어 자기 머릿속에 차곡차곡 쌓이는 느낌을 받았다. 그래서 그런지 전나애의 나긋나긋한 몸놀림을 뚫어지게 건너다보고 있노라니 마치 그녀의 가늘고 긴 목에 걸린 작은 루비 목걸이의 루비알을 차례대로 하나씩 살짝살짝 만져 내려가다 보면 느끼게 될 것 같은 그런 기분에 젖는 것이었다.

'시선에 능숙한 여자다.'

황은 자기와 눈이 마주친 전나애가 부드럽게 웃어 보이자 여태껏 자신의 표정이 너무 굳어져 있었다는 것을 깨닫고 가볍게 머리를 흔들었다.

술기운이 돌자 웅성거리던 목소리가 점점 높아졌다. 이곳 저곳에서 큰소리로 맞장구를 치는가 하면 웃음이 터져 나왔다. 모두들 잔을 들고 이리저리 옮겨다니는 와중에 황도 약간 취해서 섞이다보니 마침 전나애 옆에 앉게 되었다. 황은 술을 권했다. 그녀는 고개를 까닥하더니 서슴없이 받아 쾌활하게 쭉 마셨다. 앞에 앉은 털보가 무슨 이야기인

지 계속하자 전나애는 천장을 보며 깔깔깔 웃었다. 그러더니 다시 맥
주를 홀짝 마시고 피클을 집어 입에 넣고 씹으며 뭐라고 중얼거렸다.

　전나애는 황을 향해 미소 띤 얼굴로 "멋진 곳이네요." 하고 말했다.
"특히 이것두 멋져요." 하고 옆에 걸린 '풀밭 위의 점심'을 가리키며
살짝 황을 흘겨보았다.

　"어때요, 어울립니까?"

　황은 만족한 웃음을 얼굴 가득 피워 올리며 물었다.

　"그래요. 커서 좋네요. 이렇게 벽 가득 차게 어떻게 한 거죠?"

　"일종의 확대 프린트라 할 수 있죠. 실제 그린 건 아니고."

　"어머, 꼭 실제 유화 같은데……."

　그림이 화제가 되자 앞자리의 털보가 구도에 대해서 말하기 시작했
다. 그는 촬영 기사인 모양이었다. 몇 마디 듣고 있던 전나애는 또 깔
깔깔 웃어젖혔다.

　그러자 난데없이 황은 퍼뜩 박문희가 떠올랐다. 그때 그 여자가 왠
지 심통이 사나웠던 이유를 이제야 갑자기 알 것 같았다. 내가 뭐 자신
의 비밀이라도 알고 있는 듯한 기분이었을 거야. 여자들 특유의 비약
이지. 자기가 화장실에서 하는 짓을 내가 보기라도 했다는 기분. 말하
자면 자신이 노출되었다는 의식. 그런데다가 또 노출되고 싶은 이상한
욕구를 동시에 느꼈다면? 그 통에 겪는 자기모순 때문에 참을 수 없이
약올랐던 것은 아닐까. 그러니까 난 너의 화장실 따위가 정말 좋아서
취재하게 만든 것이 아닐 뿐더러 이따위 분홍색 누드는 나와 상관없다
는 히스테리컬한 제스처가 아니었을까? 황은 일어서는 전나애를 쳐다
보며 생각했다. 그녀는 어떤 여자에게 "나 데려다 줘야 돼." 하고 손을
흔들며 말했다.

　화장실을 향해 가는 전나애의 팽팽한 자색 미니스커트를 바라보던 황은, 저 여자는 친절하고 사람을 대할 줄 알고 또 예쁜 만큼 자존심이 강하고 자존심이 강한 만큼 정직할지도 모르지만, 정직한 만큼 외로울 것이라고 생각해보았다. 그러자 지금 화장실에 들어가 있을 전나애의 모습을 그려보고는 불끈 솟구치는 이상한 정열에 휩싸이는 것이었다. 음, 나는 아까부터 이것을 기다리고 있었던 것이군. 그래 전나애는 지금 무얼 하고 있을까? 이따가 어떤 모습을 하고 나올 것인가? 나오자마자 제일 가까이 있는 사람에게 말을 붙일 거다. 이건 틀림없다. 맥주 한 병 내기를 해도 좋다. 화장실 입구를 물끄러미 보며 이런 생각에 골몰해 있던 황은 문득 돌아다보았다. 눈이 마주친 손지숙은 재빨리 외면하고 주방을 향해 갔다. 웬일인지 어두운 표정에 어깨가 축 처진 꼴이 무척 지친 모습이었다.

　쟨 또 왜 저래? 싸인 받고 싶은데 잘 안 되나?


　등뒤로 문을 닫으며 황은 우선 깊이 숨을 들이마셨다. 은은한 라벤더 향 속에서 공기청정기 도는 소리가 가늘게 울리고 있었다. 그는 파란색 융단을 밟고 거울 앞으로 다가가 대리석으로 된 널찍한 세면대를 짚고 섰다. 왼쪽엔 빨간색 장미다발이 가득한 꽃병이 놓여 있는데 불룩한 윗부분이 마치 오페라에 등장한 소프라노의 가슴 같았다. 황은 옅은 하늘색 비누를 집어 코끝에 들이밀고는 지그시 눈을 감으며 "오늘 공연은 대성공입니다." 하고 낮게 중얼거렸다. 그리고는 세면기로 손을 가져가 콕을 비틀자 물개 대가리 형상을 한 꼭지에서 물이 쏟아졌다. 그는 물을 잠갔다 틀었다 해보았다. 물개의 혓바닥이 들락날락거리며 손을 핥아대는 꼴이었다. 아주 세차게 틀어버리자 물개는 마셔두었던 물을 다 토해냈다. "하하하, 훌륭하군." 황은 갈색 수건에다가 정성껏 손을 닦으며 리넨 클로셋 속에 차곡차곡 쌓여있는 타월들의 정갈한 모습에 만족했다. 그 위칸에는 장독대에 쌓인 눈처럼 생리대가 잘 접힌 채로 나란히 꽂혀 있고 그 옆에는 분무식 꼭지가 달린 향수병이 있는데, 황은 유리문을 열고 황금빛 액체가 담긴 그 나팔꽃 모양의 향수병을 들어 귀 뒤에 대고 찔끔 뿜어보았다. '찬란한 향기다. 이것은 마치 팅커벨이 요술 지팡이로 금가루를 뿌리며 날아다니는 모습이랄까?' 상체를 한껏 젖히고 거울을 보던 그는 물개 모양의 꼭지를 매만지다가, 처음 이 화장실의 견적을 내던 그 싹싹한 영업부장의 반드르르한 머리를 기억해내고는 손을 가슴께에 마주 잡고 다리를 착 붙인 다음 거울을 향해 "이쪽으로요? 아니면 이쪽? 네에, 그렇습죠." 하고 손끝을 들어 좌우를 번갈아 가리키며 연신 굽실거려보았다. "나도 이제 꽤 어울리는걸?" 하고 중얼거린 황은 암갈색의 통유리창 쪽으로 걸어갔다. 아까 전나애도 여길 걸으며 기분이 괜찮았을 거야. 이 로열 블루 카펫 빛깔이 정말 마음에 들지 않았겠어? 속으로 '어머 이 융단 색. 너무 좋아.' 하고 감탄했음에 틀림없어. 그런데 왜 그녀는 군화처럼 생긴 걸 신었지? 오히려 스타킹에 빨간색 하이힐이 진짜로 선정적이지 않았을까? 그리고는 이렇게 빤히 올려다보는 이 징그럽도록 포근한 양탄자 낯짝을 꾹꾹 밟아준다면 제법 도발적 패션이었을 텐데 말야……. 텅 빈 새벽 거리에는 가끔 자동차 몇 대만이 놀란 물방개처럼 진저리치며 저쪽으로 달아나고 있었다. 유리창에 이마를 붙이고 있던 황은 "밖에선 안이 보이질 않아." 하고 옆에 선 사람에게 안심이라도 시키듯 중얼거리며 변기가 놓여 있는 칸으로 가 묵직한 문짝들을 차례로 밀고 안을 살펴보았다. 마지막 세 번째 칸은 더 넓고 살구색의 변기도 좀 더

커 보였는데 연한 갈색의 너른 타일들과 어울려 안온한 느낌을 주었다. 바닥에는 쪽마루가 깔려 있었다. 황은 그 안으로 뚜걱뚜걱 들어섰다. 그리고 다시 한번 그 동작을 되풀이했다. 그녀가 들어섰을 때 마루가 이런 소리를 냈겠지? 그리고 돌아서서 문을 걸어 잠그고 변기 뚜껑을 이렇게 올리고 치마의 지퍼를 내렸겠지? 그는 되도록이면 자기 바지의 지퍼를 옆쪽으로 끌어당겨 내려봄으로써 전나애의 감각을 비슷하게 느껴보도록 애썼다. 음, 받침대는 이미 알맞게 따스하군. 그녀도 똑같이 '아, 따스하네.' 하고 감탄했겠지? 황은 변기에 주저앉아 자기가 전나애라고 상상해보는 것이다. 그러자 전나애인 자기는 화장실의 일부가 되고 그 화장실은 다른 누구도 아닌 바로 자기만의 것이라는 뿌듯한 감각에 빠져들었다. 이어서 왼손 손바닥을 들어 네모난 스테인리스 철통 위로 가져가자 좌악 물 쏟아지는 소리가 울리고, 그 옆의 상자 쪽으로 팔을 좀더 뻗자 이번에는 '천국과 지옥 서곡'의 마지막 부분이 울려 퍼졌다. 오른쪽으로 몸을 튼 황은 비데 조절 스위치를 눌렀다. 이크! 좀 찬데. 전나애도 깜짝 놀랐다가는 제풀에 깔깔깔 웃어젖혔을 테지……. 아, 이제 적당하군. 좀 강하게? 그래 이 정도? 기분이 묘하군. 음악이 멈추고 공갈 물소리도 그치자 황은 신경질적으로 두 개의 통을 두들겼다. 그러자 또 물 빠지는 소리와 더불어 씩씩한 나팔소리가 울려 퍼졌다. 전나애가 이 장치들을 모두 다 잘 사용할 줄 알았을까? 그러자 뭇 여자들이 이곳에 들어와 이 멋진 것을 사용할 엄두는 못 내고 그저 관찰만 했을 생각을 하니 변기가 아까웠다. 촌스런 년들한테는 이런 화장실은 분에 넘치지. 보여줄 필요조차 없는 것인데……. 그렇지, 나애 같으면 여유를 가지고 천천히 여러 기능을 조절해가며 음미했을 거야. 드라이를 틀고……. 좀 따끈하게, 이땐 배를 요렇게 움켜줜다. 이런, 점점 뜨거워지는구나. 이런 이런! 황은 변기에서 펄쩍 뛰어올랐다. 온도를 너무 올리는 바람에 약간 데인 것 같았다. 호되게 엉덩이를 걷어차인 듯이 눈물이 찔끔 나올 정도였다. 이건 어떤 조처를 취해야겠는걸. 큰일 나겠어. 설마 나애가 내 꼴을 당하진 않았겠지……. 황은 세수를 하고 다시 공갈 물소리와 서곡을 작동시켰다. 그러고 나서 화장실 안을 빙글빙글 돌며 흥얼흥얼 노래를 불렀다. 벽에는 파란 하늘에 둥둥 떠다니는 뭉게구름이 그려져 있었다. 황은 계속해서 돌았다. 노랫가락도 걸음에 맞춰 점점 빨라지고 나중에는 거의 뛰다시피 돌았다. 뭉게구름들이 휙휙 지나갔다. 그러다가 우뚝 서더니 살구빛 변기 앞에 쭈그리고 앉았다. 바닥으로부터 의뭉스럽게 솟아오른 변기는 빈틈없는 곡선 덩어리여서, 흡사 돌아선 여자의 멋진 나신을 보는 듯했다. '이다지도 사랑스럽게 반짝이는 이 청결한 표면을 보란 말이다.' 물소리가 울리고 음악이 터지며 비데의 물줄기가 솟구쳤다. 눈두덩에 물줄기를 맞은 황은 미친 듯이 웃음을 터뜨렸다. 불쑥 변기 칸 밖으로 나온 그는 다시 달리듯 돌았다. 거리는 벌써 희미하게 밝아오고 있었다. 달음질치던 황은 벌렁 나자빠져서 헐떡였다. 빠끔히 열린 문틈으로 사랑스런 살굿빛 변기가 보였다. 갑자기 황은 지금 자기가 화장실을 능욕하고 있다는 환각에 빠졌다. 그러자 단두대 같은 성욕이 자기 모가지에 예리하게 겨눠지는 것을 느꼈다. "죽여라!" 황이 외쳤다. 누굴? 하고 자문해본 그는 멍청한 의식 속으로 음침하게 울리는 자신의 고함을 들으며 번들거리는 눈알로 화장실을 한 번 휘둘러보았다.

여전히 황은 자신의 화장실에 정열을 쏟고 있었다. 창가에 소파를 들여놓았고 그 옆에는 갱의실 공간을 위해 앙증맞은 블라인드를 칠 수 있게 했다. 담뱃갑 속에는 갖가지 담배를 갖춰놓았으며 환풍 장치도 최신형으로 바꿨다. 심지어는 책장과 커피 세트까지 들여놓으려 했으나 그것만은 조금 더 연구를 해보자는 인테리어 전문가들의 조언을 따르기로 했다.

황은 작품을 한답시고 아예 집에서 나와 레스토랑에서 살았다. 그리고는 꼭두새벽마다 일어나 남몰래 화장실에 들어가 서성이며 중얼거리는 버릇이 생겼다. 낮에는 홀의 한 구석에서 손님들을 눈여겨보다가 혼자 킬킬대며 웃기도 했다. 작업실에서는 틈나는 대로 전나애를 열심히 스케치했다. 특히 변기에 앉은 모습을 여러 포즈로 상상해서 그려보았다. 언젠가 전나애와 아주 친해지면 꼭 한 번 부탁해서 화장실 변기에 앉은 그녀를 본격적으로 그려볼 생각이었다.

'나애처럼 러브신을 연출하는 여자라면 나의 정열을 이해할 수 있겠지……'

어느 날 새벽, 황이 화장실 창가 소파에 걸터앉아 꾸벅꾸벅 졸고 있는데 '어머.' 하고 놀라는 소리가 났다. 손지숙이었다. 그녀는 한 손으로 입을 막고 세면대 옆에 서서 꼼짝 않고 그를 뚫어지게 보고 있었다.

"뭘 놀라나? 왜 나왔어?"

황은 자기도 모르게 언성이 높아졌다. 그러자 정말 화가 나는 것이었다.

"뭘 놀라는 척하구 있어. 너, 내가 화장실에서 산다는 거 다 알면서 왜 그래? 내가 뭐 변태처럼 보인다는 그 태도는 뭐야?"

황은 벌떡 일어나 지숙 앞으로 느릿느릿 다가가며 노려보았다. 손지숙은 한 발짝 물러서며 그를 마주 쏘아보았다.

“청소는 해야지요. 저절로 이렇게 깨끗한 줄 아세요?”

“……음. 그런가?”

과연 그렇다. 아무리 미인이라도 씻고 닦아야하지 않겠는가? 황은 지숙을 말없이 쏘아보기만 했다.

“그런데, 새벽마다 여기서 뭐 하실까. 새벽 미사 드리는 것도 아닐 테고.” 하고 지숙이 제 혼잣말인 척 빈정거렸다.

“뭐야?”

황은 버럭 소리를 질렀다.

“왜 큰소리예요?”

지숙이 항의하며 한 발짝 더 물러났다.

“왜 큰소리냐구? 네가 내 마누라야 뭐야? 네까짓 게 뭔데 요즘 이렇게 말이 많아. 너 혹시 운동권 아냐?”

손지숙은 가소롭다는 듯이 피식 노골적으로 비웃었다. 그 꼴을 본 황은 자신의 업소에서 노동 운동 따위를 한다면 얼마나 웃기는 일이 될까 하는 것을 퍼뜩 깨달았다. 그러자 그는 아무 이유도 없이 갑자기 풀이 팍 죽어 버렸다.

두 사람은 한 동안 말없이 서 있었다. 그러다가 지숙이 돌아서서 진 공청소기를 끌고 구석으로 갔다.

“그런데 지숙이 생각에는 여기에 뭘 더 만들면 좋을 것 같애?” 하고 황은 자신의 머쓱한 기분을 감추려고 주변을 둘러보며 자신 없는 목소 리로 물어 보았다. 그녀는 대꾸 대신에 청소기의 전원을 넣었다. 갑자 기 소음이 화장실을 가득 메웠다.

“반 층짜리지만 계단은 계단이니까 이걸 에스컬레이터로 바꿔 볼까 하는데.”

"……좋오죠." 하고 말한 지숙은 전원을 끈 청소기의 손잡이를 내던지더니 그의 가슴을 가볍게 밀치며 지나쳐갔다. 화장실이 다시 잠잠해졌다.

'들통이 나버렸군.'

황은 뚜렷하지는 않지만 어떻든 지숙의 이 도전적인 태도로 두 사람 모두에게 이제까지 미뤄오던 뭔가가 완전히 드러났다는 것을 깨달았다. 그러자 어쩐지 자신이 조금 천해진 느낌이 들었다. 황은 묵묵히 화장실을 둘러보았다.

'들통난 정열이란 얼마나 우울한가……'

담배를 피워 물고 소파에 앉는 지숙을 힐끗 본 황은 화장실을 나갔다.


황은 더욱 공을 들여 화장실을 가꾸고 홀을 장식하는 데 전념했다. 비난을 받건 항의를 받건 아랑곳하지 않겠다고 각오한 황은 화장실 풍경을 모티프로 한 만족 시리즈 제2부를 기획했다.

결국 황이 굴복하는 바람에 자존심을 지킨 지숙은 아예 그와 한통속이 되더니 낮 동안에 지켜본 화장실 풍경을 한밤중이 되면 황에게 자세하게 들려주는가 하면 나중에는 몰래 사진까지 찍어 왔을 뿐만 아니라 다시는 코빼기도 볼 수 없는 전나애 대신 모델이 되어주기도 했다. 그리고 보니 지숙은 지숙 나름대로 대단히 매력적인 외모를 지닌 여자였다.

이렇게 되어 황은 한결 견고한 환상을 좇을 수 있었다. 때때로 두 사람은 자기들이 하는 짓이 좀 정상이 아니라는 것을 의식할 때도 있었지만 그럴수록 오직 둘이서, 오직 둘만의 방식으로 외부와 단절되어

고립되는 희열을 맛보았다. 그것은 일종의 결속이었고 범죄였다. 이미 가속도가 붙은 유희였고 곧 끝장나리라는 묵계가 있었으므로 한없이 무책임할 수 있는 사랑 비슷한 것이었다.

그리 오래지 않아 마침내 이 위험한 화장실은 끝장이 나고 말았다.

누군지 확실하지는 않지만 어느 단골 손님의 고발에 의해 황 사장은 입건이 되었고, 대부분의 일간지는 어쩐지 좀 유쾌하다는 투의 가십 기사로써 이 괴상한 색정광에게 야유를 보냈는데, 특별히 '커리어 우먼'이라는 한 여성잡지는 황의 갖가지 음란한 기벽들을 소개하는 것은 물론 대학생 시절부터 카사노바를 능가하는 여성 편력을 쌓기 시작했다는 식의 추적 기사까지 싣는 열의를 보였다.

황은 집구석에 처박혔고, '종종'은 '포시즌'이라는 이름으로 간판이 바뀌었다. 여전히 스튜 맛이 일품이었지만 더 이상 요란한 화장실은 어디에도 없었다. 내부도 바뀌어 우중충하던 실내는 구질구질한 치장들을 모조리 걷어낸 덕에 한결 밝아졌다. 무겁기만 할 뿐 보기에도 흉측했던 구식 테이블이 세련되고 실용적인 식탁으로 교체된 덕에 더 많은 손님을 한꺼번에 모실 수가 있게 되었다. 이러한 변화가 모두 새로운 사장인 황의 아내 솜씨였음은 두 말할 필요도 없다.


구겨진 바바리코트가 너무 크게 느껴지자 황은 우뚝 섰다. 갑자기 피로가 몰려왔고, 그러자 이 년쯤 전에 우연히 만났던 그 신예 화가라는 친구가 떠올랐다.

'의미있게 지쳐 보인다? 지긋지긋한 일상보다는 뭔가 좀 열렬하게 달려들어 상상하고 음미하는 삶? 에라 엿이나 먹어라!'하고 그는 감자를 먹었다. 지나치던 사내가 그를 수상하다는 듯이 돌아보았다. 동승

동 거리는 쏟아져 나온 사람들로 북적댔다. 눈이 내리고 있었다. 황은 막다른 골목에 있는 카페를 향해 걸으며 생각했다. '함정이 있어. 이년들이 날 지금 함정에 빠뜨리고 있어.' 황은 창가에 자리를 잡고 지숙을 기다렸다.

그가 이해할 수 없는 것은 지숙이 년이 아내를 무척 따를 뿐만 아니라 둘이 함께 아삼륙으로 맞아 돌아가고 있다는 점이었다. 이러다가는 세 명이 함께 살 판이었다. 다시 피로가 몰려왔고, 이번에는 아랫배마저 찌르르 아파 왔다.

'아이고 제기랄.'

그는 아내의 얼굴을 떠올리며 몸을 부르르 떨었다. 아내의 금전욕은 다른 모든 것을 무력하게 만드는 잡식성이었다. 그런데다가 날이 갈수록 지숙이 년은 그녀의 투철한 제자가 되어 가는 꼴이었다. 나중에 알게 된 사실이지만 지숙이를 데려온 것도 바로 아내였다. 이 여자들이 생활력이라고 표현하는 이런 술수와 집착과 끈기 앞에서, 황은 자신이 귀여운 노리개 감이 되고 만다는 것을 인정해야 했다. 자신은 뭐든지 잠깐하고 말지만 이 여자들은 줄기차게 밀어붙이고 있다.

'도대체가 무한정 나갈 수 있는 것만큼 무서운 것은 없어. 한계가 없다는 것 자체가 불순한 것이 아닐까?'

이제 지쳐버린 그는 제발 좀 평화롭고 싶을 뿐이었다.

웨이터가 와서 커피를 내려놓고 굽실하더니 갔다. 황은 창 밖을 보며 손을 마주 비볐다. 눈발이 굵어지고 있었다.

'왜 이렇게 늦나?'

초조해진 그는 짜증이 났고 그래서 더 추운 것만 같았다. 이마에 식은땀이 돋고, 배가 찔리듯이 아팠다.

　이 레스토랑은 겉모습과 달리 화장실이 형편없이 지저분했다. 황은 구정물이 질척거리는 바닥을 지나 변기 칸으로 들어갔다. 바닥에는 젖은 신문지 나부랭이가 문드러져 있었다. 군데군데 담뱃불 같은 것에 지져진 자국이 있는 변기 뚜껑을 올리고 쭈그려 앉은 황은 문 위를 가득 채운 낙서들을 노려보았다. 거북한 속은 아직 시원하게 뚫리지를 못했다. 시간이 지나갔다. 화장실은 너무 추웠다. 황은 낮은 소리로 뭐라고 계속 투덜댔다. 그러다가 발작적으로 빨간 볼펜을 꺼내더니 누렇게 변색된 문짝 위에 다음과 같이 써 갈겼다.

　'변소로 하여금 화장실 혁명 앞에 전율케 하라! 화장실이 이 혁명으로 잃는 것은 악취 뿐이요, 얻는 것은 전세계다. 만국의 환상실이여, 단결하라!' □

(1994년 11월)

# 먼지의 날

구름 속의 해는 무척 인공적으로 보였다. 잿빛 하늘에, 작고 동그란 것이 떠 있어, 흡사 어떤 광학 기계의 얇은 유리 부품 같았다.

'난 지금 정지에 관한 꿈을 꾸고 있어서, 꼼짝할 수 없는 거야.' 하고 생각하던 정인조는 어서 윤활유 같은 시간이 돌아와서 이 녹슬어버린 장면을 움직여줬으면 하고 지루하게 기다렸다. 석고에 파묻혀서 굳어버린 것만 같던 긴 순간이 끝나고 마침내 눈을 뜬 그는 아주 괴상한 것을 보게 되었다.

그것은 분명히 개미였지만, 몸집은 사람만했고 땟국이 흐르는 누런 외투를 걸친 채 푸른 융단 위에 고꾸라져 있었다.

"뭐야, 이건!" 하고 외치며 정인조는 침대 끝으로 펄쩍 뛰어 달아났다.

한줄기 아침 햇살이 개미의 대가리에 비치고 있었다. 대가리는 까맣고, 반들반들하고, 무섭도록 완벽한 곡면이었다. 마침 그 표면의 아래쪽에 빛이 반사되고 있어서, 개미는 고개를 틀고 엎드린 채 비웃고 있는 듯이 보였다. 정인조는 1분도 넘게 숨을 죽이고 지켜봤지만 그것은 전혀 움직이지 않았다. 참으로 정교하게 만들어진 개미였다. 아니, 진짜 개미인지도 몰랐다. 환경 오염으로 돌연변이가 되어버린, 재앙의 개미가 아닐까? 정인조는 더듬이를 살짝 건드려 보았다. 허공을 향해 도전적으로 뻗쳐 있던 더듬이가 흔들렸다. 꽤나 억세고 탄력이 있었다.

'이건 개미가 아니야, 설령 개미라도 죽었어.'

정은 개미의 턱을 들어 올려, 있을지도 모르는 날카로운 집게를 확인하고 싶었지만 두려웠다.

'개미에 대해서 좀 안다면 좋을 텐데……'

정은 더듬이를 움켜쥐었다. 새까만 표면은 미세하지만 조금 껄끄럽고, 끈적거리는 것도 같았다. 더듬이가 부러졌다. 부러진 끝에는 검은 진물이 배어 나왔다. 정은 쥐고 있던 더듬이 조각을 개미 대가리 옆에 버리고, 쭈그리고 앉아 개미의 대가리를 손바닥으로 가볍게 눌러 보고, 두드려 봤다. 무척 딱딱했지만 그래도 탄력이 있었다. 정은 끝이 부러져 나간 더듬이를 두 손으로 움켜잡고 조심스럽게 뽑아 버렸다. 뽑힌 자리에서 검은 진물이 뭉클 솟더니 대가리를 타고 주르륵 흘러 내렸다. 참 처량한 꼴이라고 생각했다. 개미 몸통에 덮여 있는 외투는 낡은 삼베로 만든 것이었다. 고린내가 났다. 정은 외투 깃을 쥐고 조금 젖혀 보았다. 가운데 다리 한 짝이 몸통에 짓눌려 묘하게 꼬부라져 있었다. 정은 공연히 심술이 나서 뒤틀려 있는 다리를 발로 지그시 밟았다. 탄력이 발바닥으로 느껴졌다. 그러다가 다리가 툭 부러지고 개미 옆구리에서도 검은 액체가 튀어 정의 뺨을 적셨다.

“퉤, 제기랄.”

정은 뺨을 문지르고 손바닥을 양탄자 바닥에 닦았다. 우유 썩는 듯한 구린내가 났다.

‘이벤트 행사라나 뭐 그런 것이겠지. 지랄들이야, 지랄들.’

정은 샤워를 하며 생각했다.

‘젊은 것들이 취해 가지고 들어왔다가, 방을 잘못 찾은 것을 알고 놀라서 달아나는 바람에 그냥 떨어뜨리고 갔겠지. 쌍눔 새끼들. 퉤. 이 지독한 냄새는 뭐야?’

“개미가 있단 말이오, 개미가. 엄청 큰 것이 썩어서 시커먼 물이 쏟아지고 있어.”

정은 아까 손가락으로 개미의 옆구리 아랫부분을 한 번 쿡 쑤셨었는데, 그냥 썩은 호박 모양으로 맥없이 폭 뚫려 구멍이 나버렸었다.

“여보세요? 여보시오. 체크 아웃 한단 말이오. 뭐요? 뭐라니. 지금까지 다 말했잖소.”

상대방의 전화기가 떨어졌는지, 갑자기 우당탕퉁탕 부딪치는 소리가 나고, 무엇을 도와드릴까요, 하는 프런트 직원의 말에, 어허, 이 사람이 정신이 있어 없어, 하는 어떤 사내의 고함이 수화기를 타고 들려왔다. 정은 수화기를 쾅 내려놓았다.

“흥, 조선놈들⋯⋯.”

정은 엘리베이터 안에서 낮게 중얼거렸다. 그리고는 씁쓸하게 웃으며 자꾸 안경을 고쳐 썼다. 국장은 서있는 정인조를 향해 거드럭거리며 씨부렁댔었다.

“아, 꼬붕들이 다 취재하는 거고, 선배야 이름만 빌려주면 되는 거지 뭐어.”

“아아, 지긋지긋해.”

정은 층 수 표시등을 쳐다보며 얼굴을 찡그렸다.

몇 년 전 귀국을 한 그는 자기가 유능한 사람인데도 주위의 인간들이 이유없이 자기를 폄하고 있다고 믿었다.

‘너희들이 감히 나를 물 먹인다 이거지?’

상품권 실태에 관해 한 꼭지 써달라는 제안에 충격을 받고 집으로 돌아온 정은 심기일전해서 차제에 자기의 학구적 능력을 십분 발휘하여, 미국에 있을 때 정리해 두었던 필리핀 경제 관련 자료들을 기초로 책을 써 볼 계획을 세우고 우선 이 호텔에 들었던 것이다.

‘그런데 하루만에 이 꼴이라니. 쳇, 개 같은 꼴이라니.’

햇살이 비친 로비는 금속성을 띠고 있었다. 프런트에는 난데없이 난쟁이가 서서 그를 빤히 쳐다보았다. 사내는 챙 없는 흰 보이 모자를 쓰고 있었는데, 넙죽하고 주름진 그 시커먼 얼굴로는 나이를 가늠하기가 무척 어려웠다.

“체크 아웃!”

그는 불쾌하다는 표정으로 난쟁이에게 쏘아붙였다.

“뭐라구요?”

난쟁이가 뒤뚱뒤뚱 의자 위로 기어오르며 물었다. 정은 꼭 벌레가 움직이는 것 같다고 생각했다. 전화가 울렸다. 난쟁이는 난처한 표정을 지으며 다시 의자를 내려오더니, 그것을 질질 끌고 프런트 접수대의 저쪽 끝으로 가서 다시 의자를 기어올라가서는 전화를 받았다.

“저, 저런 쯧쯧. 아, 어째서 여기 다른 사람은 아무도 없소, 여보쇼!”

정은 자기도 모르게 혀를 차다가 버럭 소리를 질렀다.

“뭐라구요?” 하고 난쟁이가 아예 접수대 위로 올라서더니 전화통에 대고 맞고함을 질러댔다. 의자가 우당탕퉁탕 넘어지고, 난쟁이는 수화기를 집어던지고, 뒤뚱뒤뚱, 그러나 위협적으로 두 팔을 흔들며 프런트 위를 달려왔다. 그는 정의 코앞에 바짝 다가서서 야유하듯 얼굴을 찌푸리며 물었다.

"무엇을 도와드릴까요?"

"어허, 이 사람이 정신이 있어 없어?"

불쾌해진 정은 더는 참지 못하고 돌아서서 로비를 성큼성큼 빠져나갔다. 난쟁이가 뛰어내리더니 "이봐, 이봐." 하고 고함을 지르며 따라왔다. 정은 우뚝 서서 그를 노려보았다. 그러나 서슬 퍼런 난쟁이의 눈빛을 보고는 오히려 겁이 더럭 났다. 번쩍이는 대리석 바닥 위를 구두 뒤축이 미끄러지는 소리가 높은 천장과 거대한 기둥들 사이로 울려 나갔다. 청소부 한 명이 등을 보인 채 서 있고 소파에는 늙은 사내가 담배를 피우며 신문을 보고 있었다. 순간적으로 정은 그 노인에게 좀 이상한 이 일들을 따져 묻고 싶은 충동을 느끼며 달아났다. 서둘러 회전문을 빠져 나올 때 웬 백발의 장대한 서양 사람이 그를 보고 조금 놀란 표정을 지었다.

'내 참 더러워서, 나중에는 원 별 게 다 시비를 거는구만, 확실히 어제부터 일진이 좋지 않아, 조선놈들 언제부터 이런 이상한 행사를 하고 지랄인가?'

바깥은 맑고 쌀쌀했다. 정은 시청 지하도를 거쳐 을지로로 나왔다. 최 이사에게로 갈 생각이었다. 정은 우뚝 섰다.

'내가 왜 이러지? 아무 것도 아닌 일로 초조해 하고……. 내가 누구야? 정인조 아닌가.'

버스 정류장으로 손을 맞잡은 젊은 여자 둘이 나란히 걸어오고 있었다.

'참 예쁜 아가씨들이로군……. 아까 그 난쟁이 친구, 정말 웃기는 녀석이야. 그 로비도 뭔가 좀 이상한데다가 ……. 꼭 무슨 부조리극의 한 장면 같더군. 하하하. 정말 그래.'

거리를 휘이 둘러보며, 정은 조금 느긋한 기분이 되었다.

'나두 아버지 성화만 아니었다면, 연극을 계속할 수도 있었을 거다. 젊어서 일찍 뉴욕으로 갔었다면 인생이 달라졌을 테지. 영어도 제대로 배웠을 테고. 지금 거기서 잘났다고 버티고 있는 저 마누라도 만날 필요가 없었을 거 아닌가 …….'

그는 피식 웃었다.

'잘난 정씨 집안이야 잘난 형님 누나들로 충분하고도 남지 않겠어? 제기랄, 넌더리나는 사람들, 사람들! 그래, 한국이라는 곳은 온통 너절한 것들 투성이일 뿐이지 교양이라는 것이 조금이라도 있을 리 없어. 이런 나라에서라면 세련미라는 것도 고작해야 무기력한 과시 정도가 아니고 뭐냔 말이다.'

정은 비판적인 자신을 의식하면서 신경질적인 우월감을 느꼈다.

'이 자식 앞에서 적당히 거만을 떨어야겠어.' 하고 정은 느릿느릿 걸으며 다짐했다.

K산업의 재무담당 최 이사는 고등학교 동창으로 정의 둘도 없는 친구였다. 자기가 좀 허풍을 떨면서 기죽지 않는 모습을 보여야, 녀석도 오히려 마음이 든든해질 것이었다. 정은 한국 상사의 필리핀 현황에 대한 참고 사항도 좀 듣고, 가능하면 현지에 조사차 갈 때, 편의를 부탁할 생각이었다. K산업은 그 나라에 자동차를 비롯해서 온갖 소비재를 대량으로 팔아먹고 있었다.

  정이 롯데호텔을 돌아 명동 쪽으로 꺾어져 들어갔을 때, 한 관광버스에선 이상한 일이 벌어지고 있었다. 황소가 그 버스 안에 가득 들어차 있었던 것이다. 유난히 크고 뿔도 높다랗고 시커먼 것이 흔히 보는 시골 소가 아니었다. 소라기보다는 왠지 미친 거인 같은 느낌을 줬다. 소들은 느리게 또는 발작적으로 우왕좌왕하며 자기들끼리 엉키고, 서로 타고 넘기도 하고, 이리저리 부딪쳤다. 버스는 인도 옆에서 세차게 흔들리고 있었다. 버스 안에서 "우우웅" 하고 한 번 크고 긴 울음소리가 났다. 그것은 절망적이면서도 어딘지 우스꽝스런 느낌을 주었다. 그 중에도 유난히 뿔이 길고 대가리가 긴 검은 소 한 마리가 운전대에 발굽을 올려놓고 불안한 눈을 이리저리 굴리고 있었다.

  사람들은 이 버스를 빙 둘러서 있었다. 그 소는 당혹스런 눈빛으로 이리저리 대가리를 돌려대고, 어쩔 줄 몰라 몸부림을 치다가 발굽이 미끄러지며 앞으로 고꾸라졌다. 소의 주둥이가 앞 유리창에 부딪쳤다. "와아" 사람들이 탄성을 지르며 몇 걸음 뒤로 물러났다. 콧구멍에서 쏟아져 나온 김이 유리에 서렸다. 소는 중심을 잡으려고 덜그럭거리며 버둥댔다. 또다시 저 깊은 구덩이로부터 뽑혀 나오는 듯한 울음소리가 울렸다. 아래턱을 주욱 앞으로 빼고 눈깔은 비난하듯 허공을 향한 채 놈은 끝없이 울 태세였다.

  "써커스 하는 손가 부네, 그지?" 하고 한 중년 여인이 징그럽다는 듯이 얼굴을 찌푸린 채 똑같이 인상을 쓰고 있는 옆의 여자에게 물었다. 정은 여자들의 살찐 다리를 힐끗 보았다.

  "제기……. 허허." 한 중늙은이가 돌아서서 구경꾼들 사이를 빠져나오며 웃었다.

  "저건 뭐죠?" 하고 정이 그에게 물었다.

“글씨요……. 우리 한우는 아닌 것 같고, 요즘은 뭔 놈의 것들이 다 많아서. 저게 뭔 지랄이여 그래. 사람 타는 뻐스에다강, 송아지 새끼들을 태워 가꾸나……. 참”

“저러다 밖으로 쏟아져 나오기라도 하면 어쩌려고……?” 정이 사내에게 동의를 구하듯 얼버무렸다.

“아 글씨 말요, 내 참. 허허.” 그는 사람 좋게 웃으며 털래털래 가버렸다.

정도 쿵쾅거리는 버스를 뒤로하고 골목으로 돌아 들어갔다. 군밤 냄새가 났다.

오십이 넘은 동창 녀석이 칸막이에 등을 돌리고 막대사탕을 빨고 있었다.

“너두 하나 빨아 볼 테야?” 하고 최 이사는 자기 입 속에 있던 것을 빼서 들이밀었다. 코앞에 다가선 빨간 캔디를 보며, 정은 외설스럽다고 느꼈다.

“치워라, 이 녀석아.”

“회사 기밀을 내놓으라고 했냐?” 최 이사가 영리한 눈매를 빛내며 물었다.

“그렇지…….” 하고 대꾸하던 정은 왠지 가슴이 답답했다.

“너 회장 좀 만나 볼래?” 하고 최 이사가 잘 닦인 구두를 신으며 중얼대듯 물었다.

“왜? 내 책에 니 회사 피알 좀 하라고?”

“뭐 그런 것보다도…….” 최 이사는 말꼬리를 흐리며 허공을 응시했다. 대머리 아래로 드러난 최 이사의 주름진 이마를 보고 있던 정인조는 공연히 지겨웠다.

"오늘은 아침부터 참 이상해." 최 이사 책상 앞을 오락가락하던 정은 소파에 털썩 앉으며 투덜댔다.

"뭐가 이상해?"

"일하려고 호텔에 들었는데, 아침에 보니까, 개미가 하나 죽어 자빠져 있는 거야."

"호텔 방에 개미 한 마리 죽어 자빠져 있는 게 뭐?" 최 이사가 비아냥거리며 의자에 잠기듯이 깊숙이 내려앉았다.

"개미가 엄청 커, 사람 만해, 물론……."

"물론 뭐?"

"또 난쟁이가 프런트에서 흘겨보잖아, 나 원."

"왜? 돈을 안 냈나?"

"어? 엉……." 정은 대답하고 나서 얼빠진 표정을 지었다.

"큰 개미 때문에 호텔을 나오는데, 돈을 안 내니까, 뽀이가 눈을 흘기더라 이 말이잖아."

"그렇지."

"그게 뭐가 이상해? 우리 회장은 난데없이 염소 울음을 내는 판인데."

"회장이 염소 소릴 지른다구? 왜?"

"그거야 내가 모르지. 왜 그 육갑을 하는지."

두 사람은 아주 낮은 소리로 번갈아 후후, 흐흐, 웃었다.

"참, 또 이번에는 말야, 요 앞 대로에서 버스를 봤는데, 그 속에 황소가 잔뜩 들어차 있는 거야. 원, 너 그런 거 봤냐?"

"언제? 난 그런 거 아침에 못 봤는데, 참 세상……. 그건 또 무슨 난리법석이지?"

"모르지. 세상엔 모를 일들 천지야. 그러니 나 같은 분도 있는 거구."

"쳇, 기자나부랭이…… 그나저나 야, 우리, 회장 만나러 가자구." 최 이사는 전화통으로 손을 뻗으며 말했다.

회장은 붉은 주단이 푹신한 넓은 방에 혼자 서 있었다. 벽 한 쪽은 전체가 아예 한 장의 통유리로 되어 있어서, 어쩐지 회장은 거대한 무엇에 감시당하고 있는 것 같았다. 여차하면 그대로 유리 밖으로 던져지지나 않을까 위태로워 보였다.

"아이고, 후배님. 오랜만이우. 허허." 하고 회장은 수더분하게 웃으며 악수를 청했다.

"오랜만에 뵙겠습니다. 참, 존안이 더 좋아지신 것 같네요."라고 말했지만 정은 갑자기 우울했다. 회장의 약점을 알고 있는 자기로서는 덕담을 한다면서 오히려 무언가 기만하는 것이 아닌가 싶었기 때문에 사사로운 정감을 해쳤던 것이다.

녹차가 나왔다. 비서는 정말 청순하게 예뻤다.

"뭘 그렇게 봐?" 하고 다리를 꼬고 앉은 최 이사가 정의 어깨를 툭 치면서 빙그레 웃었다. 정은 문을 나서는 여비서의 아담한 뒷모습을 응시하고 있었다.

"자, 듭시다." 회장이 자리에 앉으며 손으로 찻잔을 미는 시늉을 했다.

잠시 그들은 말이 없었다.

"회장님, 서 은행장 전화 나왔습니다." 인터폰으로 여비서의 목소리가 크게 울렸다. 너무 커서 넓은 방이 다 울릴 정도였다. 왠지 정은 조금 부끄러워져서 씨익 한 번 웃었다.

"으음, 대라." 회장은 욕탕에라도 들어앉은 것 같은 신음을 내며 티

테이블 위에 놓인 인터폰으로 팔을 뻗으며 대꾸했다.

'대라, 대라, 으음, 대라 …….' 하고 되내던 정은 마른침을 삼킨 다음 더운 차를 한 모금 마셨다. '녹차, 녹차, 음, 녹차.' 정은 여비서의 두 다리를 녹차로 따스하게 씻겨주는 장면을 그려보았다. 회장은 수화기 통에 대고 너털웃음을 날리며 뭐라고 지껄이고 있었다. 넙죽넙죽 벌어지는 입으로 누런 틀니가 불그죽죽한 잇몸 위에서 번들거렸다.

"음매에에헤." 하고, 수화기를 내려놓던 회장이 엉거주춤하게 앉다만 자세로 울었다. 최 이사가 그것보라는 듯이 정의 옆구리를 찌르며 비시시 웃었다.

"음매에에에……. 음매. 음매……. 잘 돼나?" 회장이 왼손 위에 오른손을 포갠 자세로, 염소가 앞발을 들고 일어섰다는 시늉을 하며 최 이사를 향해 물었다. 그러자 최 이사는 고개를 수그리면서 쿡 웃고는 오른손으로 오케이 표시를 만들어 두 번 앞으로 흔들었다.

회장은 곡마단의 묘기를 부리는 짐승처럼 뒷발로만 버티고 서서 비칠비칠 문을 향해 전진했다. 여비서가 들어와 박자를 맞춰 손뼉을 쳤다. 늘 하던 짓임이 분명했다. 뒷다리를 흉내내고 있는 그가 꾸부정해 있었으므로 회장의 머리는 여비서의 가슴께에 가 닿아 있었다. 손뼉이 빨라지고, 회장은 몸을 좌우로 틀며 댄스를 춰댔다.

"음매에에에헤."

"얼씨구." 최 이사가 벌떡 일어나 외쳤다. 그리고는 "로비로 내려가시죠. 음매." 하고 장단을 맞추더니 회장의 허리를 받치고 앞으로 밀었다.

정인조는 혼자 남았다.

'젠장, 염소 회장이군.'

최 이사가 얼굴만 불쑥 내밀었다가는 사라지며 그를 불렀다. 손이 덜렁 남아 허공에서 날갯짓을 해대고 있었다. 정은 벌떡 일어서서 달려나갔다.

차가 백화점 입구를 지나서 큰길로 나갈 때까지 세 사람은 말이 없었다.

"낮이고 밤이고 없이 막혀." 하고 회장이 말했다.

"그렇습니다." 기사가 사뭇 공손한 음성으로 맞장구를 쳤다.

"저건 뭐지요?" 하고 정은 광화문 쪽을 가리키며 모두에게 물었다.

"사람이 많이 모여 있네……." 회장이 받았다.

"줄을 쳐 놓았네. 접근 못하게." 최 이사가 중얼거렸다.

"뭘 하는 겁니까? 저게." 정이 다시 물었다.

"음매에에에헤."

"하하하, 큰아재, 정답입니다." 하고 최가 말했다.

그들은 고스톱을 쳤다. 여급이 옆에서 전복죽을 떠 먹여 줘가며 패를 들여다볼 수 있게 도와줬다.

"아따 잘 붙으시누만요." 최 이사가 회장을 향해 말했다. 회장은 유행가를 흥얼거렸다.

"그게 뭐였을까? 아까?" 정이 건성으로 패를 내며 중얼거렸다.

아무도 대꾸하지 않았다.

"뭐가 뭐예요?" 정에게 다가들며 여급이 물었다. 분홍색 한복에서 향기가 났다.

"광화문에 거 꽤나 큰 건물인데 말야, 인부들이 양쪽에 서서 죽죽 찢고 있더라구. 건물 안이……. 백정놈 소 내장 발라내듯이 말이야. 책상이며 종이 뭉치며 한 번 죽 찢을 때마다 와르르 떨어지던 걸……. 사람도 몇 봤다구. 거짓말이 아니야. 거꾸로 떨어졌으니 죽었을걸?"

정은 부채꼴로 펼친 화투장 중의 한 장을 집으며 말했다.

"이 친구야, 당신 신경쓸 것 없어. 빨랑 치기나 혀." 하고 최 이사가 핀잔을 주었다.

"세트겠지⋯⋯." 얼굴이 작고 파리한 여급이 죽 사발을 내려 놓으며 대꾸했다.

"세트?" 최가 물었다.

"네, 세트. 영화 촬영하는 세트. 그런 거 철거할 때는 죽죽 찢어 버리지요."

"아따, 너 영화배우였었냐?"

"어머머, 이사님도, 그거야 다 아는 거지 뭐 꼭 배우라야 아나?"

"나버렸다. 스토옵." 회장이 청단을 휙 던지며 흥 깼다는 투다.

정인조는 최 이사의 승용차를 타고 다시 시내 쪽으로 향했다. '회장이 나를 국회에 넣으려는 게지⋯⋯.' 하고 정은 차창 밖을 물끄러미 바라보며 생각했다. 거리는 벌써 어스름하게 기울고 있었다.

'하지만 난 협심증 끼가 있어서⋯⋯.' 정은 헛기침을 한 차례 크게 내뱉었다.

"아니, 시청까지 가지 말고 저기 세워주시오." 정은 세종문화회관 앞에서 차를 세웠다.

그는 지하도를 건너 몇 시간 전에 봤던 그 가짜 건물이 있던 곳으로 갔다. 그러나 어디에도 그런 흔적은 없었다.

'이상하다. 분명히 이 근처였는데⋯⋯.'

"저어, 여기 낮에 세트가 설치되어 있었지요?" 하고 정은 마침 지나가는 교통경찰에게 물었다.

"세트요? 전 모르겠는데요⋯⋯." 경찰이 바삐 네거리 한가운데로 나가며 호루라기를 연방으로 불었다. 정은 회장의 염소 울음이 생각나서 슬며시 웃었다.

"저어, 아까 이 건물 앞에서 무슨 공사를 하던데, 맞아요?"

정은 날카롭게 쏘아보는 제복 차림의 비대한 사내에게 물었는데, 어쩐지 이런 쓸데없는 호기심이 자신을 무척 초라하게 만드는 것 같이 느꼈다.

"공사?" 수위는 널따란 로비의 한 구석에 달랑 놓인 자기 데스크에 가 앉으며 거만하게 되물었다.

'이 자식 봐라.' 정은 묵묵히 사내의 부은 듯한 낯짝을 노려 보았다.

"어떻게 오셨소?" 수위는 모자를 벗어 옆에 놓으며 낮고 느린 음성으로 물었다.

"……."

정은 수위의 눈초리를 피해 그자의 희끗희끗한 머리를 바라보았다. 포마드를 바르고 신경질적일 정도로 한 올 한 올 잘 빗어서 두피에 착 달라붙게 한 머리였다.

"여기서 무엇을 보았단 말입니까?" 수위가 다 알고 있다는 듯이 위압적으로 따져 물었다.

"건물이 꼭 석류처럼 쪼개지고 모든 게 곤두박질치고 있었소."

정은 텅 빈 로비를 두리번거리며 작고 낮은 목소리로 말했다.

"건물이 석류처럼 쪼개져?"

"그래. 이것 보시오! 당신 뭔데 자꾸만 반말이오."

정은 발작하듯 항의했다. 가슴이 저려왔다.

수위는 귀찮다는 표정으로 정을 외면하고는 말없이 엘리베이터 쪽을 가리켰다. 정은 그 손짓에 따라 자동으로 걸음을 옮겼다. 그의 구두

굽이 사양으로 차갑게 빛나는 대리석 바닥을 딱딱 울렸다.

엘리베이터 앞에 와서 멈춰 선 구두에 걸레가 와서 부딪쳤다. 그제야 늙은 청소부는 병색이 완연한 주름투성이의 깡마른 얼굴을 들어 정을 보았다.

"저어, 저어."

정은 더듬었다. 어리석은 짓을 하고 있다는 느낌이 그를 억눌렀기 때문이었다. 그때 엘리베이터 문이 열리고 서양 사람이 불룩한 배를 앞세우며 나왔다. 상체를 조금 뒤로 빼고 미심쩍은 눈길을 보내던 그는 정을 피해 지나갔다. 정은 넓은 엘리베이터 안으로 들어갔다. 그 구석에는 양복 차림의 노신사가 간이의자에 앉아 신문을 보고 있었다. 정은 망설였다. 엘리베이터는 쏜살같이 밑으로 내려가기 시작했다. 늙은이는 담배를 피우며 가늘고 긴 한숨을 뱉었다. 엘리베이터 안은 연기로 가득 찼으나 정은 항의할 수 없었다. 엘리베이터의 속도가 이상하게 빨라서 두려웠기 때문이다.

"몇 층을 가오?"

늙은이가 신문을 버석 접으며 쉰 목소리로 물었다.

"……."

엘리베이터는 추락하고 있었다. 층을 알리는 붉은 숫자판은 기어코 불이 붙었다. 정은 이마 앞에서 타오르는 불꽃의 열기를 느끼며, 현실로 돌아가기는 틀렸다고 믿었다. 그러나 헤어나지 못할 이것이 이제는 현실이었다. 정은 갑자기 최 이사가 그리웠다. 녀석은 성공한 인간이지……. 그는 부르르 떨고 있었다. 언제까지 이렇게 떨어지기만 할까? 여비서는 회장의 엉덩이를 받치듯이 엉거주춤한 자세로 서있었다. 회장은 염소 똥을 누고 싶었을 것이다. 알갱이 분비물들. 기어다니는 개미. 개미 같은 활자. 아, 썩은 신문지 쪼가리들. 어디선가 고무 타는 냄새가 났다. 정은 들고 있던 서류가방을 놓쳤다. 손과 얼굴, 등으로 땀이 흘렀다. 정은 천천히 돌아섰다. 그곳은 버스 안이었고 연기가 자욱했다. 나란히 앉은 중년의 뚱뚱한 여자 둘이 서서히 다리를 들어올리더니 발끝으로 그를 가리켰다. 이어서 젊은 여자들이 줄줄이 나타나 펄쩍 뛰며 그를 향해 발을 들어올리고는 사라졌다. 정은 심하게 기침을 해대기 시작했다. 흔들리고 있는 찬 바닥에 드러누운 채 정은 자기 두 뺨에 불쾌한 미열을 느꼈다. 모우터 돌아가는 소리가 나자 들어찼던 연기가 소용돌이치며 살며시 걷혔다. 아침에 만났던 그 난쟁이가 공중에 나타났다. 난쟁이는 말없이 그를 쏘아보며 날고 있었다. 기형적으로 짧고 겹겹이 주름진 손가락을 펴서, 느리게 한 번 쓱 자기 머리카락을 뒤로 넘겼다. 커다랗고 네모진 얼굴은 무자비해 보였다. 늘어선 여자들은 어느새 딱딱하게 굳은 채 좌석에 걸려있거나, 바닥에 엎어져서 버스의 요동에 따라 마네킹처럼 덜컹거렸다.

갑자기 정은 자기가 어떤 선을 넘어섰다는 것을 이해했다. 이것은 어떤 절차란 말인가? 정은 급속히 초조해졌다. 이제 남은 것은 또 무엇일까? 결정적인 것이 시작될 때까지 이런 얼토당토 않은 완충지대를 겪어야 하는 것일까? 남은 것은 불안뿐이라고 결심하자 정은 냉소적인 기분에 젖게 되었다. 그것은 당혹스런 단절을 수용할 수 있는 배짱을 주었기 때문에, 정은 지금까지 과제가 주워지면 해결하여 왔던 자신의 성실성을 기억했다. 그리고 기다렸다. 그렇게 기다리고 기다리다가 마침내 모든 인간적인 것들과 결별해야 한다는 것을 깨달았다. 이것이야말로 그에게 요구되는 인간적인 것의 최종 모습인지도 몰랐다.

그때 우람한 소가 나타나 굽을 들어 가리켰다. 검고 매끈한 가죽이

빛에 싸여 번쩍거렸다. 늠름하게 곧추 선 소는 확고하게 한 방향을 지시하면서 계속해서 앞다리 한 짝을 힘차게 뻗고 있었다. 정은 기기 시작했다. 주위에는 그와 같은 꼴을 한 수많은 개미들이 기고 있었다. 소 대가리의 괴물은 빛이 쏟아져 들어오는 곳을 향해 깊고 길게 울었다. 벌어진 아가리 사이로 거대한 이빨이 허옇게 드러났다. 솟구친 뿔의 두 가닥 그림자가 벽에 일렁거렸다. 그러더니 성난 소는 쓰러져서 온몸으로 개미들을 깔아뭉갰다. 개미들은 맥없이 납작하게 깔려 검은 진물 같은 흔적이 되었다. 그래도 더 많은 개미들은 그 옆으로 떼지어 지나갔다. 괴물이 가리켰던 곳으로 빛을 향해 나갔다. 정은 은연중에 깨달았다. 개미는 검은 소의 정충이자, 자기가 써왔던 시간의 먼지들이었다. 그것들은 과연 기억의 모습을 하고 있었고, 그러므로 소 대가리를 한 이 괴물은 망각을 경작하는 힘, 바로 그것이었다. 수많은 개미들은 떠밀려 빛을 향해 기고 또 기어갔다.

그곳은 단 두 가지, 빛과 개미, 보이는 것과 움직이는 것이 전부인 세계였다. 개미 아래 꿈틀거리는 개미. 개미 위에 반짝이는 개미. 바글거리는 개미의 산. 개미의 바다. 개미들이 맞닿은 하늘. 그런 것들을 비추고 있는 빛. 다만 빛과 꿈틀거림만 있을 뿐이었다. 꿈틀거림은 더 미세해지고, 더욱 빨라졌다. 너무나 빨라져서 그것은 떨림의 배후 같은 것이 되었다.

그곳은 모든 것이 같고, 같은 것이 한없이 되풀이되었다. 그는 자신이 먼지 한 알갱이라는 것을 의식했다. 빛 가운데 놓인 하나의 알갱이라는 것을…… 빛 가운데 놓인 하나의 알갱이라는 것을…… 빛 가운데 놓인 하나의 알갱이라는 것을…… □

(1997년 12월)

# 가 루

아스팔트 표면에서 가는 김이 오르고 있다.

사내는 두 손을 호주머니에 깊숙이 찔러 넣은 채 우뚝 서서 공사장을 바라보았다. 날마다 그는 언덕을 넘어 이곳까지 나와서 우두커니 서 있다가, 정확히 다섯 시가 되면 전철역 앞에 있는 목욕탕으로 어슬렁거리며 걸어 내려갔다. 머리를 약간 숙인 자세로 걸으며 간혹 낮게 중얼거리기도 했다.

그는 한 소년이 혼자서 자기처럼 자주 사우나를 하러 온다는 것을 알게 되었다. 한 열두 살쯤 되었을까? 소년은 매끈하고 탄력 있는 몸매에 영리한 눈을 가지고 있었다. 항상 소년은 때밀이를 시켰다. 사내는 뜨뜻한 물에 잠겨, 잔뜩 비누 거품이 인 소년의 등에서부터 목욕이 끝나고 마지막 물까지 끼얹어진 말간 허벅지까지를 유심히 건너다보곤 했다.

목욕이 끝나면 어두컴컴해지기 시작할 무렵이었다. 사내는 산기슭까지 느적는적 걸었다. 휘파람을 불며 암청색 하늘을 올려다보았다. 고갯마루만 넘으면 벽촌의 모습이었다. 사내는 낡은 슬레이트 지붕 밑으로 허리를 구부리고 들어간다. 부엌으로 돌아 들어가면 꽤나 아담하게 꾸며진 거실이 나왔다.

사내는 지난 2월에 이곳으로 왔다. 신경이 아주 날카로워져 있었기 때문에 이삿짐을 나르면서도 그는 생각했다.

'내가 여길 왜 왔지? 흥, 그대로 무덤이나 되라지…….'

보일러는 녹이 슬었지만 잘 돌아갔다. 그는 먼지투성이인 방바닥에 침낭을 깔고 그 속에 기어들어 가 잤다. 낮에도 잠만 잤다. 라면을 끓여 먹고는 또 잤다. 그렇게 3일을 보내고 대청소를 시작했다. 목욕을 하고 피로를 느끼며 꿈도 꾸지 않고 잘 잤다. 자신을 얻은 그는 페인트를 사다가 손수 칠까지 했다. 냄새가 독해서 창을 열고 자려니 마치 어렸을 적의 보이스카우트 대원으로 돌아간 것 같았다.

전화를 가설하려고 온 기사는 실내가 멋지다고 감탄을 했다.

"전화 놨어." 하고 사내는 병원에 전화를 해서 번호를 가르쳐 주었다. 여자는 바쁘다고 했다. 어쩐지 초조해 하는 것 같았다. 사내는 자기와 결혼할 이 여자의 여러 가지 매력을 떠올려 보려했지만 잘 되지 않았다. 그때 마침 훈훈한 봄바람이 불어 들어오며 창 밖이 아주 어두워졌다. 사내는 매우 쓸쓸했다.

햇살이 따가워 거의 무덥기까지 하던 일요일 오후에 사내는 뒤란을 정리하다가 광에서 종을 발견했다. 두툼한 군용 담요 밑에 거꾸로 놓여 있던 종은 꼭 무쇠 절구통처럼 보였다. 담요를 젖히자 피어오르는 먼지 속으로 종 한가운데 맥없이 쓰러진 짧은 공이가 보였다. 사내는 묵직한 종을 가슴께로 들어 올려 흔들어 보았다.

그는 종을 책상 위에 달고 싶었다. 공이가 번갈아 옆으로 흔들리게 교묘히 고안된 기역자 모양의 고리에는 등산용 자일을 걸어 늘어뜨렸다. 그러나 막상 천장에는 이 묵직한 쇠뭉치를 달아 견고하게 고정시킬만한 무엇이 없었다. 사내는 다시 광을 뒤져 쭈그러진 쇠파이프를 찾아내어, 그것을 망치로 정성껏 폈다. 그리고 창가의 벽 모서리 위 양쪽에 대각선 방향으로 파이프를 걸칠 수 있도록 구멍을 뚫기 시작했다. 가는 콘크리트 못 하나로 홈을 내자니 무척 힘들었다. 그러나 사내는 망치질을 받고 부서져 내리는 가루를 피해 눈을 가늘게 뜬 채 집요하게 파 들어갔다. 간혹 빗나간 망치질은 손가락 끝을 때렸다. 어지간히 파진 줄 알았으나 종을 질러 매단 파이프를 들어 파놓은 구멍에 집어넣는 일은 아무리해도 되질 않았다. 손톱 끝에 피가 맺혔다. 이를 악물고 용을 썼지만 들어갈 듯 말 듯 하는 파이프는 그만 빗나가기를 되풀이했다. 이리저리 미끄러져 흘러내리며 막무가내로 울려대는 종소리와 쇳덩이의 무게를 견디다 못해 사내는 의자로부터 방바닥으로 고꾸라지고 말았다. 떨어지면서도 피한다고 몸을 비틀었지만 종은 그의 왼쪽 어깨를 내리쳤다. 사내는 입술을 깨물고 어깨를 감쌌다. 그는 모든 것을 포기했다는 듯이 바닥에 활개를 펴고 누워 버렸다. 어느덧 어둑어둑해지고 있었다. 눈을 감았다.

'강박증세야.' 하고 생각한 그는 천천히 심호흡을 한 번 했다, 그러고 나서 머리를 들어 저 아래 나자빠져 있는 종과 쇠파이프를 건너다

보았다. 피식 웃음이 나왔다. 한 번 터진 웃음은 그칠 줄 모르고 이어
졌다.

참치 통조림을 뜯어 소주 한 병을 마시고 사내는 장도리를 돌려 벽
을 두들겼다. 벽 전체가 요란한 소리를 울리며 꼭 무너질 것만 같았다.
벽지가 찢어지고 빗맞는 일격으로 구멍 주변 벽이 누렇게 파였다. 허
연 가루가 눈과 입으로 튀어 들었다. 사내는 방바닥에 신경질적으로
침을 뱉고 입가를 훔치면서 번질거리는 웃음을 흘렸다.

캄캄하게 깊은 밤이었다. 드디어 종은 벽 모서리를 가로지른 쇠파이
프의 정 중앙에 매달려 있었다. 그는 조심스럽게 줄을 당겨 보았다.

딩!

은은한 소리였다. 그는 만족했다.

때앵ㅇㅇㅇ!

마당에서 강아지가 짖었다.

사내는 밤늦도록 몰타르를 개어 넓어진 벽의 구멍을 신중하게 메우
고 발랐다. 지저분한 방바닥을 치우고, 판자로 만든 간이 침대에 걸터
앉은 그는 맥주를 마시며 흑백 TV로 마감 뉴우스를 보았다.

새벽에 벌떡 일어난 사내는 조심스럽게 벽을 만져 보았다. 몰타르는
여전히 축축했다. 팔뚝이 타는 듯이 시큰거렸다. 그는 손끝으로 축 처
진 공이를 살짝 들었다가 놓아 보았다. 가늘게 떨리는 종소리는 TV 모
니터 불빛 아래서 가루처럼 흩어져 나갔다.


길은 더 멀리까지 포장되었다. 로우드로울러가 새까만 아스팔트 위
를 느릿느릿 움직여 갔다. 사내는 로울러가 자기 앞을 지나쳐 갈 때
침을 꿀꺽 삼켰다. 쇳덩이로 된 둥근 바퀴는 그의 가슴 높이까지 올라

오는 것이었다. 그는 슬그머니 주저앉아 타르 냄새를 들이마시며 손바닥을 아스팔트 위에 얹었다. 따스하고 눅진했다. 길 건너편 인부가 그를 물끄러미 보고 있다가 저쪽으로 내려가며 꽁초를 던져버렸다. 멀리 아직 포장이 안된 교차로로 트럭 두 대가 먼지를 일으키며 요란하게 연달아 지나갔다.

　'신선한 살덩이군.' 하고 생각하며 사내는 탕 속에서 머리만 달랑 빼어 소년을 바라보고 있었다.
　소년은 하늘색 플라스틱 침상에 엎드려 있었다. 때밀이는 거품이 인 타올을 두 손에 잡고 소년의 몸뚱어리 위 아래로 비누칠을 하고 있었다. 어깨로 올라가면 뻣뻣하도록 힘을 준 다리 한 짝이 조금 들렸고, 다리 쪽으로 내려오면 상체를 들어 올렸다. 때밀이는 소년이 턱 밑에 괴고 있던 손을 하나 잡아 당겨 팔에 골고루 비누칠을 했다. 군살이 하나도 없는 나긋한 팔이 활처럼 휘어졌다. 소년은 머리를 틀어 자기 팔을 쳐다보고 있었다. 그 바람에 허리를 따라 미끈한 홈이 생겼고 엉덩이가 묘하게 비틀어졌다. 빨간 나이론 팬티를 달랑 입은 때밀이는 자그마한 체구에 배가 볼록 나왔고 다리가 유난히 가늘었다. 그는 사내가 있는 욕조로 다가와 바가지 가득 물을 길어, 슬리퍼를 저벅저벅 끌며 돌아가 소년의 등 위로 한 번에 물을 끼얹었다. 때밀이는 천천히 다시 물을 가져가 끼얹었다. 또 한 번 더 그랬다. 소년의 말간 등 위로 물이 흘러내렸다. 흘러내리며 등에 그려지는 물 자국은 마치 순식간에 증발해 버리는 알코올 같았다. 소년이 몸을 뒤틀 때마다 한 쌍의 견갑골이 드러났다가는 사라지곤 했다. 물은 등뼈를 타고 흘러내려 엉덩이 위의 얕은 홈에 조금 고여 있었다. 때밀이가 사내를 힐끗 쏘아보았다.

사내는 콧노래를 흥얼거리며 뒤통수를 젖혀 더운 수면 위에 슬며시 담
갔다.

　계속 허공의 한 점을 응시한 채 소년은 양말을 신었다. 생각에 잠긴
모습으로 꼬인 양말을 추슬러 발끝에 꿰는데 한참 걸렸다. 청바지의
바짓가랑이도 마구 엉켜 있어서 소년은 몸을 비틀고 바지춤을 잡아 올
리며 깡충깡충 뛰기도 했다. 여전히 시선은 자기 몸 속이라도 조사하
는 듯한 이상한 느낌에 잠긴 모습이었다.
　사내는 자기도 어렸을 때, 목욕을 하고 나면 아랫배가 은근하게 녹
아버리는 기분이 들던 때가 있었다고 생각하며 미소 지었다. 소년은
음료수가 진열되어 있는 냉장고 앞에서 호주머니를 뒤지고 있었다. 사
내는 사이다를 한 캔 따 마시며 소년에게 물었다.
　"너 여기 매일 오니?"
　소년은 대답하지 않고 경계하는 눈빛으로 그를 쳐다보았다.
　"이거 마실래?"
　"……."
　"괜찮아. 자. 나두 여기 거의 매일 오는데……." 하며 사내는 음료수
를 이것저것 잡으며 눈으로 소년의 의향을 떠보았다.
　"너 몇 살이냐?"
　"5학년이요."
　소년이 두 손으로 콜라를 받으며 대답했다.
　잠시 둘은 멀거니 마주보며 번갈아 음료수를 마시고 있었다. 사내는
자기의 눈이 무척 날카롭게 보여서 아이가 겁을 내고 있을지도 모른다
고 생각했다.

“엄마가 밖에서 기다릴 텐데.” 하고 소년은 중얼거렸다.

“항상 엄마하고 오니?”

“네, 엄마는 농약 냄새 아주 싫어하거든요.”

방으로 들어서는데 마침 전화가 왔다.

“외삼촌 저예요. 저 내일 미국 가는데요. 빙빙 잘 있어요?”

사내는 강아지를 소리쳐 불렀다.

사내는 베이콘을 구워 김치에 싸서 저녁밥을 먹었다. 짖어대는 개에게 한 조각 던져 주었다. 찬밥을 미역국 찌꺼기에 말아 삶아 주었지만 먹지를 않았다. 소주를 쭉 들이켜고, 사내는 개를 지그시 바라보았다. 빙빙은 혀를 내밀고 할딱이다가 베이콘을 집어 던져주려 하면 긴장된 눈빛으로 곧 뛰어오를 듯이 탄력 있는 자세로 서서, 입을 다물고 얕은 신음을 내며 그를 마주 보았다. 사내는 한 조각을 던질 듯 던질 듯 얼러보았다. 개가 손짓에 따라 몸을 들썩였다. 마침내 포물선을 그리며 고깃점이 떨어지자, 개는 그것 위로 덮치듯이 뛰어들더니 뒤통수를 부들부들 떨며 먹기 시작했다. 물었다 놓았다 묘하게 혓바닥이 송곳니와 까만 입가 사이로 들락거렸다.

“개란 죽음을 상징한다는데, 그러니?” 하고 사내는 개에게 물었다.

식사를 마치자 사내는 조카가 시킨대로 빙빙을 목욕시켰다. 욕실 창 너머로 별이 보였다. 밤이 되면 아직 추웠다. 빙빙은 흰 털이 젖어 뭉쳐진 꼴로 대야 속에 서서 오들오들 떨었다. 오래 된 빨래 비누는 거품이 잘 일지 않았다. 사내는 대야에 더운물을 더 섞었다. 개는 네 발을 완강하게 버티고 서서 등을 내리 누르고 있는 사내의 손아귀로부터 달아나고 싶어 눈치를 살피는 것 같았다. 비누로 개의 등뼈를 문지르자니 목덜미를 움켜 쥔 왼손에 자꾸만 힘이 더했다. 갑자기 거품이 맹렬하게 일기 시작했다. 개도 이제는 포기를 했는지 힘이 빠지며 귀가 더축 처졌다. 뼈마디가 차례차례 만져졌다. 갈비뼈 사이와 배는 양손으로 마주 눌러버리면 풍선처럼 빵 터질 것만 같았다. 뒷다리를 잡고 가랑이를 벌렸다. 개가 신음을 내었다. 살이 뭉쳐졌다가 펼쳐지는 가운데 살덩이는 균형을 이루며 미세하게 편재한다는 것을 감지하던 사내는 공연히 모욕감을 느꼈다.

“짖어. 임마.” 하고 그는 짓궂게 비누를 들어 대가리를 쳤다. 개는 눈을 잔뜩 감으며 낑낑거렸다. 사내는 거품으로 범벅이 된 손을 들어 팔목을 걷고 개 목을 잡아 뽑으려 해 보았다, 감쪽같이 툭 빠질까? 개는 캑캑거리며 떨고 있었다. 추운가 보군. 개에게도 빨간 심장이 있어서 콩당콩당 뛰고 있다. 사내는 더운 물 한 바가지를 개 등에 쏟아 부었다. 거품이 흘러내리고 털이 해초처럼 일렬로 쏠렸다. 개는 귀에 물이 들어가면 곧 죽어버린다고 조카가 몇 번이나 주의를 주었기 때문에 사내는 대가리 쪽은 특히 조심해서 씻겼다. 개를 타올에 말아 가볍게 누르며 물기를 빼고 있자니 물컹한 살이 흔들리는 것이 느껴졌다. 개가 한번 세차게 짖었다. 사내는 주둥이를 말아 쥐고 개의 콧구멍을 들여다보았다. 발름거리는 까만 코에 촉촉한 습기가 반지르르하다. 타올 밖으로 비죽이 솟아 나온 코는 뭐가 뭔지도 모른 채 기다리고 있는 꼴이다. 사내는 갑자기 무자비해지려는 자기 감각을 읽으며 개의 주둥이를 놓아주었다. 개는 혀를 내밀고 가쁘게 숨을 할딱이다가 재채기를 했다.

사내는 뒷짐을 지고 우울한 표정으로 느릿느릿 방안을 맴돌다가 종을 쳐다보며 줄을 잡아당겼다. 곧이어 한 번 세차게 울려보았다. 찌르듯이 종소리가 구석구석을 파고드는 것 같았다. 그러자 개가 뒷걸음치며 짖어댔다. 불안에 떨며 눈알을 뒤룩거렸다. 그는 더 세차게 종을 쳤다. 그러자 개는 미친 듯이 짖어댔다. 소리들이 새까만 유리창에 부딪쳤다. 사내는 불을 끄고 창 밖을 쳐다보았다. 암흑 가운데 돋아난 별들이 숨막히도록 번쩍였다. 종소리의 여음 속으로 개가 마치 박동처럼 일정한 간격을 두고 짖어댔다.

“그만해. 그만 짖어. 이 새끼야.” 사내는 개를 향해 외쳤다.

그는 지쳐서 포기하듯이 자리에 털썩 쓰러져 누웠다. 머리가 무지근했고 취기가 올랐다. 욕실 문 사이로 노란 빛이 맞은 편 벽에 반사되었다. 열린 문틈으로 수증기가 쏟아져 나와 어둠 속으로 사라지고 있었다. 개의 두 눈이 야광처럼 빛났다. 종소리의 여운이 그 눈알 속으로 들어간다.

‘만약에 라이터만 당겼더라면……’ 사내는 불기둥이 콧구멍을 통해 허파로 파고 들어오는 감각을 상상하려고 해보았다. 답답했다. 개가 다가와 그의 귓가를 냄새 맡고 있었다. 그는 개를 부드럽게 안았다. 등뼈와 뱃가죽을 어루만졌다.

“니 몸에 빙빙이 들어가 있구나.” 하고 사내는 중얼거리고 나서 맥없이 후후 웃었다. 그 속에 또 개가 있고, 그 속에 또 한 마리 들어있고…… 러시아 인형처럼 개는 점점 작아진다. 방바닥이 뜨거웠다. 사내는 누운 채로 옷을 벗었다. 맨살에서는 금방 끈끈한 땀이 배어 나와서 살이 미끄러졌다.

‘그냥 내버려두었더라면, 한 동작만 더 나가서 라이터를 켰더라면……' 사내는 뒤척이며 감각에 집중했다. 어둠 속에서 불길이 번지는 환영이 일었다. 다급한 종소리가 울려댔다. 사내는 이불을 젖히고 돌아 엎드렸다. 그대로 잠에 빠지려는데 옆구리가 간지러웠다. 그는 개의 배에 손을 넣어 들어 올려 자신의 등 위에 올려놓았다. 나긋한 발목이 옮겨 디딜 때마다 흡사 깊는 힘이 'ㄹ'자의 형태로 말리며 쌓이는 느낌을 주었다. 개의 코끝이 살갗에 닿을락 말락 했다. 그것이 토해내는 촉촉한 기운은 투명한 곤충을 연상시켰다. 한 발이 들어올려지면 나머지 발에 무게가 실리는 묘한 균형이 조금씩 움직여 나갔다. 그것은 복잡한 악보를 따라 곡을 연습하는 일 같았다. 잠은 거대한 스펀지가 되어 그를 지그시 눌러왔고, 개는 그 묘한 발놀림으로 리드미컬하게 사막을 기어갔다. 투명한 고무로 만들어진 사각형이 늘어났다 줄었다 하며 그의 등을 기어다녔다. 이 신축적인 사변형의 가운데에는 물에 젖어 죽어 가는 모기가 있어 이 움직임을 지고 갔다. 사막 위에 둥근 달이 떠 있었고 달은 규칙적으로 지상으로 툭툭 떨어졌다. 그것은 허옇게 타버린 종이었는데 모기가 되어버린 사내는 그곳까지 기어가서 자신의 타버린 모습을 보고 말았다.

새벽에 사내는 병원으로 전화를 했다. 졸린 목소리로 여자가 짜증을 냈기 때문에 그도 덩달아 야유하는 투가 되었다.

"왜 애가 잘 안 나와?" 하고 사내는 따지듯이 물었다.

"논문은 다 돼가요?" 하고 여자도 도전적으로 되물었다.

사내는 피로에 지친 이 레지던트가 자기의 태만을 질투하고 있다는 느낌을 받았다.

"아니, 조금도 진전이 없어." 하고 사내는 잘라 말했다.

둘은 잠시 숨소리만 주고받았다.

"이제 내려가 봐야 돼요." 하고 여자가 나직하게 말했다.

"내려가 봐야겠지." 하고 사내는 느릿느릿 대꾸했다. 잠시 후 저쪽에서 전화가 툭 끊겼다.

'이 여자는 결국 나와 헤어질 테지.'

여자의 질서 정연한 언행은 어쩐지 가까이 있는 사람에게 자신이 경멸받고 있다는 기분이 들게 만드는 차가움이 있었다. 이 년 전에 교통사고를 당했을 때 사내는 여자를 처음 알게 되었다. '저런 여자와 결혼하면 어떨까.' 하고 사내는 파도처럼 밤새 이어지는 통증에 몸을 맡긴 채 생각해 보았다. 여자에 대한 느낌은 약해진 몸이 쪼그리고 찾는 구걸 비슷한 것이었지만 그런 대로 달콤하기도 했다.

'얼마의 돈이 있다면 아무도 나를 모르는 곳에 가서 새로 시작할 수 있지 않을까? 유산이라도 좀 있다면……. 한 일 억 원만 있다면…….'

사내는 수첩에서 여자의 사진을 빼서 물끄러미 보았다.

'어차피 헤어지겠지…….'

여명이 밝아왔다. 책상 위의 전기 스탠드를 끄고 기지개를 켜며 의자를 뒤로 밀어 올렸다. 의자의 앞다리 두 개가 들떠 올랐다. 개가 다가와 낑낑거리며 꼬리를 흔드는 모습이 어두컴컴한 속으로 어렴풋이 보였다. 사내는 들고 있던 사진을 휙 던졌다. 사진은 책상 모서리에 맞고 방바닥에 떨어졌다. 개가 와서 떨어진 사진을 냄새 맡더니 그를 올려다보았다.


토요일은 종일 비가 왔다. 이제 여름이 시작될 모양이었다.

그 동안 길은 더 멀리까지 뻗어 나가 있었다. 빗물에 씻긴 길은 먹물을 듬뿍 먹은 붓글씨의 결연한 한 획 같아 보였다. 컨테이너 앞에는 인부 셋이 의자 위에 올려놓은 김치보시기를 가운데 두고 빙 둘러앉아 우산을 받힌 채 막걸리를 마시고 있었다.

"공사도 거의 끝나가는구나." 하고 사내는 잘 닦인 새 길의 소실점을 지그시 바라보며 나지막하게 중얼거렸다.

그날은 광장을 가로질러 언덕을 넘어 멀리 산책을 나갔다. 우연히 사내는 그 소년과 만났다. 소년은 비닐 하우스의 좁은 처마 밑에서 차려 자세로 비를 피하고 있었다.

"안녕." 하고 사내가 소년을 불렀다.

"어!" 하고 놀란 소년이 교장 선생님에게라도 하듯이 꾸벅 절을 했다.

하우스 안의 중년 남자가 얼굴만 내밀어 사내를 힐끗 보고 나서 미소 지었다.

"여보." 하고 여자의 목소리가 하우스 안쪽에서 들렸다.

"아빠." 하고 소년이 다시 들어가는 중년 남자에게 팔을 뻗으며 불렀다.

"여기가 너희 집이니?" 하고 사내는 우산을 바꾸어 들며 물었다.

"우리 엄마 화원이에요." 소년이 눈을 들어 그를 말똥이 쳐다보며 대답했다. 사내는 소년의 맑은 눈동자를 보며 손을 뻗어 소년의 어깨를 지그시 잡았다.


큰 모기 한 마리가 자꾸만 유리창에 부딪치고 있었다. 벌떡 일어난 사내는 전화를 받으러 가면서, 조금만 옆으로 옮기면 열린 창 밖으로 살짝 빠져나갈 수 있을 텐데, 하고 생각했다. "알았어요. 알았다니까

요……." 하고 사내가 소리치자, 소년은 책상머리 위로 숙이고 있던 상체를 들어 그를 빤히 보았다.

"한 말 또 하고, 또 하고, 참을 수가 없어." 사내는 중얼거리며 소년 쪽으로 다가와 그의 어깨를 짚었다.

"누군데요?" 하고 소년이 물었다.

"우리 어머니." 사내는 책상 옆에 벌렁 누우며 대답했다.

"……."

"아아, 더워, 비나 쏟아졌으면." 하고 사내가 투덜댔다.

"장마도 다 끝났나봐요." 하고 소년이 연필 꼭지를 씹으며 대꾸했다.

"방학동안에 어디가?" 사내가 두 손을 포개어 뒤통수에 벤 채 물었다.

"아버지가요, 휴가를 못 받으실 것 같아요. 또 큰 공사가 있거든요."

"그래." 하고 사내는 세운 무릎 위로 꼰 다리를 건들거리며 건성으로 응대했다.

"아버지는 직원들하고 휴전선 가까이까지도 간대요. 때로는 트럭을 타고, 때로는 헬리콥터도 탄대나봐요."

"너 헬리콥터 타봤니?" 하고 사내가 소년에게 물었다.

"아니오." 하고 소년이 실망한 표정으로 눈을 내리고 머리를 저었다.

"타보고 싶어?" 하고 사내가 흔들던 다리를 멈추고 물었다.

"네." 하고 대답한 소년이 의자에서 내려와 사내 옆에 나란히 눕더니 자기 아버지가 한다는 특수 건설에 대해서 설명하기 시작했다.

그는 소년의 목소리를 흘려 들으며 기억을 응시했다.


가족은 모두 D시로 내려가 기다리고 있었다. 몹시 무더운 날이었다.

그때 사내는 고등학교 2학년 학생이었다. 교복의 겨드랑이가 땀으로 젖어 있었다. 날씨도 그랬지만, 죄수의 아들이 그것도 교복을 입은 채 아버지의 출소를 기다리고 있어야 된다는 사실이 어색해서 견딜 수가 없었다. 큰누이는 파티라도 나가는 것처럼 화려하게 차려 입고 있었다. 집을 나설 때 독이 오를 대로 올라 있던 눈매를 썬글라스로 가린 모습은 당당해야 한다는 자기 주문에 너무도 철저해서 몹시 어색해 보였다. 형은 어머니를 부축하고 선 채 연방 목덜미의 땀을 훔치고 있었다. 운전기사의 모습은 신기할 정도로 뚜렷하게 기억되었다. 꼭 노루 같이 생긴 사람이었다.

"어이쿠, 이제 박사님 나오시나 봅니다!" 하고 그가 철문 쪽을 가리키며 외쳤다.

사내는 쿡쿡 웃었다.
"왜 웃으세요?" 하고 소년이 사내의 옆구리를 슬쩍 찌르며 물었다.
"아니야, 아무것두." 하고 대답하며 사내는 입술을 핥았다.

독직 사건으로 수감 중이던 영감이 병들어 나오는데도, 여전히 박사님이구나, 하고 사내는 생각했다. 그 당시에도 분명히 그렇게 되뇌었던 것 같다. 끝이 이 꼴이라도 유력자는 유력자구나. 아버지는 말이 없었다. 특히 자기에게는 거의 말을 하지 않았다. 깡마른 체구, 두꺼운 안경알 속에서 번득이는 눈동자, 자로 잰 듯이 언제나 똑같은 머리 모양과 향수 냄새는 두려우면서도 역겨운 이질감을 주었다. 어려서도 그랬지만 지금도 사내가 자기 아버지에 대해서 아는 것이라고는 별로 없다. 단지 그에 관한 사소한 기록, 사진, 또 대개는 말하기 꺼려하는 친척들의 분위기로 짐작할 뿐이었다. 간이 나빠서 입술이 까맸고, 언제나 우울한 표정 가운데에는 터질 듯한 신경질을 애써 안으로 삭이고 있는 네모진 얼굴이었다.

"저두 곧 전학을 가야 할 거래요." 하고 소년이 말했다.
"뭐라구?" 사내는 눈을 번쩍 뜨며 외쳤다.
"왜 그렇게 놀라세요?" 하고 소년은 상체를 반쯤 일으킨 사내를 쳐다보며 웃었다.
"아니야. 좀 딴 생각이 들어서."
"방학하면 갈 거예요."
"엄마 화원은 어떻게 하고?" 사내는 건강하고 아름다운 모습의 아이 어머니를 떠올리며 물었다.
"서천 이모가 대신 하실 거래요."
"그 이모는 뭐 하시니?"
"잘 몰라요. 그냥 고향에 있다가 간혹 올라오세요. 선생님보다 어려요." 하고 소년은 비시시 웃었다.

사내가 따로 나와 살게 된 것은 자기가 이름 붙인 그 '어리석은 일들'이 겹치는 상황 때문이었다.
그날은 어리석을 만큼 갑자기 기온이 뚝 떨어졌었다. 방문은 또 잘 열리지가 않았다. 억지로 힘을 써야 간신히 열렸다. 그것도 일종의 어리석은 일이었다. 게다가 어머니는 갑자기 한복을 차려 입고 보석을 사러 나갔다. 바보 같은 짓이다. 그는 수다스런 어머니를 탐탁하게 여기지 않았다. 지겨운 일이다. 이번 학기에도 논문은 글렀다. 절망적인 일이었다. 저녁에 어머니는 그를 불러 앉히고 정색을 하고 그 조건들이라는 것을 따지기 시작했다. 촌스러운 짓이었다.

"아 천하다. 모든 것이 천하고, 천해." 하고 사내는 잠자코 있다가 버럭 소리를 질렀다.

"넌 무슨 소리를 하고 자빠진 거니?" 하고 그의 어머니가 두꺼운 팔뚝 위로 자색 비로도 부인복의 소매를 걷으며 따졌다. 그러자 사내는 닥치는 대로 부수고, 깼다. 자기 방으로 들어가서 석유를 뒤집어썼다. 냄새가 고약했다. 기름이 튀어 철학 사전 몇 권이 검게 젖었고, 방바닥으로는 흘러내린 석유가 이불로 흘러가 악몽처럼 천천히 배어들었다. 묘하게 육감적이어서 사내는 라이터를 켤 엄두도 나지 않았다. 사내는 그때 그 척척했던 느낌을 곰곰이 되새김질해 보았다. 갑자기 재채기가 나왔다.


"선생님 무슨 생각을 그렇게 해요?" 하고 소년이 마치 다정한 친구를 힐책하듯이 그의 어깨를 툭 치면서 물었다. 사내는 이상한 살의를 느꼈다.

"너 뭐 모르는 것이 있다고 그랬지?" 하고 사내는 눈을 내리깔고 소년의 수학 책을 슬며시 끌어당기며 얼버무렸다.

"수학은 정말 싫어요. 너무 복잡합니다." 하고 소년이 어색할 정도로 깍듯하게 말했다.

"반복해서 자꾸 보면 알게 된다고 그랬지. 참을성이 있어야 한다, 알겠니?" 하고 말한 사내는 '참을성'하고 되내이며 피식 웃었다.

"너 떠나면 너희 어머니가 주시는 수정과도 더 이상 못 마시겠구나." 하고 사내는 소년을 부드럽게 쓰다듬으며 말했다. 어쩐지 소년을 속이고 있다는 불안감을 피할 수가 없어 사내는 얼떨떨했다.

"빙빙은 이제 여기 다시 안 와요?" 하고 소년이 물었다
"응, 안 와." 하고 사내는 자기가 죽인 그 스피츠를 구덩이에 던져 넣던 며칠 전의 일을 떠올리며 캔 맥주를 주욱 들이켰다. 사내는 현관 옆의 기둥을 노려보았다.

그날 사내는 많이 취했었고, 비틀거리며 방안을 뱅글뱅글 돌고 있었다. 빙빙이라는 녀석이 그의 뒤를 졸졸 따라다니다가 짖기도 하고 뒤꿈치를 물기도 했다. 사내는 개를 들어 기둥에 달아매었다. 청 테이프로 몸통을 칭칭 감아버렸더니 빙빙은 어쩔 줄을 몰라서 발만 동동 굴렀다. 참 웃기는 꼬락서니였다. 테이프를 풀고 도로 내려놓으려면 개털이 몽땅 빠질 테고 개가 죽는다고 짖어댈 것을 생각하니 끔찍했다. 사내는 아예 테이프를 더 감아 버렸다. 개는 더 짖었다. 단말마의 고통으로 악을 써대다가 목이 쉬어서 이상한 소리를 냈다. 사내는 서랍에서 털모자를 꺼내 개에게 씌웠다. 그것은 참 요상한 몰골이었다. 그때 사내는 개를 실컷 비웃었다. '니 놈한테 능지의 형을 내려주마!'하고 그는 행형 제도에 관한 자신의 논문 내용을 떠올리며, 지금 자기가 견딜 수 없을 만큼 비열한 인간이 되고 있는 느낌을 받았다. 그 느낌은 지독하게 비열한 만큼이나 깊고, 강하고, 또 은근한 열의를 느끼도록 강제하는 힘을 주었다. 너무 뜨거운 목욕물에 억지로 들어가 앉아 있는 기분이랄까? 사내는 개의 허벅지에 식칼을 대고 당겨보았다. 지쳐서 짖지도 못하던 개는 그의 손아귀에서 벗어나려고 발버둥을 쳤다.

"이 자식 가만있어. 한 순간이다!" 하고 그는 질끈 눈을 감고 오른손에 힘을 주면서 살을 썰어 내렸다. 이상한 소리가 터져 나왔다. 아기 울음소리 같기도 했다. 피가 튀어서 사내의 얼굴을 적셨다. 제기랄! 그는 칼을 들어 청 테이프에 감긴 몸통을 세차게 푹 찔렀다. 또 이상한 소리가, 마치 빳빳한 새 종이를 확 찢는 듯한 소리가 났다. 사내는 들썩이는 털모자를 벗겨보았다. 짝 벌어진 입 밖으로 길게 뻗어 오른 혀가 분홍색 뼈다귀처럼 딱딱하게 굳어 있었다. 그는 맨발로 뛰쳐나가며 생각했다. '참 귀여운 개였는데……. 조카애들한테 뭐라고 거짓말을 해야 하지?' 사내는 우뚝 서서 집을 향해 귀를 기울였다. 고요했다. '개에게도 심장이 있지? 완전히 멈출 때까지 파닥파닥 경련을 일으키고 있을 거야. 너무나 징그럽게 말이야.' 사내는 자기 집 주변을 맴돌며 개 다리에 파고 들 때 손으로 전달되던 칼날의 감촉을 반추하고 있었다.

"종을 치면 잘도 짖었는데……. 이제는 누가 키워요?"

"응? 응." 하고 사내는 햄을 씹으며 소년을 지그시 바라보았다. 사내는 벌떡 일어나 책상에 앉아 줄을 잡아 당겨 종을 울렸다. 사내는 자신의 등에 꽂히는 소년의 의아한 눈길을 의식했다. 공부를 가르쳐 주기로 한 때부터 때때로 이런 일이 있었다. 사내는 자신의 초조한 모습을 드러내 보일 때마다 저 순진한 꼬마가 어떻게 느낄지 궁금했다. 조금은 심술궂은 마음으로, 조금은 용서받고 싶은 마음으로 그랬다. 그러나 소년은 관찰만 할 뿐 이해하려고 하지는 않는 것 같았다.

"빙빙한테는 종소리가 이상했었을 거야."

"왜요?"

"개는 귀가 예민하거든. 그러니까 귀를 날카로운 칼끝으로 마구 후
비는 느낌이었을지도 모르지."

"그러면 아파서 자꾸 짖었나보지요? 귀를 막을 수도 없고."

"그렇지 그 발로야 어디…… 하하하." 사내는 그만 술에 취했다.

"그런데 종은 왜 단 거예요?" 소년이 물었다.

"몰라. 그냥…… 난 종 치는 것이 좋았거든."

"이제는 학교에서도 종은 안쳐요. 교회에서는 치나요?"

"몰라. 묘지에서는 치는 곳이 간혹 있지, 너 묘지에 가 본 적이 있
어?"

"네, 국립묘지요. 현장 학습 시간에 갔어요."

"국립묘지?"

"네."

"거기 가서 뭘 했니? 뭘? 왜 그런 시체 썩는 곳에 애들을 데리고 가
지?"

"……."

"넌 속지 말아야 돼."

"뭘요?"

"뭐든지 말이다. 이 세상은 너 같은 아이들을 속여먹기 위해서 가르
친다고 떠들고 있는 것이거든."

사내는 취한 눈을 부라리며 아이를 향해 짖듯이 떠들었다. 소년은
그를 놀란 눈으로 바라볼 뿐이었다.

"집에까지 바래다 주마."

두 사람은 산길을 넘어 신작로까지 왔다. 오후 들어 흐려진 하늘에
서는 무더위를 뚫고 한줄기 소나기가 쏟아질 것처럼 보였다.

신작로를 달리는 자동차의 행렬은 끝없이 이어지고 있었다.

갑자기 먹구름 사이로 햇살이 한줄기 쏟아져 내렸다. 사내는 손등으로 햇살을 막으며 눈살을 찌푸렸다. 소년이 손을 들어 순환도로의 먼 곳을 가리키며 사내에게 말했다. 사내는 그 말을 알아들을 수가 없어서 건성으로 고개만 끄덕였다.

"차들이 엄청나게 많이, 빨리 달리고 있어." 하고 사내가 외쳤다.

"뭐라구요?" 하고 아이가 그를 쳐다보느라고 목을 뒤로 꺾으며 물었다.

"난 이사오자마자 여기에서 지갑을 잃어버렸지. 사진도 몇 장 들어 있는 지갑이었는데, 아마 지금 저 도로 밑에 깔려있을 거야. 그래서 도저히 다시 찾을 수가 없단다."

"찾을 수가 없어요?"

"그래. 아스팔트를 뜯지 않는 이상은 찾지 못할 거야. 사람을 아스팔트 밑에 깔아 숨겨버리면 아무도 못 찾을 거야. 갱 영화 보면 다리에 콘크리트를 치고 물에 빠뜨리는데, 그것과 유사한 방법인 거지. 조심해야 돼."

"뭘요?"

"유괴범을 조심해야 돼. 넌 아버지가 부자니까 그런 놈들이 너를 잡아가서 돈을 달라고 협박을 할지도 몰라."

"그런 놈들은 태권도로 박살을 내버리지요."

"용감하구나. 그러나 중과부적이라는 말이 있는데, 네가 혼자서는 여러 명의 어른을 당해낼 수 없는 거다. 봐! 수많은 타이어들이 다림질을 해댄다. 깔린 아이는 찾을 수가 없을 거야." 사내는 눈을 지그시 감으며 비장하게 중얼댔다. 소년은 앞서서 산길을 조심스럽게 내려가기 시작했다. 소년은 휘파람을 불었다. 그러나 차들의 굉음으로 잘 들리지가 않았다. 엄마에게 말할 필요는 없겠지만, 어쨌든 이 이상한 사람한테 수학을 배우러 오는 일은 이제 그만 두어야겠다고 소년은 다짐하며 걸음을 빨리 했다.

그날 밤 사내는 또 꿈을 꾸었다.
아주 먼 곳이었다. 아버지는 독방에 앉아 있었다. 너무 멀어서 희미한 점으로 보였지만 아버지가 틀림없었다. 헐렁한 수인복과 깡마른 몸이 대조를 이루고 있었다. 벽에 구부정하게 기대고 앉은 아버지는 기운이 하나도 없는 것 같았다. 사내는 그곳을 향해 쏜살같이 날아가고 있었다. 아버지가 자기를 알아보고 얼굴을 번쩍 쳐드는 순간 자신은 등산용 자일이라는 것을 알았다. 사내는 거대한 종을 울리며 산산이 부서졌다. 독방에는 아버지 대신 빙빙이라는 흰 개가 혀를 내밀고 할딱거리고 있었다. 사내는 개가 아버지라는 것을 깨닫고는 씁쓸하게 웃었다. 개가 짖었다. 어느덧 사내는 신축 공사장를 걷고 있었다. 저 앞에서 로우드로울러가 천천히 굴러오는데 로울러는 거대한 종이었다. 공이가 반복적으로 여음이라고는 조금도 없는 어색한 소리를 뚝 딱 뚝딱 울리며 다가오고 있었다. 사내는 김이 오르는 아스팔트에 귀를 붙이고 듣다가 일어나서 두 손으로 개처럼 아스팔트를 파헤치기 시작했다. 손에는 콜타르가 시커멓게 엉겨붙기 시작했다. 그러다가 사내는 납작하게 짓눌린 아이를 발견했다. 한 눈은 터져서 꼭 달걀 후라이처럼 되어 있었다. 사내는 한 장의 뜨뜻한 가죽이 되어버린 아이를 찢어지지 않도록 조심해서 뜯어내어, 구겨보고, 펴보고, 코에 가져다가 냄새를 맡으며 킁킁거렸다. 사위는 점점 어두워지고 추워졌다. 사내는

입김을 토하며 손을 마주 비비다가, 딱딱하게 굳어 가는 아이의 시체
를 함께 마주 비벼서 가루로 만들어 갔다. 암흑 천지에 흰 가루만이
끝없이 날리고 있었다. ▫

(2000년 11월)

# 미 결

## 1. 붉은 기둥

'세상에 먹을 것을 저렇게 달아 놓는 놈은 이 녀석 밖에 없을 거다.' 하고 전수는 생각했다. 어렴풋이 드러난 그 조각품이라는 것이 아주 기괴해 보였다. 전수는 옆에 누운 명욱이를 슬쩍 밀어내고는 자리에서 일어났다. 유리창은 두껍게 성에가 끼어 있었고, 샛별이 주황의 새벽 놀 위로 아름답게 반짝이고 있었다. 동네 어귀의 교회에서 전자 오르간 소리가 작게 들려왔다. 명욱이가 침대 위에서 들썩이며 뭐라고 웅얼거렸다. 전수는 깊이 숨을 한 번 들이마시고는 소름 돋은 허벅지를 긁으며 창을 닫았다.

"자식아 이게 다 무슨 짓이냐?" 하고 전수가 꼭대기에 매달린 사과를 슬쩍 건드리며 물었다.

"놔 둬!" 하고 명욱이가 대꾸했다. 전수는 그 쉰 목소리를 듣자니 그가 조금 측은해 보였다.

명욱이의 어머니는 일주일 전에 입원했다. 가족들이 병실에 모이면 서로 명랑하게 우스갯 소리를 주절댔지만, 상황이 심각하다는 것은 모두 알고 있었다. 불현듯 몹시 어두운 표정을 짓곤 하는 그들의 얼굴을 전수는 놓치지 않고 보았다. 자존심이 강해서 약한 꼴을 보이지 않으려는 것이었지만, 어찌 보면 속과 겉이 다른 사람들이라고도 할 수 있었다. 명욱이만 해도 여간 꼬인 놈이 아니었다. 가정 불화가 생기자 명욱이의 성적은 곤두박질쳤다. 담임선생이 그를 위로하고 용기를 북돋아 주었다. 명욱은 그런 식의 위로가 아니꼽다면서 피를 쏟아가며 공부해서 그 해 기말 시험에서는 전교에서 일등을 했다. 막상 입시 때가 되니까 이번에는 무엇이 못마땅했는지 서울에 있는 명문 대학을 다 집어치우고, 톨게이트 앞에 있는 신학교에 지원했다. 담임 선생은 물론 학교가 벌컥 뒤집혔다.

"도대체가 꼰대들 상투적인 꼴을 보면 난 밸이 틀려." 하고 명욱은 그 당시 전수에게 털어놓았었다. 두 사람은 졸업을 앞두고 급속히 친해져서 늘 붙어 다녔다. 전수는 무척 게을렀고 별로 눈에 띄지도 않는 소극적인 학생이었다. 한 번은 전수의 푸념을 듣고 명욱이, "느슨해지라구. 미래라는 게 그렇게 안간힘을 들일만한 가치는 별로 없는 거 아니야?" 하고 말했던 것인데, 아마 그때부터 전수는 명욱에게 관심을 가졌던 것 같다.

전수는 이웃 시에 위치한 전문대학교로 진학해서 둘 다 고향에 남게 되었다. 그러나 전수도 마찬가지였지만, 명욱은 일년 가까이 아예 집에서 죽치고 있었다.

“교수 놈들 보면 매스꺼워.”

그러고는 조각이랍시고 하는 것이 모두 저런 해괴한 신성모독적인 물건들이었다. 머리 부분에는 시든 사과를, 몸통에는 곰팡이 슨 식빵을, 손에는 비계를 못박아 놓았고, 아랫도리에는 시커먼 걸레를 둘러 놓았다. 자기 딴에는 부패의 추이를 형상화하고 있다는 것이었다.

“얌마, 전위 예술도 좋지만 냄새가 견딜 수 없구나. 아예 좀 밖에 내 놓던지. 이건 원.”

그러나 이런 장난도 어머니가 중병이 들어 입원하자 그만 아주 심각 해져버리고 말았다. 그에게서 여력이 없어지자 이전까지의 그 발랄한 냉소 따위는 사라지고 오로지 무력한 독기만이 남게 되었다. 그런 모습을 지켜보던 전수는 덩달아 위태로웠다. ‘이거 감당이 안 되겠는 걸……’

입원하고 처음 얼마 동안, 명욱의 어머니는 환자 같아 보이지도 않 았다.

“저런 쌍눔의 애미나이 같으니라구 원.” 하고 어머니가 야유하면, 환자들은 빙그레 웃으며 동감을 표시했다. 하지만 바로 그 심술궂은 간호사가 다시 나타나게 되면 어머니는 교활한 미소를 띄우며 느물느 물하게 말을 붙였다.

“이보시라요 간호 선상, 번거러우시갔지만 파자마 하나 갈아주시 디?”

그러면 간호사는 뿌루퉁한 얼굴을 돌려 대꾸도 없이 휙 돌아나간다.

“저러언 쌍눔의……”

도대체 환자 같지 않던 명욱의 어머니가 입원 보름만에 중환자실로 가게 되었다. 혼수상태가 끝나면, 초점 잃은 눈을 하고 헐떡거리다가 그만 다시 정신을 잃는 일이 되풀이되고 있었다.

"아버님께 어떻게든 연락해야 하지 않아?" 하고 전수는 명욱에게 물었다.

"……."

대꾸도 없이 명욱은 어금니를 앙다물었다. 양미간으로 독하게 일그러진 주름살이 깊은 화상처럼 도드라져 올라왔다.

"아까 어머니 봤니?" 전수는 달래듯이 얼른 둘러댔다.

"봤어." 하고 침을 찍 뱉은 명욱 앞에서 전수는 또다시 난처해져서 허둥대고 있었다. '오늘 따라 왜 이렇게 내가 서툴지?'

아직 겨울 방학이 시작된 것도 아니었지만, 전수는 지겨운 강의고 시험이고 다 때려치우고 날마다 명욱과 붙어서 지냈다. 밤이고 낮이고 그 병원의 비상 계단에서 그들은 서성거렸다. 지나가는 의사들에게 어깨를 비틀어 길을 내줄 때면 전수는 공연히 적개심에 휩싸이고는 했다.

그날도 그들은 호주머니에 깊숙이 손을 찔러 넣은 채 나란히 서서 빌딩 사이로 가라앉는 해를 멀거니 바라보고 있었다. 그러다가 아주 낮은 목소리로, 천천히 번갈아 욕을 한마디씩 했다. 낭하의 정적 속에서 욕설은 꼭 조종처럼 연달아 울렸다.

"기다려요. 부르면 들어와요."

간호사가 짜증을 낸다. 전수는 되뇌고 있다. 이름이 불리면 잽싸게 '네'라고 대답하고, 벌떡 일어나, 서둘러서, 그러나 조용하게, 굽실거리듯이, 어깨를 잔뜩 움츠리고 달려가서, 문을 민다, 묵직한 문인데, 문 아래 덧댄 곳을 짚지 않도록 조심해야 된다. 거길 만지면? 피가 말라붙어 있는 곳이라서 더럽게 재수가 없다.

"석희재씨 보호자아?"

"네, 접니다!" 전수는 벌떡 일어선다.

면회는 열 시와 오후 네 시에 15분씩 하게 되어 있었다. 전수는 명욱이 대신 딱 두 번 면회를 해보았다.

그 모습은 어쩐지 코믹해 보였다. 감긴 두 눈은 잔뜩 부어 있었고, 헤 벌어진 두툼한 입술 넘어 인중 위에 반창고로 고정된 호스는 콧구멍을 뚫고 들어가 있다. 전수는 이 호스가 환자의 급소를 지속적으로 찌르고 있는 아주 치명적인 장치로 보였다. 활랑 열어 젖혀진 가슴 위에 선들이 얼기설기 복잡하게 얽혀 있고, 그 사이로 크고 검은 유두 두 개가 무력하게 드러난 채로 있다. x팔! 머리맡에는 묵주가 걸려 있다. 그 위로 조금 떨어진 곳에는 유리통 속에서 뽀르르륵 뽀르르르륵 쉼 없이 방울들이 솟아오른다. 푸른 모니터에 곡선이 그려진다. 왼쪽에서 오른쪽으로 오르락 내리락 오르락 내리락……. 다 그려지면 다시 왼쪽에서 시작된다. 꼬물거리며 오르락 내리락……. 모든 것은 반복되고 있다. 반복. 반복에 정신을 팔고 있으면 어느덧 시간이 다 되고 만다.

"그만, 나가요."

전수는 나온다. 묵직한 문을 밀 때 덧댄 곳을 짚지 않도록 주의한다.

"그건 뭐야?" 하고 전수는 명욱에게 물었다.

"주문."

"주문?"

"그렇다. 이걸 외우면서 정신을 집중하면 자기 의도가 관철되는 거지."

"의도가 관철된다?"

"그렇다. 일종의 염력이라고나 할까?"

그들은 연극 대사라도 읊듯이 약속된 억양으로 빠르게 지껄이고 있었다. 낭하의 창 밖으로는 빌딩 신축공사 현장 위로 크레인이 느리게 움직이는 모습이 보였다. 며칠 전 공사 현장을 멀거니 바라보고 있던 그들은, 거치적거리니까 여기서 얼쩡대지 말라고 신경질을 부리는 인부 하나와 서로 실랑이를 벌인 적이 있었다.

명욱은 시범을 보인다면서 조금 더 큰 소리로 주문을 외었다. 전수는 그의 입술에 주목했다. '닭 목구멍 어디에 있다는 모래주머니가 저 입처럼 생겨먹지 않았을까?'하고 전수는 생각했다. 주문은 모래 알갱이처럼 쏟아져 나온다.

"어떤 의도를 관철하고 싶은 의도를 가졌냐?" 하고 그는 책을 홱 낚아채며 물었다. 헌 책방에서 샀음직한 포켓판 문고였다. 종이가 거의 다 너덜너덜했고, 정가는 250환이라고 찍혀 있었다.

전수는 한문과 아랍 문자 같은 것들이 뒤섞여 있고 그 밑에 한글로 풀이가 되어 있는 낡은 책의 낡은 주문을 느리게 읽어보았다.

"넌 어떤 의도를 가지고 그다지도 서툴게 주문을 읽고 있는 거냐?" 하고 명욱이가 쉰 목소리로 물었다.

"글쎄." 전수는 책을 뒤적거리다가 완전히 어두워진 서울 시내를 내려다보았다.

"주문은 정신 집중을 필요로 한다는 사실을 잊지 않아야 해." 명욱은 도로 책을 가져가며 중얼거렸다.

"저기 올라가는 놈 있지? 저 자를 떨어뜨려 보자." 하고 명욱이가 공사장의 형강 위를 곡예 하듯이 걷고 있는 사람을 가리키며 엄숙하게 제의했다.

“저기 저 사람?” 하고 물으며 전수가 손을 들어 확인했다.

그들은 커다란 창을 열고 허연 입김을 쏟으며 함께 주문을 읽기 시작했다. 전수가 킥하고 웃자 명욱이 버럭 화를 냈다.

“난 정말 저 자 떨어뜨리고 싶어서 이러는 거야.”

“…….”

명욱은 눈을 부릅뜨고 중얼중얼 주문을 외우고 있었다. 전수도 ‘그래, 떨어져라 떨어져, 발을 헛디뎌라.’ 하고 마음을 한 곳으로 모으며, 검붉은 형강 위를 위태롭게 걸어오는 사내를 노려보았다. 순간일 것이다. 사내는 허리를 뒤로 꺾다가 쑥 앞으로 내밀다가 다시 꺾고, 발끝을 잔뜩 당겨 올리고, 두 팔을 바람개비처럼 돌리며 중심을 잡으려고 안간힘을 쓸 것이다. 어, 어, 어 하다가 도움 한 번 청할 짬도 없이 사내는 거짓말처럼 허공에 낼룽 던져지고……. 그리고…… 팔 다리를 허둥대며…… 쏜살같이 떨어지다…… 머리통을 부딪치고…… 머리가 으스러지고…… 다리는 튀어 달아나고…… 팔도 잘려나가고……. 이런! 정육점에 걸린 고깃덩이처럼……. 아래쪽에서 기가 막힌 동료들이 멀거니 쳐다보고 있는 가운데 이런 일이 순식간에 벌어지고 말 것이다.

두 사람은 하도 그 짓을 많이 해서 나중에는 제법 도사처럼 주문을 외우게 되었다.

수술실 앞에 쭈그리고 앉은 여자는 왠지 애걸하는 꼴을 보이고 있었다. 자동문이 척 열리고 푸른 수술복 차림의 의사가 나타나면 여자는 애타는 눈으로 쳐다본다. 혹시? 물론 의사는 거들떠보지도 않고 지나친다. 불안한 맹목과 미숙한 권위가 서로 부딪친다. 수술실의 자동문은 잊을 만하면 벌컥 열렸다. 그러면 여자는 어김없이 머리를 쳐들었다.

“아주머니 누가 수술방에 계신가 보군요?” 하고 명욱은 그 여자가 앉아 있는 긴 의자 옆으로 가더니 한 칸 띄우고 앉으며 말을 건넸다.

"네? 아, 네."

중년의 여자는 명욱이 쪽으로 반갑게 몸을 틀었다. 그 모습이 어쩐지 비천해 보였다. 여자는 명욱 얼굴을 빤히 보며 눈알을 굴렸다.

"저희 어머니도 지금 수술 중입니다만……."

그건 거짓말이었다. 명욱의 어머니는 중환자실에서 여전히 그 거대한 가슴으로 곡선을 그리고 있었다.

"어쩌나, 어디가 아프시기에?" 하고 여자가 간절히 물었다.

"여기요. 심장이……." 명욱은 제 갈비뼈 윗부분을 가리키며 말했다.

"아 네에……. 우리 애 아버지는 그저 과로로 쓰러져서 온 것뿐인데, 갑자기……. 아이 글쎄 답답하군요." 하고 여자가 말했다.

"그러게 말입니다." 명욱은 고개를 끄덕이며 대꾸했다.

잠시 후 명욱은 그 자리에 앉은 채 지그시 눈을 감고 입술을 움직이고 있었다.

가장자리가 시커멓게 변한 방전관 하나가 자꾸만 켜질 듯 말듯하다가 꺼져버렸다. 유리창 위로 얇게 얼어붙기 시작한 성에 위로 자동차 불빛이 노랗게 번지다가는 사라지곤 했다.

"학생이에요?" 하고 여자가 불쑥 물었다.

"네? 네." 하고 눈을 뜬 명욱이가 얼버무렸다. 자동문이 열렸고 대화는 또 끊겼다. 막 자정이 넘어 서고 있었다.

다시 명욱은 입술을 놀리기 시작했다.

잠시 뒤에 여자의 시부모, 시누이, 그리고 두 딸이 왔다. 공교롭게도 그들이 오자마자 그 부인의 남편은 수술 도중에 죽었다.

그들은 울부짖고, 화를 냈고, 푸념을 하다가는 발작적으로 통곡했다.

두 소녀는 서로 부둥켜안고 울었다. 그런 꼴로 날을 새울 것만 같았다.

"거 참 진땀 나네……" 명욱이 자동판매기에서 커피잔을 빼들며 중얼거렸다.

"니가 진땀 낸다고 뭐 어떻게 되냐."

"아까 내가 죽어라, 죽어라, 주문을 외웠거든."

전수는 그를 쳐다보았다. 왼손을 호주머니에 깊숙이 찌른 채 계단을 오르고 있는 명욱의 옆얼굴은 추하게 일그러져 있었다. 입술 사이에 비스듬히 물려있는 담배 끝에서 타오르는 파란 연기 때문인지 눈초리가 가늘게 떨리고 있었다.

명욱의 어머니는 육 개월도 더 버티다가 돌아가셨다. 유난히 무더운 날씨에 장례를 치르느라 모두들 지쳐버렸다. 전수는 운구를 도왔다. 앞에서 두 번째 서서 왼손으로 관을 들었다. 밖으로 나서자 병원 옆의 신축 빌딩이 눈에 들어왔다. 흐린 날이었다. 꼭대기에는 여전히 검붉은 형강이 드러나 있었다. 마침 노란 안전모를 눌러 쓴 사내가 운구 행렬을 빤히 지켜보며 저벅저벅 걸어서 호이스트카 앞까지 걸어갔다. 익숙한 솜씨로 철책 문을 밀어 열더니 냉큼 올라타고 다시 척 돌아서서 잠시 행렬을 빤히 지켜보다가 세차게 철창문을 닫았다. 호이스트카는 한차례 심하게 요동을 치고 나서 천천히 오르고 있었다. 그 꼴을 죽 지켜보던 전수는 어쩐지 그에게서 부당한 대접을 받은 것만 같았다.

맏딸은 쌩쌩했다. 울지도 않고, 곧 결혼할 사내 옆에 앉아 글래머의 상체를 똑바로 편 채 앞만 바라보고 있었다. 둘째 누나는 울다가 졸다가 하며 버스가 흔들리는대로 흔들렸다. 명욱은 연방 손바닥으로 부채질을 해댔다. 전수도 너무 더워서 뺨 한 쪽은 차창에 붙이고 뒤통수를 에어컨 바람이 쏟아지는 구멍에 맞추고 있었다.

그는 이마로 육중한 중환자실 문을 밀고 있었다. 뒤에서 누군가 그의 머리를 함께 밀어주었다. 그런데 그곳은 고해실이었다. 어둡지 않고 오히려 창백하도록 밝은 곳이었다. 뚫린 천장을 쳐다보니 까마득한 저 위에서 명욱이가 형강 위를 걷고 있었다. 고해실의 하얀 벽 속에는 커다란 눈알 한 쌍이 있어서, 벽을 불룩하게 밀어 올리고, 움찔거리고, 두리번거리고, 마구 옮겨 다녔다. 눈알이 밀어 올린 부분을 따라서 붉은 기둥들이 솟아올랐다. 어디선가 클랙슨이 신경질적으로 네 번 세차게 울렸다. 자꾸만 기둥들이 튀어 나왔다. 옆에서, 아래에서, 위에서. 어두운 저 위에서 명욱이가 중얼거리며 묵주로 기둥을 끌어올리고 있었다. 명욱의 입에서는 모래알 같은 묵주알이 마구 쏟아지고 있었다. 축축한 바람이 불었다. 이제 그곳은 방이 아니라 거대한 짐승의 목구멍 속인 것 같았다. 오직 붉은 기둥들만으로 세워진 천길 만길 나락이었다.


2. 미 결


난데없이 명욱이가 찾아왔다. 온종일 방 정리를 하던 전수는 그렇게 연락을 하려 해도 안 되던 명욱이 들이닥치자 어리벙벙하다 못해 조금 불쾌해졌다.

"소문 들었다, 임마……." 구부정하게 방으로 들어선 명욱은 젖은 머리를 털고 자리에 벌렁 자빠지며 의아해서 바라보고 있는 전수를 향해 대꾸했다.

"어떻게 지냈어? 어디 있었어? 이 자식아. 연락도 없이 이래두 돼?"
하고 전수는 웃고 있는 명욱이를 노려보며 화를 냈다.

"알았어 임마. 그만 해."

명욱이가 자기하고 가면 돈을 딸 수 있으니 꽤 재미있을 거라고 장담했기 때문에, 비가 그친 저녁에 두 사람은 미군 부대 앞에 있는 관광 호텔로 갔다.

전수는 원래 노름이라고는 해본 적이 없었지만, 명욱이가 설치면서 망설일 시간조차 주지 않는 바람에 그냥 군말없이 따라나섰다. 명욱은 내내 저 혼자 낄낄거리다가, 욕을 하고, 침을 뱉곤 했다. 그럴 때마다 전수는 이 녀석이 지난 두 달만에 아주 달라졌다는 것을 반사적으로 의식하고 있었다.

술을 마셨다. 쉽게 취해버린 전수는 언제나 그래왔듯이 취했다 하면 몰라보게 대담해졌다. 명욱이와 절반씩 나눈 용돈이 순식간에 사라졌다. 전수는 명욱이처럼 욕을 하고 침을 뱉고, 또 슬롯 머신의 옆구리를 발로 걸어찼다.

"이 새끼가 어디서 재수 없게……."

얼굴이 벌겋고 커다란 중년 사내가 머리에 흰 물수건을 얹으면서 전수를 향해 눈을 부라리며 윽박질렀다. 사내의 번들거리는 입술이 굵은 지렁이 모양 꿈지럭거렸다. 전수는 한 번 히죽 웃었다.

"야 이 새끼야……." 사내가 벌떡 일어나 전수의 멱을 틀어쥐었다.

전수는 말도 없이 고개를 숙이고 앉아 어쩔 것인가 결정하지 못하고 있었다. 이곳 저곳으로 옮겨 다니던 명욱이가 전수의 어깨를 감싸고는 사내를 향해 굽실거리며 말했다.

"아저씨 왜 그러세요? 뭐 잘못됐습니까?"

"넌 뭐야? 새끼야." 사내가 잔뜩 턱을 치켜세우며 대거리로 나왔다. 그러자 종업원들이 우르르 몰려들어서 그들을 떼어났다.

화장실 앞에서 전수는 눈물을 찔금거리며 울분을 토했다.

"저 자식을."

명욱이 전수를 향해 수군거렸다. 단호하고 면밀한 느낌을 주는 목소리였다. 오랜만에 만난 두 친구는 똘똘 뭉쳐 그 중년 사내놈을 함께 박살내기로 했다.

골목 어귀에 나타난 사내가 막 보안등 불빛 아래를 벗어날 즈음 명욱은 옆으로 달려가 어깨를 툭 쳤다. 마치 친구라도 스쳐 만난 것 같은 몸짓이더니, 갑자기 획 돌아서며 자기 등뒤에 움켜쥐고 있던 칼로 사내의 옆구리를 내질렀다. 깊이 들어가지는 않았다. 멀리서도 칼끝이 갈빗대에 턱 걸리는 것이 보였다. 등에는 톱니가 돋아 있고, 끝이 거만하게 뒤로 약간 제쳐져 있던 그 칼.

사내의 살진 얼굴이 허공으로 뒤집혀진 채 정지했다. 전수는 사내의 불독 같은 볼이 아래 위로 부르르 떠는 것까지도 본 듯했다. 모든 것은 순식간에 이루어졌다. 뒤틀렸다가 풀리는 명욱이의 마른 가슴과 어깨의 발작적인 몸짓은 월트 디즈니 만화 영화에 나오는 카아드 병정을 연상시켰다.

이크 어쩐다지. 전수는 움찔 놀라 조금 구부정하게 선 자세 그대로, 저쪽에서 벌어지는 꼴을 지켜보고 있었다.

사내는 트위스트라도 추는 것처럼 두 손을 들고 팔꿈치로 옆구리를 누른 자세 그대로 천천히 앞으로 고꾸라졌다. 이 동작은 묘하게 비열해 보였다. 그는 잠깐 버둥거리다가 마침내 꼼짝도 하지 않았다. 죽은 듯이 가만있겠다는 분명한 의사 표시였다. 아, 저런 짓은 우리에게 얼마나 다행한 선택인가. 팽팽한 두려움 속에서도, 전수는 고꾸라진 사내에게 동지애 비슷한 것을 느끼고 있는 자신이 의아하게 생각됐다.

누전으로 가늘게 떨고 있는 보안등은 정적 속의 침묵을 무겁게 드러내고 있었다. 생각이 감각에 비해 몇 초씩 느리게 작용하고 있어서, 온몸에 접착제가 묻은 듯이 끈적이며 어색했다. 제기랄. 이게 다 뭐란 말이야. 초조한 전수는 속으로 화를 냈다. 다 명욱이 저 놈 때문이야.

명욱은 우두커니 아래를 내려다보고 서있을 따름이었다.

바보 같은 놈 뭘 하고 있는 거야. 전수는 그들을 향해 내달렸다. 사내는 불빛의 경계선쯤에 쓰러져 있었다. 전수는 불빛을 받으며 쭈그려 앉았다. 눈가를 파고드는 빛살 때문에 마치 머리 위로 뜨거운 모래 알갱이가 쏟아지는 기분이었다. 젠장, 어떻게 하면 좋지? 전수는 사내의 등 쪽으로 상체를 숙이며 생각했다. 그리고 자신의 손이 사내의 등에 가 닿는 모습을 딴 사람의 짓인 양 멀거니 바라보았다. 사내가 꿈틀거렸다. 움직이지 마. 제발. 우리는 똥이야. 그러니 돌아보지 마. 제발. 전수는 엉거주춤 물러나며 명욱을 쳐다보았다. 오늘 하루 지금까지 완전히 삭제하고 싶은 간절한 마음이 솟구쳤다. 다 니 책임이야. 허명욱. 다 너 때문이라고. 전수는 명욱을 향해 되뇌었다. 명욱의 두 팔은 늘어진 채 가늘게 떨고 있었다. 불안하게 커진 눈동자는 두리번거렸고, 벌어진 입으로는 거친 숨을 토했다. 사내가 조금이라도 움직인다면 다시 그 칼로 내리 찍을 태세였다. 잔인하게 굳어진 마음으로 어쩔 줄 모르고, 믿을 것은 시작된 방향으로 계속 내달리는 잔인, 오직 잔인해지는 길밖에 없는 모양이다. 겁쟁이.

전수는 사내 저고리의 뒷덜미께를 움켜잡고 거칠게 잡아당겼다. 사내가 보도블록 바닥에 질질 끌렸다. 저고리는 텐트처럼 위로 치켜 올라갔지만 곧 어깨 끝에 걸려버렸다. 명욱이 욕을 하며 사내의 뒤통수를 지그시 밟았다. 구두창에 묻은 흙탕물이 몇 방울 사내의 목덜미로 타고 내렸다. 바닥에 닿아 있는 사내의 입술 반쪽이 어색하게 벌어지며 낮은 신음을 냈다. 전수가 사내의 저고리를 벗기려고 다시 한번 잡아당기자 사내는 두 팔을 번갈아 뒤틀며 소매가 잘 빠질 수 있도록 보일 듯 말듯 버둥거렸다. 전수는 손등에 닿은 사내의 체온을 느꼈다. 그는 읽고 있었다. 자기 뜻을 등짝을 통해 고분고분하게 알리면서, 조심스레 전수와 명욱의 뜻을 온몸으로 감지하고 있었다. 이상할 정도로 고요한 골목에서 세 사람은 살과 체온만으로 대화하는 꼴이 되었다.
 전수는, 사내가 차츰 상황을 이해하게 되면 대항하려 할지도 모른다고 생각했다. 제발 말 한마디라도 할 생각 말아줘. 우리를 짐승 취급해 줘 부탁이야. 마침내 전수는 저고리를 벗겨 들었다. 단추가 하나 톡 떨어졌다. 그러자 사내가 제법 큰 소리로 한숨을 내쉬었다. 주춤주춤 물러나던 전수는 그 한숨 소리를 듣자, 자기도 모르게 갑자기 목을 조르는 듯한 적개심을 느꼈다. 너무나도 압도적인 감정이 그를 짓눌렀기 때문에 울음이 터져 나오려했다. 이 자식 죽여 버려? 정수리와 손과 아랫배로 한 번, 두 번, 세 번 울컥 울컥 뻗쳐 나가는 어떤 점액질의 증오심으로 해서 전수는 덜덜 떨기 시작했다.
 명욱이 달아나고 있는 모습은 이상하게 멀고 느리게 보였다. 옆구리를 감싸며 일어나고 있는 사내의 허연 등짝도 수십 미터나 떨어진 것처럼 멀리 보였다. 전수는 골목 모퉁이를 돌면서 사내의 저고리를 팽개쳤다. 자신의 모든 감각도 몸뚱이 밖 저 멀리로 떨어져 나가는 듯했다. 명욱이가 고가도로 밑으로 달아나고 있었다. 꼭 놀란 토끼 같군. 전수는 뒤쫓으며 생각했다. 고가도로 밑으로 달음박질 소리가 어지러이 울려 퍼졌다. 거울처럼 고인 빗물을 가로질러 그들은 철벅철벅 뛰어갔다. 가로등 불빛이 눈앞에서 흔들렸다. 전수는 두 손으로 무릎을 짚고 서서 헐떡이며 자기도 모르게, 발버둥이란 두려움의 최소 권리라는 문장을 되뇌었다. 자기 발바닥이 제 것이 아닌 듯이 빠르게 내닫는 동안, 계속해서 이 문장만을 생각하고 있었다는 것을 깨닫자, 전수는 마치 미친놈처럼 그칠 줄 모르고 웃음을 터뜨렸다. 웃으면서 비틀비틀 그는 철길을 건넜다. 비웃음처럼 철길이 은빛을 받고 길게 휘어져나가 있었다.

대기는 말갛고, 검은 머리카락 같은 하늘에는 별들이 새파랗게 돋아 있었다. 전기줄이 바람에 윙윙 울었다. 풀 숲 너머로 끊긴 아스팔트길은 고요했다. 명욱은 그 위에 나자빠져 있었다. 전수는 뒤를 한 번 돌아보고 나서 멈춰 섰다. 허리를 꺾고 어깨를 들썩이며 자기에게 물었다. 분명히 칼에 피가 묻어 있었지? 맞어. 그건 분명해. 하지만 아주 조금이었어. 그렇지? 꼭 빨간 게 발 끝 모양, 아주 조금, 살짝 묻어 있었지? 맞어. 그건 분명해. 갑자기 피로가 몰려왔다. 명욱이 옆에 쓰러진 전수는 캄캄한 숲을 향해 거친 숨을 내쉬며 헐떡였다. 차츰 숨이 골아지고, 들썩이던 가슴도 가라앉다가 느리게 한숨을 내쉰 전수는 헛, 헛, 두 번 웃었다. 그러자 미지근한 성취감이 몰려왔다. 몹시 부끄러웠다. 그는 고개를 젖혀 위쪽에 드러누운 명욱을 쳐다보았다.


집에는 매형까지 와서 전수를 기다리고 있었다.

"오늘밤에 간다면서 술에 취해 다니니? 아버지 어머니 집에 계신데." 누나가 눈을 흘기며 쌀쌀맞게 퉁박았다.

"입영전야라는 게 다 그렇지 뭐야." 매부가 누나 옆에서 나긋나긋하게 말했다.

"몇 시까진가?" 하고 아버지가 무뚝뚝하게 물었다.

"오후 두 시요." 전수도 짧게 대답하고는 맞잡은 자기 손만 내려다
보았다.

"어쩌나……. 거리가 먼데 다음 주에 가면 안되니?" 하고 어머니가
아버지 눈치를 살피며 자신 없는 목소리로 말했다.

"무슨 쓸데없는 소리! 어험, 다 필요 없고……. 너도 이제 장정이니
까 준비하는 몸가짐을 가질 때다."

"그래 그래, 준비를 미리 해야지, 그럼." 하고 어머니는 잽싸게 아버
지의 말꼬리를 잇대어 말했다.

"오늘밤은 쉬고 아침 일찍 비행기로 가도록 해라." 하며 아버지는
누런 봉투 하나를 방바닥에 툭 던졌다.

"비행기가 빠르지. 그래 그래."

"시간이 안돼요." 전수는 어설프게 웃으려는 어머니를 향해 기분 나
쁘다는 듯이 잘라 말했다.

"그러니까 일찍 들어왔어야지." 누나가 말했다.

"군대는 원래 취해서 들어갔다가 취해서 나오는 곳이라구." 또 다시
매부가 나긋나긋하게 둘러댔다.

"전호는 자지요?" 전수는 엉거주춤 일어나며 어머니께 물었다.

"앉거라. 지금 이 시간에 분별없이 어떻게 간다는 게냐?" 아버지는
아들을 한심하다는 듯이 쳐다보며 언성을 높였다. "비행기로 가거라."

비행기? 비행기라면 탑승 수속이 있지 않는가 말이다. 아버지는 나
를 감옥에 집어넣으려는 것일까? 아니면, 혹시 그 자식이 아버지는 아
니었을까? 하하하. 아니고 말고. 분명하지? 전수는 쏘아보는 아버지를

말끄러미 마주 내려다보며 움찔 놀라더니 한숨을 휴 내쉬었다. 아무 것도 모르는 가족들에게 피해가 없도록 이 밤에 살짝 소리 없이 사라지면 되는 것이다. 그 자식이 죽지는 않았겠지? 피는? 아주 조금. 턱 걸렸지? 갈비뼈에? 맞어. 피가 끝에 아주 조금 묻었지? 그래, 아주 조금이었다. 분명히 보였지? 그렇지? 문득 전수는 아버지, 어머니, 매부와 누이를 향해 차례로 묻고 끄덕이며 눈길을 주고 있는 제 모습에 놀랐다.

"금방이야. 그저 거꾸로 매달렸다 하면 금방 간다구." 매부는 운전을 하며 연방 지껄여댔다. 전수는 이 사람이 왜 이렇게 들떠있을까 하고 생각했다. 매부 인생에서 가장 특이한 경험이라면 군대가 고작 전부인 것이다. 전수는 이 세일즈맨을 곁눈질하며 환멸을 느꼈다.


두 사람은 아주 쉽게 붙잡혔다.

"지갑은 어쨌어?"

"우체통에 넣었어요." 전수는 풀 죽은 목소리로 대답했다.

"지폐만 빼고?"

"네." 전수는 지갑을 웃옷에 말아 가지고 마구 문질러대던 것이 생각났다.

"이 새끼 지능범이군. 얼마 뺐어?"

"12만 원이오."

"어쨌어?"

전수는 대답하지 않고 형사의 어깨 너머로 한 사내를 얼빠지게 바라보며 생각했다.

명욱이는 어디 간 걸까? 고문을 받고 있나?

사나이는 수갑 찬 두 손을 책상 위에 다소곳이 놓고 전수를 마주 보

고 있었다. 머리털, 턱수염과 콧수염이 모두 새까맣고, 이상하게 평면
적인 얼굴이어서 흡사 루오의 그림에 자주 등장하는 성자처럼 보였다.
　범인들은 모두 밖으로 나와 정렬했다. 아까 봤던 그 사나이가 고행
을 위해 한 팔을 곧추 세운 채 나아가려 하다가 갑자기 팔을 바꿨다.
어디선가 부산한 종소리가 울렸다. 가까운 건널목으로 기차가 지나가
려는 모양이었다. 그러고 보니 사나이는 팔을 교통 신호기처럼 엇갈리
게 척 바꾼 것이었다. 그의 얼굴은 둥글고 검다. 그러나 종이장처럼 얇
아 보였기 때문에 전수는 속이 울렁거렸다.


　버스가 몹시 흔들려서 전수는 잠에서 깨었다. 기사는 잔뜩 잠긴 음
성으로 투덜댔다. 쥐가 쏠아대는 듯한 목소리였다. 버스는 어스레하게
밝아오는 도시로 주춤주춤 끼어 들어가고 있었다. 전수는 숙취로 머리
가 무거웠다. 버스에서 내리면 우선 찬 콜라를 한 병 사 마셔야겠다고
생각했다.
　터미날에 내렸을 때 날은 흐렸다. 영영 날이 새지 않을 것만 같이
우중충한 날씨였다.
　아직 여덟 시간이나 있다. 입대하면 경찰이 잡을 수 없다는 말이 사
실일까? 전수는 시장 어귀 쪽으로 걸으며 생각했다.
　김이 설설 나는 국밥을 먹으며 전수는 코를 훌쩍이고 땀을 흘렸다.
메말랐던 목구멍이 따뜻하게 녹아 내렸다.
　'명욱이는 지금 뭘 하고 있을까?'


　전수는 아버지가 방바닥에 내던졌던 봉투를 통째로 여자 앞에 툭 던
졌다.

"아저씨, 화끈한데……."

여자가 흰자위를 데굴데굴 굴리며 전수를 향해 헤벌쭉 웃었다. 그 모습을 보자 이상하게 갑자기 체념 비슷한 심정이 되었다.

'까짓 것, 다 이러구 살고 있단 말이다.'

조금 전에 마셨던 반주가 시큼하게 넘어왔다. 전수는 하룻밤 사이에 자기가 굉장히 행동적으로 바뀌었다고 느꼈다. 자기도 매부와 다름없는 젊은 놈일 뿐이다. 무감각해지고 있다. 여자가 머리카락을 이리저리 흔들며 흥분한 척 하고 있었다. 전수는 여자의 가슴을 쥐고 옆으로 빠져 나와 등으로 올라갔다. 여자는 얌전하게 엎드려있었다. 전수는 여자의 허연 어깻죽지를 노려보았다. 그가 가만히 그 위에 손을 얹자 여자가 움찔했다. 등은 뜨뜻했다. 몸뚱이는 거대한 입 속에서 씹히다가 방금 내뱉어진 껌 같았다. 껌은 타액이 말라가고 있다. 탄력을 잃은 껌의 가장자리가 중력을 따라 느리게 휘어져 내린다.

전수는 자빠진 채 헐떡이는 명욱이와, 등을 보이고 있는 여자와, 칼침을 맞고 엎어진 사내의 모습을 번갈아 떠올리며 자기도 모르게 외쳤다.

"……이다!"

"뭐?"

여자가 얼굴을 뒤로 돌려 쳐다보며 물었다. 뒷덜미에 주름이 잔뜩 잡혔다.

"너에게 준 돈, 그거 어제……."

"뭐라구?"

여자가 이불을 끌어당겨 몸을 가리면서 물었다.

"……."

"어디서 뿌리친 거란 말이야, 이 돈?"

여자가 담배를 물면서 지껄였다.

"아니, 그게 아니구. 내 친구가 오늘 저기서 입대하는데, 걔는 벌써 들어갔어. 나더러 이 돈을 가지고 재미나 좀 보래."

"거 참 좋은 친구네."

"걔는 자기 아버지가 돈을 주면 미치겠다는 거야."

"아니 돈 받는데 왜 미치니? 참."

"더럽대."

"왜 더러워?"

"똥 밭을 팔아서 번 돈이니까 그렇다는 거야."

"아이구, 꼴깝하구 있네."

여자는 반쯤 태운 담배를 엉성하게 끄며 쏘아붙였다.

전수는 어젯밤에 일어났던 일을 생생하게 다시 그려보고 싶었지만 당혹스러울 만큼 기억이 나지를 않았다. 불과 13시간 전이 아니었나. 어떻게 된 것일까? 이렇게 해서 무감각이 단련되는 것일까? 무감각이란 얼마나 강인하고 현실적인가? 전수는 쓰윽 한번 웃었다.

"뭘 생각해?"

여자가 말끄러미 바라보며 물었다. 전수는 그런 여자의 눈을 노려보며 성욕을 느꼈다. 동시에 전수는 공중에 부웅 뜬 것처럼 맥이 빠지는 것이었다.


3. 추 락


명욱도 전수도 깜짝 놀랐다.

“전수야 너 맞구나.” 하고 명욱이 손을 잡아 흔들며 외쳤다.

“하긴 심씨가 흔하지는 않으니까 혹시 넌가 했다만…… 그래도 어느새 사무관까지 되구. 자식……”

면담 따위는 그만두고 곧 사무실을 나왔다. 명욱은 전수를 따라 휴게실로 들어가면서 들뜬 목소리로 말했다.

“우리 원장님이 아주 좋아하시겠는 걸, 내가 너 잘 안다고 하면 말이야.” 하고 명욱은 조끼자락을 잡아 당겨 바르게 펴며 말했다. 그 단정한 모습을 보며 전수는 흐뭇했다.

“야, 너 참 많이 출세했다.” 하고 명욱이 전수를 훑어보며 말했다.

“야, 야, 지방 말단 공무원이 별거냐. 너처럼 생활하는 사람이 높은 거지. 과연 넌 그 길로 갔구나. 난 짐작은 하고 있었어.” 하고 전수가 너그러운 미소를 지으면서 대답했다.

“내 소식 듣고 있었냐?”

“아니 전혀 못 들었지만 느낌이 좀 그런 것 같더라구.” 하고 말한 전수는 오래 전에 군에서 마지막 휴가를 나왔던 날이 문득 떠올랐다.

고향에 돌아와도 친구라고는 별로 없었다. 다들 서울로 가버린 것이었다. 수소문을 좀 해 보았지만 명욱이 소식도 알 수 없었다. 서울 사촌을 잠깐 만난 날, 그는 몹시 취했다. 깨어 보니 서대문에 있는 그 병원의 낭하였다. 어이쿠. 이것 참 내가 무슨 실수라도 한 게 아닐까? 다행히 사복 차림이었다. 명욱이와 멀거니 바라보곤 했던 공사장에는 오피스텔이 번듯하게 서 있었다. 전수는 휘적휘적 그 건물 안으로 들어가 보았다. 옥상에서 고가도로를 내려다보니까 엿가락처럼 길게 늘어난 모습이 무척 낯설었다. 사람들도 아주 비현실적으로 개미가 기어가듯이 느리게 움직였다. 어지럽구나. 명욱이 어머니는 이 거리에서 세상 뜨셨으니, 여기가 이승의 출구요 저승의 입구이겠거니 생각하며 전수는 저도 모르게 빙그레 웃었다. 성묘라도 온 기분으로 흐뭇했던 모양이다. 옥상 한쪽에는 녹슨 I형 빔이 세 개 길게 가로 놓여 있었다. 발로 밀었지만 꿈쩍도 하지 않았다. 전수는 그 위에 올라서서 몇 걸음 재게 걸어보았다. 바람이 이마 위로 시원하게 불어왔다. 바랜 기억들을 떠올리며 그는 조금 쓸쓸했고, 또 그만큼 평온한 것 같기도 했다.

전수는 의젓한 명욱을 보면서 참으로 반가운 마음에 들뜨는 자신에게 고마움을 느끼고 있었다.

명욱이의 건축 민원은 별 어려움이 없이 해결될 수 있는 것이었다. 두 사람은 미군부대 앞에 있는 주점으로 가서 삼겹살을 구워 소주를 마셨다.

전수는 물수건을 들어 손을 구석구석 닦은 다음에 목덜미를 꾹 누른 채 잠시 가만히 있었다. 물수건은 금방 미지근해졌다. 주점 안은 와글거렸다.

"우리가 너무 일방적인 것은 아니지?" 하고 명욱이 전수에게 굵은 목소리로 물었다

"아니야." 하고 전수가 단호하게 대답했다. "명욱아, 너 수도자가 술을 마셔도 되냐?" 하고 전수가 그에게 잔을 권하며 물었다.

"우리는 그런 것 구애받지 않는다." 하고 명욱이 대답했다. 문득 명욱은 오래 전의 일이 떠올랐다. 아주 오래 전의 일이었지……

"뭔 생각을 그렇게 해?" 하고 전수가 물었다.

"아버님은 건강하셔?" 하고 명욱이 미소를 띠우며 물었다.

"그럼. 건강하시지. 그래, 너는……." 하고 전수는 말끝을 흐렸다. 확실히 명욱에게서는 뭔가 차갑게 가라앉은 분위기가 느껴졌기 때문에

전수는, '너는 어쩌다가 수도자가 될 결심을 했니? 아들이라고는 너뿐인데…….' 하는 식으로 자기의 질문이 상투적인 것으로 들리지 않게 조심하고 싶었던 것이다. 어쩐지 자기는 명욱이처럼 사는 방식을 이해할 수 있는 기질의 사람인 것 같았다.

"어쩌다보니 이 생활을 시작했어." 하고 명욱이가 마치 전수의 마음을 꿰뚫어 보기라도 한 듯이 느릿느릿 대꾸하고는 푸근한 표정을 지었다.

"우리 있잖냐……." 하고 전수가 머뭇거리자 명욱이 머리를 끄덕이며 웃었다.

"그래, 우리 그때는 조금 돌아 있었지……. 그 사람도 어디서 누구와 어울려서 술 한 잔 하고 있겠지 뭐." 하고 명욱이가 말했다.

"그렇겠지. 허허. 그런데 얌마 너 진짜 수도자는 수도잔가 봐. 상대 마음속을 읽는 것 같은데?"

전수는 고기를 씹으며 마음에 그려보았다. 그는 이제 초로의 사내가 되었을 테지. 우리가 용서받은 것일까 아니면 그냥 잊혀지고 있는 것일까 하고 전수는 생각해 보았다.

두 사람은 자꾸 술을 마셨다. 십여 년 간 있었던 일들이 두서 없이 마구 쏟아져 나왔다. 전수는 왠지 모르게 그날 명욱이가 불쑥 자기를 찾아왔던 이유를 이제 이해할 것도 같았다. 그러자 이 친구가 너무 측은하게 보였다. 죄책감의 인연이란 참 기이한 것이기도 했다.

"얌마 너 요즘도 시 쓰냐? 그 전위 예술 말이다." 하고 전수가 물었다.

"야, 늘보원숭이. 넌 정말 그것이 궁금하냐?" 하고 명욱이 되물었다.

"그래 난 그것이 궁금하지." 하고 전수가 술잔을 부딪치며 대답했다.

　　그것은 명욱이와 전수, 두 친구가 함께 찾아낸 이야기였다.

　　소년은 취한 채 언덕을 향하여 비틀비틀 걸어갔다. 우물가를 지날 때, 그는 이제 자기가 더 이상 소년이 아니라고 다짐해 보았다. 두레박으로 퍼 올린 물위에 별빛이 비쳤다. 그 물을 벌컥 마시자 너무 차서 눈물이 찔끔 나올 지경이었다. 사람들은 모두 어디로 갔을까? 그날은 많은 일이 있었다. 멍 자국처럼 짙은 우울이 가슴에서 오래도록 느리게 굳어갔다. 저녁에는 모두 함께 술을 퍼마셨다. 미친 듯이 웃다가 왠지 격투가 벌어졌었고, 그리고 정신을 잃었다.

　　밤은 제법 쌀쌀했다. 소년은 곱은 손을 쥐었다 폈다 해보고는 비시시 웃었다. 송곳니가 하나 부러져 있었다. 손가락으로 부러진 곳을 더듬다가 그만 자기도 모르게 바보처럼 웃음이 나왔다. 소년은 그 사람을 다시 한 번 더 보고 싶었다. 그곳은 강 건너 바위 언덕이었다. 길이 있기는 하지만, 그 앞으로 지나다니는 사람은 별로 없었다.

　　농부들과 아낙네들과 어린아이들은 처형을 구경하려고 이 길로 달려왔었다. 햇볕은 무척 따가웠다. 때때로 바람에 이는 먼지 속에서 사람들에 둘러싸인 소년과 늙은이는 강 건너 마을 모퉁이를 초조한 눈으로 바라보고 있었다. 소년은 관자놀이에서 뺨으로 흘러내리는 진땀을 손바닥으로 훔치며 몸을 떨었다. 아까부터 이유 없이 한 차례씩 온몸이 떨리곤 했다. 마침내 저쪽에서 한 무리의 사람들이 몰려오는 모습이 보였다. 사람들은 웅성거리기 시작했다. 서로 어깨를 맞대고 발돋움을 하고 손을 들어 그쪽을 가리켰다. 늙은이는 힘차게 가래를 긁어모아 침을 뱉고 수염을 팔뚝으로 닦아냈다. 덩달아서 소년도 침을 뱉었다. 사람들은 죄인과 호송관을 둘러싸고 이리저리 몰려다니며 먼지를 일으키고 있었다. 애새끼들이 그 틈을 비집고 들어갔다가는 도로 빠져 나와 저만치 달아나더니 바위 위를 기어올랐다가 또다시 쪼르르 몰려가기도 했다. 꼭 파리 떼 같았다. 죄인은 흙먼지에 뒤덮인 꼴로 몇 발자국 걷다가는 다시 고꾸라졌다. 그의 어깨 위에 가로질러 매인 횡목에 눌려서 그런지 버둥거리는 몸뚱어리는 마치 흙 속을 마구 파헤치며 파고 들어가려는 꼴이었다. 채찍 치는 소리가 고함 속에 섞여 들려왔다. 땀과 피와 진흙이 뒤엉킨 등에서 먼지가 풀썩 났다. 군인 둘이 횡목 끝을 한쪽씩 잡고 일으켰지만 제대로 서지지를 않았다. 다시 온몸에 채찍질이 시작되었다. 허리를 타고 피가 흘러내렸다. 군중 속에서 한 사내가 나서더니 그 사형수를 업었다. 군인들은 옆에서 한 덩어리가 되어 그들이 쓰러지지 않게 받치며 걸어갔다. 그 광경은 마치 부상병을 실어 나르는 것 같았다. 그들이 사형수를 작은 뗏목에 실어 강 건너 물살을 헤치며 무리 지어 올 때 이런 이상한 배려는 더 짙어졌다. 이리저리 기우뚱거리는 뗏목 위에서 탈진한 사내는 무릎을 꿇고 사방에서 그를 부축하는 손에 의지한 채 굽은 등을 엉거주춤 들고 있었다. 머리는 어깨를 가로지른 통나무 뒤로 힘없이 떨구고 하늘을 향해 벌린 입에서는 소금덩이 같은 거품을 내뿜고 있었다. 군인들은 허리까지 잠긴 강물을 가르고 허우적대며 느리게 전진하고 있었다. 강물에 반사되는 햇살 때문인지 그들은 모두 눈을 찡그리고 있었다. 사형수가 중심을 잃으려고 하면 놀란 듯이 불쑥 손을 뻗어 잡아줬다. 다시 털보 사내가 사형수를 들쳐업고 언덕을 올랐다. 못 박기 전에 다시 심한 매질이 시작되었다. 군인들은 번갈아 가며 채찍질을 했다. 그러면서 그들은 제각기 알 수 없는 명령과 고함을 두서없이 질러댔다. 구경꾼도 군인들도 모두 삽시간에 지쳐버렸다. 늙은 목수는 서두르고 있었다. 갑자기 소년은 뺨을 호되게 얻어맞았다. 꽉 잡아! 축 늘어진 사내는 똑바로 눕혀졌다. 횡목에 얹힌 목이 수직으로 꺾인 꼴이었다. 헉헉대는 숨에 밀려 입 속의 거품이 밀려나왔다. 그 사이로 혀가 길게 비어져 나왔다. 소년은 사내의 팔뚝을 잡아 누르고 있었다. 늙은 목수는 대못을 셋째와 넷째 손가락 사이에 끼고 단단히 틀어쥐었다. 주먹과 그 가운데에 불끈 솟은 대못은 하나의 커다란 송곳이 되었다. 그러고 입을 앙 다물어 용을 쓰면서 팔목에 대못을 찔러 넣었다. 뼈가 바스러지는 소리가 났다. 늘어져 있던 팔이 움찔거렸다. 소년은 눈을 감고 아예 자기 배를 손 위에 얹어 온몸으로 사내의 팔을 찍어눌렀다. 늙은이의 망치질은 단 세 번에 못을 완전히 박아 넣었다. 처음에는 조금 약하게 그리고 세게, 단호하게 내리쳤다. 마지막은 팔뚝의 살에 얹히는 망치 소리가 둔탁했다. 소년은 차가운 사형수의 팔을 잡고 세 번 크게 흔들렸다. 사내는 팔을 잡아 빼려는 모양이었다. 그의 입에서 가늘고 긴 신음이 이어졌다. 횡목의 양끝이 밧줄에 묶여 들어올려졌다. 사내의 몸뚱이는 불길한 소나기처럼 쏟아졌다. 소년은 늙은 목수의 명령으로 허공에 뜬 사형수의 두 발을 끌어안았다. 커다란 두 발은 돌처럼 차고 딱딱했다. 핏방울 하나가 소년의 머리에 떨어졌다. 함성이 터졌다. 사람들은 소년의 머리 위를 쳐다보며 박수를 치고 발을 굴렀다. 만세를 외치는 사람도 있었다. 가슴 앞으로 못질하는 소리가 밀려들었다. 기둥이 울리면서 거기에 기대고 선 소년의 어깨마저 울려왔다. 소년은 뛰는 가슴을 기둥에 더 바짝 밀착시키면서 기둥과 함께 흔들렸다. 사람들은 야유하며 침을 흘리고 울부짖었다. 못질은 그칠 줄을 몰랐다. 소년은 눈을 질끈 감았다. 눈가로 땀과 눈물이 범벅이 되어 흘러내렸다. 다시 저 위쪽으로부터 망치질 소리가 울려 퍼지는 동안 소년은 부들부들 떨리는 자신의 살덩이를 느꼈다. 타격이 한 번 있을 때마다, 이것은 마치 캄캄한 하늘이 땅 속으로 파고들면서 자기 몸뚱이를 통째로 그 무시무시한 녹슨 대못으로 만들어버리는 것 같았다.

　벌써 동이 트고 있었다. 소년은 젖은 몸으로 달린 사내 앞에 섰다. 몸이 추위로 굳어갔다. 술을 들이켰다. 나머지는 이마에 부어버렸다. 둥근 달이 보였다. 달은 피에 젖은 기둥 위에 매달려 죽어있는 사내의 머리 너머로 떠있었다. 소년은 허공으로 술에 취한 입김을 쏟았다. 새벽인데도 아랑곳없이 파리들이 꼬여들고 있었다. 달린 사내는 흙 속에서 뭔가를 찾으려는 듯이 상체를 앞으로 깊숙이 내려뜨리고 있었다. 소년은 숙여진 사내의 얼굴을 자세히 들여다보았다. 눈알이 쏟아질듯이 크게 부풀어 있어서 소년은 주춤거렸다. 벌어진 입과 찢어진 이마, 그리고 피범벅이 되어 말라비틀어진 머리카락이 갈라지고 터진 볼 위로 늘어져 있었다. 새까맣게 타버린 얼굴은 전체적으로 코끝을 향해 쏠린 채 굳어져있었다. 파리가 입과 눈에 붙었다가는 떨어지고 다시 때리듯 날아와 붙곤 했다. 쥐어짠 듯이 뒤틀린 어깨는 흡사 사내의 뒤통수에 바로 붙어버린 것 같았다. 창에 찔린 옆구리의 구멍이 검게 드러나 보였다. 바짝 마른 가슴에서 갈비뼈 사이에 털이 한 뼘 가량 떨어져 나간 부분이 있었다. 그 큰 상처는 어쩐지, 이 자는 이렇게 죽도록 되어 있었다는 것을 증명하는 아주 천하고 동물적인 징표로도 보였다. 하체는 비참하게 내려지고 벌어져있었다. 소년은 어이없어 피식 웃고 말았다. 그리고 뒤로 벌렁 자빠졌다. 새벽 놀은 아름다웠다. 소년은 양 손을 깍지 껴서 팔베개를 하고 개구리처럼 매달린 사내를 쳐다보았다. 소년은 그 꼴을 하고 있는 사내에게 적개심이 일었다. 사내의 두 발은 붉은 기둥을 사이에 낀 꼴로 복숭아 뼈에 못이 박혀 있었다. 무릎과 무릎은 양쪽으로 벌어질 대로 좍 벌어져 있고 그 사이에 피와 땀과 먼지의 범벅으로 더러워진 성기가 축 처져 있었다. 음모도 엉겨 붙은 채 살갗에 착 달라붙어서 그런지 마치 민숭하게 다 깎여버린 것처럼 보였다. 소년은 욕설 한마디를 소리 높여 크게 내뱉었다. 별은 이미 사라지고 없었다. 소년은 다시 바위가 뜨뜻하게 데워질 때까지 누워 있을 작정이었다. 점점 등줄기가 썰렁해졌다. 소년은 모로 누웠다. 그러다가 힐끗 죽은 사내를 쳐다보았다. 부릅뜬 눈과 마주쳤다. 그것은 이미 생기도 뭐도 없는 그냥 눈알에 불과했다. 소년은 듬직한 배짱이 솟는 것 같아 공연히 혼자 거드름을 피우며 헛기침을 한 번 했다. 죽은 자의 비참한 몰골은 그를 죽이면서 느꼈던 저 이상하고도 끈질긴 수치심을 덜어주었다. 윙윙거리는 파리 떼가 죽은 사내에게 달려들고 있었다. 소년은 졸기 시작했다. 파리는 빠르고 무섭게 달려들었다. 핏방울처럼 새빨간 파리였다. 놀은 정말 아름다웠다. 이제 곧 해가 뜨고 바위를 녹일 듯이 이글거릴 것이다. 강물은 물이 아니라 바위가 녹은 물이었다. 그 위로 붉은 기둥이 떠가고 있었다. 사내는 횡목을 하고 그 위에 누워 있었다. 소년은 그가 누워 있는 나무였다. 따스한 그의 등이 소년의 가슴 위에서 두근거리고 있었다. 소년은 온통 하나의 손이 되어 있었다. 그들은 한 몸이 되어 두둥실 떠가고 있었다. 소년은 사내가 자기 위에서 고르게 숨을 쉬는 것을 느끼고 고맙게 생각했다. 소년의 눈에서는 눈물이 무섭게 튀어 올라 이리저리 날아다니고 있었다.

그러다가 소년은 눈을 떴다. 처형된 성자에게 아침 햇살이 정면으로 비쳐지고 있었다. 그러나 끔찍했던 그 사내의 모습은 아주 멀게만 보였다. 소년은 꺼지는 땅 속으로 한없이 추락하고 있었던 것이다. □

(2000년 11월)

# 이상한 행진

소나기가 그치고 거리는 온통 위협적인 햇살로 가득했다. 날카롭게 울려대는 꽹과리의 환청 속으로 수많은 빛 조각들이 고통스럽게 검은 등을 뒤척이며 어지러이 흔들리고 있었다. 신경질적으로 울려대는 자동차들의 경적 속에서 나는 꼼짝도 할 수 없었다. 어떤 견고한 상자 같은 것이 입을 벌리고 나를 노리고 있었다.

그때 젊은 여인 하나가 나를 바라보며 지나쳐 갔는데, 만약 그 여자가 내게 "그렇게 서 있지 말아요, 걸어요." 하고 말해 주었다면 난 다시 정상적인 자신으로 되돌아 왔을지도 모른다. 그러나 나는 사령부의 결정에 그만 붙들려버린 것이었다.

"왜 이럴까? 무엇이 오려나?"

나는 어떤 운명적인 것을 기다리면서 그래도 제발 무사히 이 이상한 상황이 빨리 끝나기를 바랐다. 무서운 짐승의 포효가 예감되었다. 그러나 그것이 어떤 짐승인지는 정확히 알 수 없었다. 아마도 네모진 입을 짝 벌린 무쇠 상자 같은 것이 아닌가 짐작되었다.

"벌써 한 시간은 지났을 거야." 나는 그대로 서서 기다렸다.

그러자 정수리로 검붉은 상자 모양의 태양이 쏜살같이 쏟아져 내리며 울부짖었다. 온몸의 피가 타 들어가는 두려움과 고통을 느끼며 나는 쓰러졌다.


눈을 떴을 때는 이미 겨울이었다. 병실의 문이 열리자 젊은 간호사가 빛을 등에 지고 컴컴한 모습으로 다가왔다. 새벽인 듯했다.

"김윤우씨 좀 어떠세요?" 불을 켜며 간호사가 속삭였다.

"……."

"왜 표정이 그래요? 열이 많이 내렸으니까 이제 기운을 내세요."

막막한 느낌이 고스란히 타버린 모기향의 잿더미처럼 둥글게 톡톡 끊겨 있었다. 약병을 갈아 끼우는 간호사의 가늘고 긴 손가락과 작은 머리통을 나는 물끄러미 바라보았다. 멋지게 휘어진 허리와 통통하고 하얀 엉덩이를 향해 코를 몇 번 벌름거려 보았지만 달콤한 기분은 두통 때문에 아쉽게 사라지고 말았다. 번쩍이던 거리의 모습이 어렴풋이 떠올랐다. 빛이 나를 가두었던 그날은 그리이스 대사관에 들렀다 나오던 참이었다. 간호사는 나와 눈을 마주치고는 잠깐 당황하더니 곧 내 이불을 토닥거리며 엄한 척했다.

"기운을 내요! 언제까지 이렇게 누워만 있을 작정이에요?"

퇴원을 하고도 나는 쫓기는 기분을 떨쳐버릴 수가 없었다. 난데없이 해마의 환상이 자꾸만 나를 사로잡았기 때문이었다. 빛과 함께 쏟아지던 공포의 짐승은 바로 해마를 낳은 그 시뻘건 무쇠 상자였을 것이었다. 눈앞의 해마를 처음 보았을 때 나는 이 환상을 인정할 것이냐 말 것이냐를 빨리 결정해야만 했다. 그 재촉은 무척 강렬했다. 그것은 두껍고 차가운, 흡사 강철판 같은 어떤 사령부의 명령이라는 것을 이해했기 때문에 나는 해마의 환상을 인정해야만 했다. 그러자 환상은 비밀이 되었다. 큰아버지의 회사에서 만드는 대형 판유리처럼 투명하고 완강한 그런 비밀이었다. 나는 해마가 이마 위를 미끄러져 갈 때에도 그런 환영이 마치 전혀 없는 것처럼 행동해야 했다.

"무엇이 우습다는 게냐?" 하고 아버지가 놀란 눈을 치뜨고 불쾌한 표정을 지으며 나를 향해 다그쳤다.

"아, 아닙니다."

"어험." 하고 아버지는 펼쳐들고 보던 신문을 더 세차게 좍 펼쳤다.

해마는 신문지 너머로 숨어들었다. 정치꾼인 아버지는 늘 신문을 들고 있었다. 나는 슬며시 아버지의 이마와 신문 사이로 얼굴을 들이밀었다.

"어허, 무슨 짓이냐?"

"아, 아닙니다."

그러나 나는 해마를 찾아 신문지와 그의 가슴 사이를 두리번거렸다. 나는 이것이 불합리하고도 비현실적이라는 것을 알았기 때문에 만약 누가 나의 어깨를 단단히 틀어쥐고 그러지 말라고 명령했다면 당장 이런 행동을 하지 않았을 것이다. 그러므로 내 행동은 전적으로 명령의 강도와 엄격성에 달려 있었다. 그러나 사령부의 명령은 아무도 모르는 곳에서 오고 있었다. 명령이란 자기가 자신에게 내릴 수는 없는 것이기 때문에, 만일 사령부가 없어진다면 난 이미 자기 자신이 아닐 것이라고 다짐하며 나는 어깨를 축 내려뜨렸다. 그때 해마는 나의 정수리에 내려앉더니 점점 작아지기 시작했다. 주먹만하던 해마는 앵두만해지고, 차츰 성냥 알갱이만큼 작아져서 나의 콧구멍 속으로 쏙 들어갔다. 비강을 지나 뒤통수 쪽으로 내려가던 해마가 콧등을 찡그렸다.

"해마야, 뭐니?" 하고 나는 떨리는 음성으로 모호하게 물었다.

해마는 차츰 커지며 나의 얼굴을 가득 채웠다. 나의 광대뼈는 해마의 광대뼈에 의해 안으로부터 무지근하게 눌려왔다. 마침내 내 얼굴이 쪼개지고 해마의 얼굴이 드러났다. 나는 이제 해마가 되었지만, 그것을 아는 자신은 비밀을 지켜야 하기 때문에 아직도 나는 내가 나 자신이라고 거짓말하기로 했다. 그래서 사령부는 그렇게 보호되었다.

"봄이다. 이놈아." 하고 윤철이 형이 나에게 말했다.

"재판 가세요?" 하고 나는 작은 커피 잔을 든 큰형의 뽀얀 손을 보며 물었다. 그러면서도 나는 해마의 길쭉한 주둥이를 의식했다. 짐승은 차갑고 딱딱했다. 이것을 잊기 위해선 담배를 피워야만했다.

"너는 언제부터 형 앞에서 담배질을 하게 되었니?" 하고 물으면서 형은 와이셔츠의 위팔 부분을 조이고 있던 그 뱀 껍질 같은 밴드를 버릇대로 슬쩍 끌어올리며 쏘아보았다. 해마는 쓰윽 웃었다. 잔금 투성이인 해마의 뺨이 뒤틀리는 감촉을 느끼며 형에게 비밀을 지켜야 하는 자신을 변호할 수 없어서 나는 조금 쓸쓸했다.


"자네 왜 웃나?" 하고 상무라는 사내가 나를 빤히 보며 물었다. 그러고보니 나도 모르게 비죽이 웃고 있었다.

"……."

"앞으로 자네 어려운 점이 있으면 나와 상의하라는데 뭐가 그리 우습나?" 하고 상무는 잠깐 나를 노려보다가 내가 맞쏘아보자 슬며시 외면했다. 어쩐지 상무는 자기가 나에 대해 최선을 다하고 있다는 것을 나에게는 물론이고 스스로에게도 정확히 인식시키기 위해 초조해진 것처럼 보였다.

"지법에 계신 자네 형님과도 잘 아네만, 더욱이 자네 부친께서야 워낙 바쁜 분이시고, 그러니 김준도 회장님이 직접 나한테 지시하신 것이 아니겠나. 자네 좀 챙기라고……."

나는 대꾸하지 않았다. 그것이 서로 뻔뻔하게 적의를 드러내는 것 같은 이상한 긴장감을 만들어 버렸다. 스스로 당당한 것도 같고, 용렬한 것 같기도 했다.

"자, 그러면……." 하고 상무는 다시 친근감을 과시하며 자기 어깨를 내게 기웃이 붙여 왔다. 그의 눈은 파충류를 닮았다. 손은 갓 구워 낸 빵의 속살 같다. 날선 양복바지는 맵시 있게 헐렁하다. 나는 저 사람의 사타구니 사이에는 자기 회사에서 만든 유리 조각이 다섯 개 박혀있을지도 모른다는 상상을 했다. 그는 계속 지껄여댔다. 얇고 까만 입술은 아버지의 부대 장병들이 그렇게도 많이 때려잡았다는 베트콩의 얼굴을 연상시킨다.

열 시가 되기 조금 전에 나는 상무와 헤어지고 거리로 나왔다. 황사가 이는 하늘은 얼룩 한 점 없이 한결같이 누렇기만 할 뿐 높은지 낮은지 잘 분간이 되지 않았다. 황하가 하늘을 타고 서울까지 흘러오는 것 같다. 버스는 다시 종점으로 돌아가고 있었다. 나는 제일 뒷자리에 앉아 멍청해졌다. '아, 저거 아까 본 빌딩이네'하고 알아볼 때는 반가웠다. 버스가 멈췄다 출발하는 시간과 속도에 익숙해지자 느긋하게 흔들리는 몸과 더불어 마음까지 풀어져서 아주 편안했다. 기사는 무표정하고 과묵하며 정확했다. 네거리에서 나는 하늘을 쳐다보았다. 흙탕물이 흐르는 하늘에 거의 투명에 가까운 해마 한 마리가 느리게 떠가고 있었다. '해마아' 하고 난 가만히 불러보았다. 이럴 때는 의사 말대로 약을 먹고 안정을 취해야 된다. 상무와 말하다가 신경이 너무 예민해진 것이다. 한 때는 해마를 죽이려고 일부러 독한 담배 연기를 허파 속 가장 깊은 곳까지 삼켰고, 연탄재도 먹어 보았지만, 소용없었다. 그것은 강철로 된 사령부의 명령 자체였기 때문이다. 지금은 저렇게 탈색된 모습을 보이지만, 이것은 일종의 지휘 통신 과정의 한 방식이며, 충성이 요구하는 투명성을 체득해야만 이해될 수 있는 강인하고도 정교한 현상이다.

해마 덕에 버스마저 차츰 투명해졌다. 놈은 버스를 따라 투명한 선을 남기며 날고 있었다. 직선. 지그재그. 원호. 이번에는 오른쪽으로 원호. 그리고는 점. 다시 직선. 주욱 늘씬하게 뻗어 가는 직선. 해마는 아주 매끄럽게 날고 있다.


클랙슨 소리에 잠을 깬 나는 입가에 흐르는 침을 닦았다. 차들로 꽉막힌 종로 거리를 곡예 운전으로 비집고 나가는 바람에 차체가 몹시 흔들렸다.

나는 사람들이 모인 공원 입구로 어슬렁대며 다가갔다. 입구인 솟을대문 앞에는 축제를 알리는 현수막이 내걸려 있었다. 은행나무 밑에서 쳐다보니 흔들리는 막은 흙탕물 위로 떠내려가는 듯이 보였다. 사라진 해마를 찾으려고 한동안 하늘만 쳐다보던 나는 노인들의 어깨에 부딪쳤다. 몸을 부대끼며 그들 사이를 비집고 공원 안쪽으로 나아갔다. 노인들의 몸은 가볍고 차가웠다. 가볍게 물러나며 주름진 낯으로 힐끗 올려다보는 노인들의 몸짓은 활력 넘치는 것들을 일부러 비웃으려고 그러는 듯이 지나치게 조심스러웠다. 대문 밑 그늘 속에는 노인 몇이 검붉은 기둥에 등을 기대고 쭈그려 앉은 채 흰 손수건을 주물러대고 있었다. 그들은 발등을 밟히지 않으려고 무릎을 잔뜩 오그리면서도 결코 일어나려 하지는 않았다. 저 앞쪽에서 나팔 소리가 들려왔다. 대문을 벗어나자 널찍한 마당이 나왔다. 개 두 마리가 왼쪽의 화장실 쪽으로 껑충껑충 뛰어갔다. 사람들은 입구에서 시작하여 동상 옆을 끼고 돌아 정자 너머까지 이어지는 긴 줄을 만들고 있었다. 정자 위에서는 검은 턱시도 차림에 실크 해트를 쓴 노인이 색소폰을 불고 있었다. 창백하고 홀쭉한 뺨을 씰룩거리고 목을 꿈틀거리는 꼴이 흡사 마우드피이스를 조금씩 입 속으로 삼키려는 것처럼 보였다. 주름진 눈가에까지 성긴 수염이 돋아 있는 노인은 옷을 입힌 원숭이 같았다. 그가 리듬에 따라 비쩍 마른 몸을 느릿느릿 비트적거리며 나서거니 뒤서거니 할 때, 바로 그 밑에 줄 서 있는 노인들 몇은 그 가락에 맞춰 가볍게 몸을 흔들어대고 있었다. 제자리에 서서 춤을 추는 그들은 나란히 손을 들어 가슴께에 올리고 자동차의 윈도우 브러쉬 마냥 되풀이해서 양옆으로 흔들었다. 바야흐로 색소폰 주자는 배배꼬인 턱수염을 바르르 떨고 움푹 꺼진 눈알을 희번덕거리며 사람들의 허연 머리 위로 절정의 선율을 흩뿌리고 있었다. 그리하여 줄지어 선 늙은이들과 그들의 알 수 없는 이 기다림은 도심 특유의 둔탁한 소음을 빨아들이고 있는 황사 속으로 어우러지며 어쩐지 치명적인 느낌을 주고 있었다.

 "이런 개새끼들." 하고 한 노인이 교미 붙으려는 개들을 향해 지팡이를 휘둘렀다. 나는 그쪽을 향해 옆문으로 나아갔다. 마주 놓인 벤치에는 노인들이 빼곡이 들어앉아 있었다. 지팡이 위에 턱을 괴고 눈을 지그시 감은 사람, 뭉툭한 손을 들어 눈썹을 연방 문지르고 있는 사람,

상체를 틀어 서로 마주한 채 가운데 놓인 소주와 새우젓을 보면서 말 없이 합죽한 입만 오물거리고 있는 한 팀도 있었다.

나는 개들을 따라 옆문을 지나 골목으로 나왔다. 때에 전 비둘기들이 부리나케 물러나다가 한꺼번에 날아올랐다. 골목은 먼지가 날리는 응달 너머 극장 앞의 공터로 이어져 있었다. 한 켠에 사람들이 가득 몰려 서 있었다. 야바위꾼은 손바닥만한 카드 석 장을 난작난작 뒤집고는 도로 들어올리더니 푸른 비로도 천이 깔린 판 위로 재빠르게 이쪽 저쪽으로 옮겨 놓다가 결국 가지런히 늘어놓으며 읊었다.

"자, 요놈이 어디 있느냐? 어디? 여기? 아니다. 그럼 요기? 자, 자, 골라, 찍어."

다시 손등은 어지러이 움직였다.

야바위꾼 옆에서는 중늙은이 하나가 목에 마이크를 감아 걸고 입으로 동료의 손놀림에 박자를 맞추다가 작은 원숭이 쪽으로 손을 뻗쳐 턱을 살살 긁어주곤 했다. 빨간 조끼에 파란 비단 빤쓰 차림의 원숭이가 고구마 껍질을 이빨로 잽싸게 벗겨내다가는 갑자기 입놀림을 멈추고 나를 쏘아보았다. 볼록볼록하게 돋아진 볼때기와 동그란 눈알이 불안하게 꿈틀거리더니 두 손으로 자기 목살을 잡고 마구 뒤흔들었다. 원숭이는 증오에 찬 신음을 토해내며 거칠게 몸을 비틀었다. 나는 원숭이의 눈길을 피해 그들이 좌판을 벌인 수족관 앞을 서성거렸다. 그러다가 야바위꾼의 어깨너머로 빨간 동그라미 표시가 된 카드를 마음속으로 가늠해 놓았다. 그러나 신기하게도 틀려버렸다. 다시 어림쳐 보았다. 또 틀렸다. 그러면 이번에는……. 그러나 눈가로 빨간 금붕어 한 마리가 아니라는 듯이 지느러미를 살랑살랑 흔들며 유유히 헤엄쳐 지나갔다.

나는 공원의 담을 끼고 왼쪽으로 나아갔다. 길 건너 물이 고인 골목 어귀 계단 위에는 한 부랑자가 쓰러져 자고 있었다. 그의 손톱은 원숭이의 것만큼이나 새까맸다. 수염도 뺨도 검게 윤이 났다. 마치 지난밤이 잃어버린 어둠의 한 귀퉁이처럼 보이는 그는 다시 밤이 될 때까지는 그 꼴로 꼼짝할 수 없을 것만 같다. 불결은 사내에게 이런 체념을 요구하고 있는지도 모른다. 잠든 사내의 뒤틀린 입술이 자신을 하나의 유우머로 이해하려는 배짱을 부리고 있다. 쥐가 사내의 목덜미 옆으로 쪼르르 기어갔다. 계단 틈서리로 들어간 쥐는 모가지만 조금 내밀고 기다리고 있었다. 뾰족한 주둥이 끝이 조마조마하게 꼬물거렸다. 쥐는 사내의 턱 밑으로 기어가 목을 쏠거나 아니면 젤리같이 말랑한 눈알을 깨물려고 기다리는 지도 모른다. 그에게 다가가자 낡은 화장품에서 날법한 묘하게 썩은 내가 났다. 감긴 눈꺼풀 안에는 어떤 냄새가 날까? 나는 사내를 흔들어 깨웠다. 그가 내 팔을 확 밀어젖혔다. 저녁까지 그대로 누워 있을 태세였다. 그는 이미 결심한 사람이었다. 나도 그런 순응의 정신을 이해한다. 순응하게 되면 사령부는 해마 같은 환상적인 동물들을 보내 우리로 하여금 규칙을 확인하게 만든다. 이것은 정말 신기한 지혜가 아닐 수 없다.

사내가 빙그레 웃는 표정을 짓고 누워 있는 것은 어쩌면 후문 앞에 서 있는 무료 급식 버스가 풍기고 있는 구수한 밥 냄새 때문인지도 몰랐다. 사람들은 식판을 받아들고 고물 상점의 공터로 들어가 쌓아 놓은 텔레비전 수상기에 등을 기대고 나란히 쭈그리고 앉아서 밥을 먹었다. 부숭부숭한 백발을 쓸어 넘기기도 하고 코를 훌쩍이며 국을 떠서 비죽이 내민 입으로 조심스럽게 가져가는 모습들이 무척 겸손하고 쓸쓸해 보여서 나는 그들이 마음에 들었다.

누런 하늘은 더 짙어지고 낮게 깔려서 을씨년스러웠다. 정육점 앞의 대야 속에는 물 속에 잠긴 돼지 머리가 나를 마주 보고 있었다. 뻔뻔할 정도로 쉽게 동강나버린 돼지 얼굴은 줄줄이 걸려있는 닭들의 허연 껍질과 한 쌍을 이루는 듯이 똑같이 허연 몰골로 웃고 있었다.

길은 종로의 큰 길 쪽으로 휘돌아 뻗어있었다. 뚱뚱한 중년 여인이 꽃가게에서 나와 쥐고 있던 장미 다발로 개들을 쫓았다. 개들은 쫓기면서도 꼬리를 흔들고, 냄새를 맡다가 돌아다보며 한 번 짖기도 했다. 여인은 벌겋게 불은 손바닥으로 줄기의 가시를 훑어내며 한바탕 욕설을 쏟아놓았다. 꽃바구니 속에는 무척 인공적으로 보이는 노란 튤울립이 가득했다.

"이봐, 자네는 거기서 뒷사람일랑 막고 섰지 말고 이리 오라구." 하며 허여멀쑥한 노인이 나에게 손짓을 하며 큰소리로 외쳤다. 키가 훤칠하고 살집도 풍성한 그는 우렁우렁한 목소리와 꽤나 근엄하고 당당한 태도로 버티고 서 있었다. 양 볼이 보기 좋게 쳐진 노인의 혈색 좋은 얼굴에서는 소년다운 장난끼도 조금 흐르고 있었다.

"이 식판을 말이야, 이 벙거지 늙은이 대신 좀 잡고 있으라고. 그렇지. 원 지랄로 덜덜 떨고 있으니 국을 퍼 줄 수가 있나 원." 하고 노인은 합죽이 입을 잔뜩 오므린 채 비죽비죽 웃고 있는 늙은이를 윽박지르는 시늉을 하며 나에게 일렀다. 노인은 국자를 슬며시 휘저어 두부와 시금치 건더기를 듬뿍 떠서 식판 위에 쏟았다. 그 몸놀림이 아주 다정해 보였다.

"천천히 다 자셔야 돼. 남기면 앞으로는 국물도 없을 줄 알라구." 하고 노인은 여전히 흐물흐물 웃으며 물러나는 늙은이의 야윈 어깨를 툭 치며 말했다.

　"다음 오시우." 하고 노인은 줄 선 사람들의 머리 위를 향해 기운차게 외쳤다.

　멀리서 호각 소리가 요란하게 울렸다. 저 너머로 밀린 차량들로 보아 교통이 완전히 마비된 것 같았다. 오후에는 황사가 더 심해지려는 태세였다.

　"아, 이 사람아 대충 대충 하라고 했는데, 거 뭐 비누칠을 그렇게 까지 하누." 하고 노인이 내 옆으로 다가서며 말했다.

　"너무 더러워서 그럽니다. 내일도 여기서 오늘처럼 그럴 거 아닙니까?" 하고 내가 눈꺼풀을 간지럽히는 머리카락을 쓸어 넘기며 대꾸했다.

　"됐어, 됐어. 그리구 이리와 봐." 하고 노인은 내 어깨를 끌어안고 갔다. 그는 나보다 한 뼘 정도 키가 컸다.

　"집이 어디우?" 하고 노인이 물었다.

　"단장님. 장기 한판 두고 슬슬 준비해야지. 벌써 두 시야." 하고 한 청년이 우리 사이로 끼어 들며 노인에게 말했다. 우리는 오토바이 수리 점 앞에 섰다. 그들은 익숙하게 자리를 잡고 앉아 장기를 두기 시작하더니 오 분쯤 지나자 노인이 이겼다.

　"제기랄. 다시 둬." 하고 외팔 청년이 노인에게 말했다. 아주 친한 사이인 것 같았다.

　"좀 팔립니까?" 하고 단장이라고 불린 노인이 개장수에게 말을 걸었다. 그는 강아지 새끼를 상자 가득 담아 좌판을 벌인 채 고개를 돌려 장기판을 열심히 들여다 보고 있었다. 개장수는 말없이 입을 다시면서 강아지 새끼들을 두 손으로 주물러댔다. 주먹만한 강아지들은 서로의 등을 타오르려 하며 바들바들 떨었다. 단장이 수를 읽는 동안 외팔이 청년은 나달거리는 수첩을 꺼내 골똘히 들여다보았다. 한 손으로 종이를 넘기는 솜씨가 묘했다. 수첩에는 파랗고 붉은 숫자들이 여러 도표 속에 빼곡하게 적혀 있었다.

"옛다. 장이다." 단장은 외팔 청년으로부터 잡은 말 둘을 서로 딱딱 부딪쳐대며 굵직한 목소리로 외쳤다. 청년은 수첩을 접어 청바지 뒷주머니에 쑤셔 넣으면서 낮게 투덜거렸다.

"조금 있다가 가게 문 닫고 목욕이나 다녀와. 난 단원들 불러서 춘자네에 갈 테니까"

"다들 참 오랜만이죠, 아버지."

"아무렴……"

나는 아버지라 불린 사내와 그렇게 부른 아들을 번갈아 보았다.

"참, 그리고 여기 이 친구하고 함께 다녀오라구. 참 좋은 사람이니까." 하고 단장이 장기판을 내려다본 채 손만 들어 나를 가리켰다.

"대학생이우?" 하고 그가 물었다.

"지난 해에 경영학과를 졸업했다네." 하고 노인이 대신 잽싸게 대답했다.

"그래요? 경영을 잘 하겠구만." 하고 나를 힐끗 쳐다본 젊은이가 다시 장기판으로 머리를 숙이며 중얼거렸다.

"잘 하다마다, 보라우, 얼마나 멀쑥하게 잘 생겼나. 척 보면 엘리트지. 부친이 김상도 장군이래." 하고 말한 단장은 나를 힐끗 돌아보고는 미소 띤 표정으로 상대의 숙인 얼굴을 짓궂게 들여다보았다.

"아, 그이야 월남에서 유명했지. 내 한 번 이 사람 부친하고 골프를 한 적이 있어요. 원주 사령부에 계실 때 말이야."

"그래? 쳇." 하고 젊은 사내는 자신의 무릎 사이로 느릿느릿 침을 떨구었다. 그들은 나를 무시한 채 나에 대해 주고받고 있었다. 단장이라는 노인이 허풍을 떨고 있는 것 같지는 않았다. 도대체 그는 누굴까?

"제기랄 또 깨졌잖아." 하더니 사내는 담배를 피워 물고는 푸른 일회용 라이터를 장기판 위로 내던졌다.

"그럼 다녀와." 하고 단장이 거구의 몸집을 천천히 일으켜 세우며 사내와 나를 손가락 끝으로 번갈아 가리켰다.

그는 알몸으로 의자 위에 벌렁 나자빠져 있었다. 건장한 몸체에 가슴과 배 근육이 몹시 발달한 청년이었지만 왼팔만은 갓난아이의 팔 모양을 하고 있었다. 그는 그 작은 손을 들어 자신의 왼뺨을 만지작거리고 있었다. 꼬무락거리는 손가락 끝에 연분홍 손톱이 푸른 갓의 스탠드 불빛 아래서 반짝였다. 나는 사내를 의식할 겨를도 없이 그 어깨와 팔만 주시하고 있었다. 그는 자기 몸 속에 작은 사내아이를 하나 집어넣고 있는 것은 아닐까? 나의 시선을 받고 있던 사내가 빙그레 웃으며 나직이 말했다.

"만져 보슈. 아주 보드라운 손인데……" 하고 사내는 그 손을 내게로 뻗치며 악수를 청했다. 나는 그 손을 잡았다. 서슴없이 행동한다는 것을 보여주기 위해 나는 잽싸게 움직였다. 그 바람에 내 목에 걸쳐놓았던 수건이 떨어졌다. 이런 것은 사내의 이상한 팔이 갖는 강점일 것이라고 나는 생각했다. 정말 손은 아주 보드랍고, 작고, 그리고 싸늘했다.

"재미있네요."

그 팔이 조금 불쾌한 느낌을 준다는 것을 솔직하게 말한다는 것이 그만 어울리지 않는 표현으로 되었기 때문에 나는 자신 없게 웃어 보였다.

"뭐가 말이유?" 하고 사내가 상체를 일으키고 가죽의자의 등받이를 올려 세우며 물었다. 나는 가만히 누워 대꾸하지 않았다.

"이 팔이 조금 이상하긴 하지? 흐흐." 하고 사내는 아주 음침하게 웃었다. 그러나 이 웃음은 왠지 안도감을 주었고, 그를 나이에 비해 아주 너그러운 사람으로 보이게 했다.

"……."

"차라리 절단을 해버리면 우스꽝스럽지는 않을지도 모르지, 그렇지?" 하고 사내는 능청을 떨었다. 어두컴컴한 가운데서 보니 나이를 가늠하기 어려웠다. 마흔이 넘어 보이기도 한다.

"솔직히 전……. 아까 처음에는……. 외팔이신 줄 알았지요. 그러나 우습지는 않습니다. 절대로." 하고 성급하게 대꾸한 나는 나도 모르게 그에게 아부 한 마디를 던진 것 같아서 울적해졌다.

사내는 담배 문 입을 비틀어 올리며 씨익 웃었다. 그러더니 오른손으로 성냥 곽을 집어들고 손가락 사이에 낀 다음 엄지로 밀어 열더니 나머지 손가락을 꼼지락거려 성냥 한 개비를 교묘히 꺼내 약지와 장지 사이에 끼워 올렸다. 그리고는 그것을 마치 아이에게 과자라도 주듯이 자기 왼손에 조심스레 넘겨주었다. 작은 왼손이 쥔 성냥개비는 돼지 꼬리처럼 빙글빙글 돌다가 오른손이 들고 있는 성냥 곽에 부딪쳐 불을 당겼다. 불꽃이 오르면서 뾰족하게 내밀어진 그의 입술을 비추었다. 사내는 자기의 아기 손이 들고 있는 성냥을 향해 담배 끝을 살며시 가져갔다.

"돈벌이라우." 사내는 담배를 끼운 손가락으로 왼손을 가리키며 말했다. 말과 함께 담배 연기가 입술 사이로 비어져 나왔다. 그가 다시 털썩 등받이에 기대자 백열등 빛에 그의 코가 확연히 드러났다. 높고 곧은 콧등이었다. 머리통은 축구공만큼이나 동그랬다.

“돈을 번다구요?” 나는 조금 냉소적인 기분으로 지껄이고 나서 주위를 두리번거렸다. 취침실에는 두 사람이 더 있었다. 둘 다 골아 떨어진 것 같았다.

“곡마단 있잖우……” 사내가 내 쪽으로 머리를 돌리고 말했다.

“곡마단?”

“한때는 그걸 했는데, 지금은 아버지가 오토바이 가게를 차려 줘서 그것을 하지. 하긴 렌치 돌리는데는 이 손은 소용이 없어. 오늘 한판 때려 노는 건데. 우리 식구들이 다 모일 거요……”

“그분이 아버님이세요?” 하고 물었지만 아기 손을 가진 사내는 그 질문을 무시했다.

“그럼 노형도 군대는 안 갔겠수?” 하고 사내가 불현듯 생각났다는 듯이 내게 물었다. 몇 년 전 6사단에서 의가사 제대했던 일이 생각나서 나는 급격히 역겨워졌다. 아버지의 요청으로 조용히 돌려보내진 것인데, 보내는 것도 데려오는 것도 자기 마음 대로였다. 난 아버지의 실패작이 분명하다.

“……”

“걱정 말아. 우리하고 어울려서 놀고, 웃고, 술 마시면 그 따위는 입원할 필요도 없이 다 낫는 거니까. 난 허브라고 부른다우.” 하고 그가 새삼 점잖은 태도로 나에게 악수를 청했다. 이번에는 성한 오른 팔을 들었다. 그의 손아귀 힘은 무척 거셌다.

거리로 나온 허브는 앞서서 길다방으로 가던 도중에 불쑥 파라솔 밑으로 들어갔다. 공원의 돌담을 따라 늘어선 파라솔의 처마를 일제히 흔들며 찬바람이 한줄기 불어왔다. 허브가 들어간 파라솔 옆의 가로등 아래에는 개들이 몇 마리 웅크리고 둘러 앉아있었다. 사나운 눈을 빛내고 있는 누런 개는 뒷다리를 들어 자기 턱주가리를 잽싸게 털고 나서 대가리를 맹렬하게 도리질했다. 낮부터 근처를 맴돌고 다니던 그 개들인 것 같았다. 그것들을 보며 우두커니 서있던 나는, 포장을 제치고 나를 부르는 허브의 손짓에 따라 파라솔 밑으로 기어들었다.

점쟁이 여인의 모습은 마치 자신이 자기 몸 속 아주 깊은 곳에 도사리고 있는 듯한 아주 이상한 느낌을 주었다. 그녀는 꼿꼿하게 상체를 세우고 앉아 전혀 미동도 없었다. 목소리는 어딘가 멀리서 들려오는 기계음 같았는데, 입이 꼭 인형의 입처럼 아래쪽에서 누가 올렸다 내렸다 조정하는 것처럼 보였다. 여인은 붉고 살찐 얼굴을 아주 느리게, 마치 선풍기가 회전하듯이 돌려 나를 바라보더니 다시 허브를 향해 돌아갔다.

"우리네 사람인 걸……." 하고 점쟁이 여인이 말했다. 누렇게 주름진 목과 까맣고 얇은 입술이 느리게 움직였다. 반백의 머리를 쪽진 듯만 듯 뒤로 돌려 졸라맨 여인은 흰 한복 저고리 위에 붉은 가디건을 걸치고 있었는데, 기형적으로 좁은 어깨 아래로 아예 팔이 두 쪽 다 없는 것처럼 보였다.

"윤우도 점 좀 쳐보지. 하하하." 허브가 내 등을 툭 치며 말했다. 그때 여인의 몸 가운데 도사리고 있을 진짜 여인을 어리둥절한 기분으로 상상하고 있던 나는 불현듯 투명하게 부풀어오르고 있는 또 하나의 나를 느낄 수 있었다.

그들은 모두 다방에 모여 있었다.

"난 장춘호라고 하우." 하고 낮에 색소폰을 불었던 그 영감이 의젓하게 손을 내밀며 자신을 소개했다.

"이봐 민동성이, 이 젊은이는 자네 조칸가?" 하고 장춘호씨가 물었다.

"그럼, 그럼." 하고 단장이 얼음 든 위스키 잔에 입술을 가져가며 대답했다.

"원, 조카가 몇이나 되는지……." 하고 장씨가 중얼거렸다.

"윤우, 거기 앉아. 이 이가 우리 극단 총감독인데, 솜씨가 그만이지. 앞으로 자주 볼 거야."

갑자기 나도 민동성의 단원이 된 기분이 들었다. 민동성이라는 노인은 일방적으로 상대에게 무언가를 힘들이지 않고 슬쩍 떠넘기는 막무가내의 힘이 있었는데, 일종의 침착한 지배력이 몸에 밴 사람이라 할 수 있었다. 그 옆에 있으면 자기도 모르는 사이에 금방 덩달아 들떠버리는 것이다. 생기를 잃게 하는 습관적 질서 따위는 아무리 사소하더라도 곧바로 냉소에 붙일 수 있도록 고무시키는 능력으로 봐서 그는 노련한 선동가를 닮아 있었다.

"다들 저것 좀 보라구. 얼마나 멋지냔 말이야." 하고 취기가 오른 민동성이 두툼한 손바닥을 한 번 짝 마주치며 두 거인을 향해 외쳤다.

뭉툭한 코와 넓은 하관이 꼭 윤숙이 누나를 닮은 여자였다. 그녀는 팔과 다리의 근육을 과시할 수 있게 고안된 누런 가죽옷을 입고 있었는데, 검은 샌달 끈이 우람한 장딴지를 거쳐 기둥처럼 거대한 허벅지까지를 감아 올라가며 수 차례 십자로 꽉 조이고 있어서 흡사 비정한 형리처럼 보였다. 그러나 넓게 벌어진 인당과 처진 눈 꼬리는 힘의 초점을 흐리고 있었기 때문에 보는 사람으로 하여금 그 무지막지한 덩치가 주는 위압감은 결코 자기 무대의 경계를 넘을 수 없을 것이라는 안도감을 계산하게 만들고 있었다.

"어때 오빠 나 예전 실력 나올 것 같아?" 하고 여자가 우람한 두 팔을 들어 한 쌍의 마주 본 니은 자를 만들며 근육을 과시했다. 하는 짓도 윤숙이 누나하고 비슷하다. 무용 선생이랍시고 살이 디룩디룩 쪄 가지고 나만 보면 못 잡아 먹어서 신경질인 큰누나를 떠올리며 나는 맥주 잔을 탁자 위에 세차게 내려놓았다. 민동성 영감이 내 꼴을 미심쩍은 듯이 힐끗 쏘아보았다.

"오빠라니, 지 애비한테. 쟤는 남자들끼리 낳았어. 동성이 친구인 유 교수가 뒷구녕으로 낳았어." 하고 장춘호가 내 어깨를 두 번 툭툭 치더니 귀에 대고 속삭였다. 그의 입에서는 양파 으깬 듯한 비릿한 냄새가 났다.

"사실은, 사내놈이 애를 낳아서 목하고 허리가 그렇게 두 동강이가 된 거야." 하고 말하며 장춘호는 흐린 눈알을 굴렸다. 나는 그의 입술이 반쪽만 침이 묻어 반짝이는 꼴을 물끄러미 보았다.

"실은 지 딸이야……." 하고 이번에는 손을 들어 제 입을 가리며 은밀히 말했다.

상체 근육 속에 파묻혀서 아주 빈약해 보이는 유방이 얇은 조끼의 가슴 부분을 맥없이 부풀리고 있었다. 긴 머리는 상투처럼 틀어 올려 쇠사슬로 정수리에 꽉 조여 놓았기 때문에 어찌 보면 흡사 죽도록 싸워야만 하는 로마의 노예 검투사 꼴이기도 했다. 그 옆에는 순하고 멍청한 표정으로 반쯤 졸고 있는 거인이 집시 풍의 긴 망토를 걸친 채 커피를 마시고 서있었다. 거인 특유의 장대한 턱과 손아귀 사이에 작은 커피잔이 들려 있었다.

"잘 지냈나?" 하고 어느새 장춘호가 곧추 세운 등을 더욱 곧게 펴며 카랑카랑한 목소리로 물었다.

"에? 에에……." 하고 거인은 튀어나온 입을 확 벌리며 바보 같은 웃음을 흘렸다. 이는 온통 앞니까지 아말감의 은빛으로 빛났다.

"애들은 잘 크는가?" 하고 색소폰 연주자가 묻자, 거인은 잔을 내려놓고 다시 벌쭉 웃으며 창가에 몰려 있는 사람들을 가리켰다. 그러더니 거대한 손을 들어 마주 비벼댔다.

"이 얼간아, 덩치만 크지 느려빠진 네가 웬일로 벌써 옷을 갈아입고 있어! 니 옷은 우리 둘이 덤벼도 빨기가 얼마나 힘든 줄이나 알아? 이 얼간아." 하고 창가의 두 난쟁이는 함께 일어서더니 큰 머리를 나란히 건들거리며 똑같은 말을 동시에 지껄였다. 그것은 참 신기한 재주였다. 한 녀석이 자음을 발음하면 한 녀석은 모음을 발음했는데, 어찌 들으면 짐승이 웅얼거리는 것 같았지만 타이밍이 절묘해서 뒤섞이며 말이 되고 있었다.

"너희들 말이 맞어, 에헤헤." 하고 거인이 답답할 정도로 느릿느릿 대꾸하고는 웃었다.

"저것들도 애비한테 말하는 꼴을 보라지. 저 큰 연놈이 함께 싸질러 놓은 게 바로 저것들이지. 동성이 한테는 손주 뻘인데도 말이야. 싸가지 없게 할애비 앞에서 하는 꼴을 보라지. 하긴, 콩가루 집안이니까." 하고 다시 속삭이는 목소리로 장춘호가 아비타령을 했다. 이 영감은 도대체 무슨 잡소리를 지껄이고 있단 말인가? 나는 슬며시 그의 옆얼굴을 노려보았다.

"저 놈들은 한 업소에서 다들 함께 지내고 있다네. 참 좋은 친구들이야, 안 그래?" 하고 민동성이 장춘호에게 물었다.

"아무렴……. 춘자는 어디 갔나? 마담, 내 딸 춘자는 어딨지?" 하고 장춘호가 거인 여자에게 물었다.

"애, 춘자야. 뭐 하니. 가게문 닫았잖아. 배달도 없는데 어디 가서 바쁜 척하구 자빠져 있니. 썩 나오지 못해, 이년아." 하고 힘 자랑을 마친 거인 여인은 두 영감 옆에 철퍼덕 앉아서 몸에 꼭 끼는 가죽 치마는 아랑곳도 없이 다리를 좍 벌린 채 오징어를 우물우물 씹다가 외쳤다.

"춘자는 부끄러워서 그래." 하고 허브가 마담의 등뒤에서 상체를 돌려 소파 등받이 너머로 팔을 걸치며 말했다. 그는 대각선에 앉아 있는 나에게 윙크를 한번 했다.

"애비가 개하고 붙어 개년를 낳으니 사람의 개니라……. 다시 그 애비가 그 개년과 또 붙어 사내 애를 낳으니 개의 사람이라……. 팔 한 짝이 자라지 않으니 저주가 있을진저……. 그러므로 저 놈은 저 큰 년의 친동생이기도 하고 이종사촌이면서 당숙모의 조카이기도 하지. 원, 쌍 엉망진창 년 놈의 집구석." 하고 장춘호가 허브를 향해 머리를 부르르 떨며 외쳤다. 누렇고 꾀죄한 턱수염 끝도 덩달아 잔망스럽게 바르르 떨렸다.

"시끄러워 이 영감태기야. 뭘 궁시렁대는 거야. 말라깽이가. 그런데 얘는 뭐야? 뭘 해?" 하고 거인 마담이 나를 가리키며 투덜거렸다.

"그 친구는 이제 우리 식구야. 낮에도 우리를 많이 도와줬거든." 하고 민동성이 말했다.

"눈빛이 불안하게 번들거리는 게 좀 이상한 걸. 꼭 미친놈 같아. 히히히." 하고 거인 여자는 뭉툭한 손가락으로 입을 가리며 웃어젖혔다. 생각난 김에 바로 지껄여 버리는 버릇도 큰누나하고 같구만. 씩씩한 기분이 되는 모양이지? 나는 덩달아 느슨하게 웃다가 그녀를 외면해 버렸다.

춘자는 카운터 옆으로 나와 섰다. 그녀는 말간 눈을 동그랗게 뜨고 두리번거리다가 정말 부끄러워서 그런지 소녀다운 가냘픈 몸짓으로 허리를 외로 틀고 카운터 위에 놓인 색색의 아크릴 조각을 하릴없이 손끝으로 만지작거렸다.

"춘자. 우리 예쁜 춘자." 하고 허브가 등받이에 걸친 왼팔을 불뚝 세우며 외쳤다. 그때 춘자는 순간적으로 허브와 나를 번갈아 보다가 배시시 웃었다.

"따님이시라면서요?" 하고 내가 장춘호에게 살며시 속삭였다.

"에헴!" 하고 장춘호는 다리를 바꿔 꼬며 대꾸도 없이 얼굴을 돌려 버렸다.

"주방은 다 치웠니? 이년아?" 하고 거인 여인이 거칠게 물었다. 춘자는 토라진 표정으로 획 몸을 돌리더니 소리내어 껌을 씹으며 난쟁이들이 있는 곳으로 다가갔다. 민동성이 지나치는 춘자의 손을 확 낚아채자 그녀는 폭발적으로 웃으며 몸부림쳤다. 하늘색 플래어 스커트가 부풀고 모두들 흥겹게 웃어 젖혔다.

그때 문을 밀며 한 사내가 들어섰다. 그의 구부정한 등 위에서 방울종이 달랑달랑 울었다.

"어서 와. 이리 들어와. 하하하. 거봐 내 뭐랬어, 멋지지?" 하고 민동성은 사내를 맞아 엉거주춤 일어서서 그에게 술잔을 건네며 말했다. 사내는 얼굴이 새까맣게 탔고, 시커먼 수염에서 윤이 났다. 머리에는 자주색과 붉은색의 줄이 엇갈린 터어반을 쓰고 있어서 영락없는 아라비아 사람이었다. 그는 낮에 쥐에게 쏠릴뻔한 그 거지가 틀림없어 보였다. 그림자처럼 길 위에 쓰러져 있던 이 자는 저녁이 가까워 오자 자신의 부피를 되찾은 것일까?

"허리를 펴고, 그렇지. 턱을 바싹 당기고, 팔짱을 껴야지. 점잖고 거만하게 말이야. 저 눈 좀 보라우. 그럴싸하지 않네? 이런 대님을 매야겠군. 춘자야 뭐하니, 니 서방 바짓가랑이를 좀 매 주려무나." 하고 민동성이 주절댔다.

"누가 누구 서방이야! 제엔장!" 하고 장춘호가 버럭 소리를 질렀다. 금속성의 날카로운 고음이 터지며 다방 안이 쩌렁쩌렁 울렸다.

침을 꿀떡 삼킨 나는 거지의 다리 옆에 쪼그려 앉아 그의 발목을 매만지고 있는 춘자의 가는 허리를 초조하게 바라보고 있었다.

"술 마셔." 하고 거인 여인이 나를 향해 말했다. 나는 머뭇거렸다.

"잔 받어. 동주 이 년은 좋으면 더 무뚝뚝하게 굴어, 윤우 자네가 좋아서 그러는거야."

"시끄러." 하고 동주라는 여인이 민동성의 목덜미를 철썩 내려치며 제지했다.

"허허. 이보게 뭐 하나. 이리 와서 인사하게." 하고 민동성이 거지 아라비아 사내에게 말했다.

"고봉이요." 하고 사내는 먼저 나에게 다가와 허리를 굽실하며 인사했다. 나는 얼떨결에 일어나려 했지만 그는 바로 동주라는 여인 쪽으로 몸을 돌렸다.

"고봉입니다."

"알고 있어, 이 맹추야." 하고 여인은 그를 위 아래로 흘겨보기만

했다.

"안 가요? 차 왔는데." 하고 작고 뚱뚱한 중년 여인이 다방 문을 열고 들어오며 물었다.

"그럼 나가지." 하고 허브가 벌떡 일어나며 외쳤다.

"벌써 준비가 다 된 모양이다." 하고 민동성이 뒤따라 나서며 말했다.

"간단다!" 뒤쪽에서 누군가가 말했다.

"고봉이라고 합니다." 역시 그쪽에서 거지 아라비아 사내의 주눅든 목소리가 들려왔다.

"바로 혼자 나가 버리면 난 어쩌란 말이야. 허브씨." 하고 통통한 아줌마가 화환을 허브 목에 걸며 항의했다.

"이거 치워." 허브가 소리치자, 아줌마는 그의 팔에 매달리며 코맹맹이 소리로 잠깐 교태를 부렸다. 그들이 함께 문을 밀고 나가자 다시 종소리가 잊지 않았다는 듯이 달랑달랑 울렸다.

"아라비아의 꼽추 고봉이라고 합니다."

"자, 다들 나가자!" 하고 뒤쪽에서 민동성이 힘차게 외쳤다.

우리가 탄 승합차는 민동성이 탄 검은색 포텐샤를 뒤따랐다. 승합차의 운전은 허브가 했다. 변속기를 조작할 때마다 그는 가슴을 틀어 핸들 위에 작은 왼손을 올려놓았다. 그래서 허브의 운전은 춤추는 것 같았다. 나는 그 꼴을 바라보다가 웃었다.

"재미있어?" 하고 허브도 웃으며 물었다.

"네."

"나도 할까?"하더니 조수석에 앉은 아줌마가 허브의 리듬에 맞춰 상체를 옆으로 꼬아 그를 마주보고는 생긋 웃어댔다.

"얼씨구. 잘한다." 하고 장춘호가 내 옆에서 말했다.

"어디로 갑니까?" 하고 내가 물었다.

"파주. 에이, 이 고봉 녀석 또 조네." 하고 장춘호가 고봉의 머리통을 차창으로 밀어 제치며 대꾸했다.

"어두워집니다." 하고 들녘을 바라보던 내가 중얼거렸다. 뒤통수에는 의자 등받이를 쥔 거인의 손이 버티고 있어서 어쩔 수 없이 나는 쪼그리고 앉아 있었다. 농장지기라는 두 사내는 매서운 눈매를 번뜩일 뿐 도무지 말이 없었다. 양복 차림에 배가 튀어나온 것으로 봐서 농사꾼들일 리가 없었다. 거인과 나란히 앉은 그들은 가요 메들리를 따라 흥얼거리고 있었다. 거인이 웅얼거리면서 몸을 들썩여서 나까지도 몸이 흔들렸다.

"이 자식 젊은 놈이 걸핏하면 자빠져 자니 이거야 젠장." 이번에는 고봉의 머리를 아예 집어던지며 장춘호가 화를 냈다.

"봐 줘요. 아저씨 걔 요즘 못 먹어서 그래요." 하고 허브가 달랬다.

"꼴 좋다. 이제 우린 다 망한 거야. 이보게 우리가 처음에는 얼마나 굉장했는 줄 아나?" 하고 장춘호가 내 어깨를 밀며 말을 걸었다. 나는 옆에 멈춰선 포텐샤를 내려다보았다. 난쟁이가 운전을 하고 있었다. 민동성 옆에 앉은 춘자는 할멈을 안고 있었다. 조수석에는 동주가 다른 난쟁이를 안고 있어서 대각선으로 닮은꼴을 이룬 그들은 어쩐지 상품 선전이라도 하고 있는 것처럼 보였다.

"왜 또 웃어?" 하고 장춘호가 내 얼굴 옆으로 코를 들이밀고 창 밖을 내다보며 물었다.

"저 분도 운전을 잘 하네요. 머리가 운전대 위에 올라앉은 것처럼 보이지만 서두요. 하하.”

“저 녀석들 앞에서는 그런 식으로 놀리지 말어. 얼마나 신경질이 심하고 무서운 놈들인데 그래.”

“하하하.” 허브가 웃음을 터뜨렸다.

“지 애미 애비 보다 나아. 작은 고추가 맵다지 않아?”

“정말 거인 두 분의 자식들인가요? 난쟁이님들과 거인님들은 연배가 비슷해 보이던데요……”

“자넨 너무 의심이 많은 것 같애. 그냥 그러면 그런가보다 하는 거야. 세상에는 이유를 알 수 없는 것들 천지거든. 이치에 닿는 것만 좋다고 하는 치들은 말이야. 세상을 모르는 거야. 자넨 그런 졸장부는 아니겠지?” 하고 그가 내 손을 잡으며 물었다. 또 그 양파 냄새가 났다.

춘자의 옆얼굴이 앞서 나아갔다. 어두운 그늘에 떠올라 보이는 하얗고 작은 얼굴은 양가의 영애처럼 귀한 티가 났다. 나는 춘자가 영감님 딸 맞냐고 물으려다가 그만두었다.

그때 갑자기 철갑 상자가 천둥소리로 사납게 울리며 떨어져 내리더니 차안의 모든 사람이 다 커다란 해마 대가리로 변해버렸다. 승합차 자체도 하나의 거대한 해마 대가리였다. 비밀을 지켜야 해!

나는 앞서 달아난 춘자를 찾아보려 목을 빼 보았지만 마주 오는 자동차들의 헤드라이트 불빛이 눈을 파고들었다.

귀족인 춘자는 온갖 비밀을 다 알고 있는 것이 분명했다. 왜냐하면 그녀는 고통을 외면하는 모든 사람들의 꿈이기 때문이다. 꿈의 지시를 받는 사람들은 질문에 답하지 않는다. 반대로 꿈에서는 누구도 누구에게 캐묻지 않는데, 그건 사령부의 행동지침이기도 했다. 그러므로 나는 춘자와 함께 비밀을 유지하기 위해서 나에게 함부로 고백해야 했다.

'춘자와 내가 다른 배에서 태어났듯이 형과 누나들하고도 나는 배가 다르다. 그건 틀림없다. 그렇다고 확실하게 씨가 같으냐 하면 그건 모른다. 다만 춘자와는 씨가 다르다. 그건 춘자가 춘자고 내가 나인 것만큼 거의 확실하다. 나는 해마의 머리에 둘러싸여 있기 때문에 이런 흙탕물 속 같은 생각을 해야만 한다. 춘자가 내 안에 들어온다면 씨 문제는 해결된다. 그건 해마를 통해서 그렇다. 그러므로 춘자는 사령부에서 보낸 것이 틀림없다. 눈이 부신 걸로 봐서, 제기랄, 비밀을 지키라는 명령이 확인되는 것이다.'

"왜 그래?" 하고 장춘호가 내 어깨를 흔들며 물었다.

"네? 아아." 하고 나는 멍청해진 머리를 세차게 흔들었다. 해마의 경고는 끝난 상태였다.

"숨이 좀 막혔었나봅니다." 하고 내가 대답했다.

"그것 참. 얼굴이 파랗게 질리던 걸. 젊은 사람이 벌써 그러면 어떻게 하나. 이 고봉 같은 놈도, 그거 두 쪽 밖에 없는 이런 날 건달 놈도 내 딸년을 조올졸 따라 다니면서 기어코 우리 극단 주연 노릇까지 하고야 말았지 않았냐 말이야. 아 젊은 사람이 패기가 있어야지. 어험!" 하고 장춘호는 내 허벅지를 철썩 때렸다.

"다 와 갑니까?" 하고 내가 물었다.

"일곱 시면 들어 갈 거야. 왜 멀미 하나?" 하고 허브가 기지개를 켜며 대꾸하더니 춤추듯이 연달아 기아를 바꾸며 잽싸게 차를 출발 시켰다.

"아니오, 전 아무렇지도 않아요." 하고 나는 심호흡을 했다. 리듬에 맞춰 몸을 흔들어대는 아줌마의 파마 머리에서 분홍색 같기도 하고 사이다 방울 같기도 한 냄새가 났다.

"인생이란 꼭대기에서 시작해서 계속 내리막길이야. 대가리에 뭔가 들어앉을 만하면 알 수 있는 게 고작 실패뿐이란 말이지. 봐! 지금도 실패의 끝 부분을 보려고 이렇게 몰려가고 있지 않나?" 그러나 아무도 장춘호의 말에 대꾸하지 않았다.

"내가 일본서 연주 생활하다가 영구 귀국했어요. 에헴. 그게 벌써 10여 년 전인데, 동두천에 러시아 지주나 살 법한 근사한 집을 한 채 짓고, 내가 좋아하는 뱀하고 원숭이를 길렀지. 오리는 집 앞에 흐르는 개천에서 기른다고 춘자가 졸랐고. 난 귀족이야. 그러니 걸맞게 말을 타고 다녀야 되지 않았겠나?"

"후작이신가요?" 하고 내가 물은 것은 그의 긴 허리와 뾰족한 엉덩이로부터 연상된 후장이라는 단어 때문이었다.

"아무렴. 나는 장춘호 후작님이시지." 하고 그는 거만하게 턱을 치켜세우며 나를 내려다보다가, 순식간에 입 꼬리를 귀 쪽으로 바짝 당겨 올리며 병적으로 커다란 미소를 지었다. 이 웃음은 낡은 표지판처럼 보였다.

"춘자도 승마에는 도사야. 고 게 말 타는 뒷모습이 얼마나 이쁜 줄 아나?" 하고 장춘호는 앙상한 손을 내 사타구니 사이로 미끄러뜨리면서 속삭였다. 이런 더러운 늙은이 같으니라구. 나는 슬며시 기어드는 싸늘한 손을 들어냈다.

"후후후. 요 배라먹는 놈이 고 것에 반해 가지고 밤 낮 우리 집 앞에서 얼쩡대는 거라. 쌍 것이 감히 귀족을 넘봐?" 하고 분노에 찬 눈알을 굴리며 장춘호는 갑자기 버럭 호통을 쳤다.

"조용히 해! 놀랐잖아." 하고 허브가 힐끗 돌아보며 외쳤다.

"네 이놈. 젊은 놈이 감히……." 하고 장춘호는 구두를 벗어 허브를 때리려고 했다.

"아저씨 제발." 하고 고봉이 잠결에 투덜댔다.

"미친 영감. 조용히 해." 하고 조수석 아줌마가 얼굴을 돌려 윽박지르자 이번에는 구두가 그쪽을 향했다.

"진정하십시오 후작님." 하고 내가 그의 팔을 잡으며 말렸다.

"쌍 것들은 예외없이 전부 사나워. 이 고봉이 놈두 우리가 잠깐 외출한 틈에 우리 집에 돼지를 몰고 와 가지고 뱀을 몽땅 잡아먹게 했어. 그 더러운 꿀꿀 돼지 놈들이 내 비단 뱀을 다 먹어버렸어. 나쁜 놈들. 쌍 것들은 귀족하고 정반대로 놀지. 말 대신에 소 기르고, 오리 대신에 닭 기르고, 그러고 보니 견원지간이야. 맞어. 내 참, 그럴 거면 아씨라도 넘보지 말아야지 우리 춘자 아씨를 범해가지고 저런 갈보로 만들어 놨잖아. 으앙." 장춘호는 애처럼 울었다.

"조용히 못 해?" 하고 허브가 소리를 버럭 질렀다.

"쌍놈의 영감태기. 조용히 못 해?" 하고 아줌마가 허브 목소리를 흉내 냈다.

"낮 말은 새가 듣고 밤 말은 쥐가 듣는다. 네 이 연놈들 내가 가만히 있을 줄 알고? 쥐한테 다 이른다? 고봉이가 쥐 속에 새 눈알을 집어넣어서 개천에 풀어 놨거든 그게 헤엄쳐 와 가지고 춘자 년을 범했어. 너희들 우리 원숭이한테 다 이른다? 개새끼 볼때기 맞듯이 한 번 맞아 볼래?"

장춘호가 징징대는 사이 우리는 마침내 파주의 농장에 도착했다.

"어서 오시게들!" 하고 민동성이 둘러선 무리 가운데 서서 두 손을 번쩍 들며 활력 넘치는 인사를 보냈다.

하늘엔 별이 반짝였다. 어느 새 황사에서 벗어난 모양이다. 천막 옆에는 모닥불이 오르고 있었다. 우리는 그곳으로 모여들었다. 북소리가 울리고 그 소리에 맞춰서 체조 묘기가 펼쳐졌다. 난쟁이 둘이 번갈아 거인의 무릎을 짚고 뛰어올라 뒤로 한바퀴 재주를 넘었다.

"잠깐 여러분! 제 말을 들으십시오. 오늘 이렇게 가족 친지, 동네 어른들을 모신 것은 고별 인사를 드리기 위해섭니다."

북소리가 그쳤고, 몇몇 사람은 박수를 쳤다. 나는 민동성의 결후 부분을 우러러보았다.

"여러분 다 아시지만 우리는 여기서 조용히 사업도 했고, 돈도 많이 벌었습니다만."

"마약 장사야. 저 친구 보이지. 히로뽕 만드는 기술자야. 흉악하게 생겼지?" 하고 어느새 내 옆에 온 장춘호가 지껄였다.

"이 공무원 친구들이 가만 놔두지를 않아요. 처음에는 무서워서 얼씬도 안 하더니 이제는 우리더러 나가랍니다. 세금도 꼬박꼬박 내는데 말입니다. 이웃 주민 여러분, 여러분이 우리 식구들 때문에 손해 보시거나 불편하신 점이 있습니까?"

"절대로 없습니다." 하고 한 젊은이가 손을 번쩍 치켜들며 외쳤다.

"검찰이 냄새를 맡았어. 곡마단은 내 아이디어였는데, 이젠 다 들통이 나게 생긴 거지." 하고 장춘호가 속삭였다. 나는 윤철이 형에게 오늘 본 것을 모두 말해 줘야겠다고 다짐했다. 다만 민동성과 허브, 그리고 춘자만은 빠져나갈 길을 만들어 주어야 한다.

"아쉽지만 이제 헤어지는 마당에 여러분들과 이별 잔치라도 하지 않을 수 있겠습니까?"

"옳소오!"

"좋소!"

구경꾼들 중에는 이미 몸을 가누기 힘들 정도로 취한 중늙은이들도 있었고, 그 뒤에는 펑퍼짐한 아낙네들이 옹기종기 모여서 떡을 집어먹고 있었다.

누군가 옆에서 큰소리로 "시작!" 하고 외치자 다시 북이 둥둥 울리기 시작했다.

두 명의 트럼펫 연주자가 불쑥 일떠서자, 징소리와 함께 마치 엄숙한 종교 의식과도 같이 '인견'이라는 팻말이 천막 앞 공터에 던져지고 그들이 천천히 들어섰다. 사람들은 우르르 갈라서서 길을 내었다. 그러자 트럭에 끌려온 이동 무대가 모습을 드러냈다. 사람들에게 떠밀리던 나는 공교롭게도 무대에 가장 가까운 곳에 서게 되었다.

인견은 꿀렁거리는 단을 밟고 가운데로 기어올라와 서더니 소리 없이 크게 오래도록 웃었다. 그 모습에 맞춰 모든 사람들이 동시에 탄성을 올렸다. 인견은 배꼽과 가슴과 얼굴은 오십이 넘어 뵈는 바로 그 여인이었고, 아랫도리와 두 팔은 개였다. 가랑이 사이로는 돌돌 말린 꼬리를 깔고 앉으면서 두 앞다리는 X자로 교차시킨 채 그대로 버티고 있었다. 넓게 벌어진 입 사이로 길고 검은 혀가 이빨들 사이로 오르락내리락 숨차게 움직였다. 먼지 앉은 머리카락은 허옇게 세었고 끝은 진득한 때에 절어 뭉쳐진 꼴로 좁은 어깨를 따라 흘러내렸다. 가슴에는 삼각형으로 졸아든 두 유방이 배까지 축 쳐져 있었다. X자로 얌전히 포개 놓은 앞발이 간혹 그 주름진 유방을 슬쩍 긁어내리곤 했다.

"먹여주지 못하면 못 먹을 인생!" 하고 발가벗은 점쟁이 여인은 큰소리로 느릿느릿 외쳤다. 파라솔 밑에서 듣던 것처럼 멀리서 들리는 기계음이 아닌 본래의 자기 목소리인 것 같았다. 마치 시커먼 흙 속으로 파들어 가는 듯한 허스키한 목소리였다. 그러자 허브가 긴 다리를 죽죽 앞으로 뻗으면서 겅중겅중 뛰어나와 그녀의 뒤에 섰다. 달랑 검은 수영복 차림인 그는 차려 자세를 취했다.

"어머니!" 하고 허브의 상체가 숙여지며 인견의 커다란 대가리를 살며시 감쌌다.

"아들아, 개한테서 사람의 말을 배우는구나!"

인견은 컹, 한 번 짖고 나서 허리를 틀어 허브의 허벅지에 기대어 몇 번 앞발을 허우적이다가 그를 감쌌다.

"어머니이." 하고 허브는 머리를 젖히며 은은하게 불렀다. 징소리가 붉은 조명 아래 길게 여운을 남기고 있었다. 인견은 아들의 무릎을 핥기 시작했다. 그러자 모두들 무대 위로 올라와 줄을 맞춰서 늘어서기 시작했다. 제일 먼저 고깔 쓴 난쟁이 둘이 뒤뚱거리며 달려나와 허브와 인견 옆에 서서 그들을 부축했다. 뒤로는 서서히 장막이 걷히고 우리가 드러났다. 그 속에는 많은 짐승의 무리가 갇힌 채 이리저리 철책 속을 몰려다니고 있었다. 더러는 앉고, 더러는 짖어대고, 더러는 발을 재게 구르기도 했다. 목살을 한꺼번에 몇 개 틀어잡은 거인은 다른 짐승들을 채로 몰아대곤 했다. 벌어진 장막 너머로 별이 보였다. 그때 트럼펫 소리가 찢어지게 울려 퍼졌다.

그러자 행진이 시작되었다. 인견과 허브는 무대를 내려와 객석으로 다가오며 동시에 외쳤다.

"아아, 취하는 밤이다."

인견은 허브의 오른팔로 들어올려져 그 위에 안긴 채 아들의 외침을 뚫고 뭐라고 웅얼거렸다. 뒤쪽 구석 어디서 날카로운 휘파람 소리가 길게 울렸고 인견은 신경질적으로 거세게 소리를 내질렀다. 그 외침은 어쩐지 허공 중에서 뭐라도 하나씩 혀끝으로 꽈서 잡아당기는 것처럼 들렸다. 인견의 꼬리가 길게 늘어지고 검은 성기와 붉은 항문이 드러났다. 갑자기 사위가 조용해졌다. 노동자 차림의 사내 하나는 낡은 챙모자를 손으로 구겨 쥐고 발 앞에 가래침을 뱉었다.

허브는 침묵 가운데를 천천히 걸어서 모두의 중앙으로 이동해 갔다. 드디어 힘찬 북소리에 맞춰서 짐승과 사람들이 행진을 시작했다. 그들은 열을 지어 허브가 안고 있는 인견을 중심으로 빙글빙글 돌기 시작했다. 큰북이 한 번 울릴 때마다 작은북들이 잽싸게 네 번 울었다. 사이사이에 심벌즈가 창! 하고 파편 같은 소리를 터트리면 짐승과 사람들은 더욱 의젓하고 힘찬 몸짓으로 일제히 인견을 향해 얼굴을 돌린 채 앞으로 나아갔다. 그와 동시에 이번에는 객석 반대편에서 젊고 낭랑한 목소리가 칼로 베듯이 울려 퍼졌다. 허브를 좋아하는 통통한 아줌마였다.

"겨엉애하는……."

이어지는 그 여자의 목소리를 뒤섞여드는 트럼펫과 튜바의 강철같은 소리가 짓눌러버렸다. 행진은 질서 있게 나아갔다. 구경꾼들도 그에 맞춰 하나가 되는 것 같았다. 다시 심벌즈가 창! 하고 울렸다.

"겨엉애하는……."

인견은 충혈된 눈을 지그시 감으며 흡사 마취된 야수가 조금씩 고꾸라지듯이 허브의 왼쪽 어깨 쪽으로 머리를 슬며시 기대었다. 앙증맞은 아기 손이 인견의 꾀죄죄한 회색 머리카락을 한 움큼 거머쥐었다. 허브는 어깨에 기대온 인견의 낯가죽에 입을 맞추고 나서 목살을 물어 당겼다. 도사견의 목 가죽이 길쭉이 늘어났다. 그러자 인견은 아프면서도 좋다는 듯한 야릇한 얼굴로 입을 꽥 벌렸다. 설태가 잔뜩 낀 긴 혓바닥이 쳐져 건들거렸다. 누런 송곳니 사이로 빠져 나온 혀는 기운을 잃은 성기처럼 축 쳐져 있었다. 허브가 인견을 한 번 추슬러 주었다.

돼지가 행진 대열 가운데 나타났다. 어깨가 벌어진 당당한 체격의 동주는 양손에 한 마리씩 팽팽한 목살을 우악스럽게 끌며, 무표정한 얼굴은 똑바로 쳐들어 뭉툭한 코를 세운 채 척척 걸어 나갔다. 왼손에 끌리는 허연 암돼지는 넓적한 귓바퀴를 너풀거리며 연방 바닥에 주둥이를 처박고 있었는데, 꼬리에 가까운 허리 끝 부분에 또 하나의 대가리가 붙어 있었다. 언뜻 보면 두 마리가 교미 중에 붙어 있는 것처럼 보였지만 가까이 다가올수록 확실하게 보였다. 뒤에 달린 대가리는 분명히 실재였다. 그래서 그것은 마치 돼지 탈을 쓴 난쟁이가 자기 배 앞에 돼지를 한 마리 안고 걸어가는 듯이도 보였다. 등짝에 솟은 대가리는 눈을 끔벅이고 돼지 코를 곰실곰실, 턱을 삐쭉이 쳐들며 꽥꽥 소리를 내질렀다. 아주 짧고 굵은 목을 쉴 새 없이 움직이는 한 쌍의 돼지 대가리는 서로 어지럽게 꿀꿀대고 꼼지락거리며 끌려갔다. 오른쪽의 돼지는 가죽에서 윤이 날만큼 새까맣고 몸통이 자그마한 토종 수돼지였다. 뒷다리가 하나로 뭉뚱그려져 있고, 그 굵은 뒷다리는 성난 가시 같은 털이 잔뜩 돋아있었다. 마치 흙 속에 묻혀 있다 갓 뽑아낸 나무둥치처럼 보였다. 이 세 다리 돼지는 우선 앞의 두 다리를 척 앞으로 디디고 뒷다리를 앞다리 사이 가운데로 훌쩍 뛰어들게 하는 방식으로 걸었다. 그 동작은 뭔가 결정적인 확인이 연속으로 이루어지는 거대한 도장찍기로 보였다. 심벌즈가 한 차례 무섭게 울렸다.

늙고 못생긴 얼굴 밑에 곧바로 다리가 붙은 듯이 보이는 두 난쟁이가 자기들의 서너 배는 됨직한 짐승을 양쪽에서 나란히 끌며 다가왔다.

"오오, 아아······." 사람들은 탄성을 올렸다.

"겨엉애하는······." 또다시 따따라따따, 트럼펫이 울고, 쿵, 북이 울렸다. 난쟁이 둘은 삼 미터도 넘는 가죽끈으로 누런 개의 목을 V자 형태로 양쪽에서 잡았는데 개와 같은 그 짐승의 맹렬한 힘에 끌려 뒤뚱거리고 비칠대면서도 균형을 잡으려고 안간힘을 쓰며 나아가고 있었다. 제일 위에 올라 선 꼴인 개의 네 다리는 각각 밑에 있는 개의 꼬리이기도 했다. 그리고 그 밑의 개들도 위에 있는 개의 다리를 저들의 꼬리로 삼아 짊어지고 있는 형국이어서 그것은 개들로 이루어진 피라미드라고 할 수 있었다. 비교적 짧은 털의 이 개들은 모두 주둥이들이 검은 것으로 보아서 진도견과 셰퍼드의 잡종인 것 같았다. 심벌즈가 한 번 울자 수십 개의 개 대가리가 거의 동시에 왈왈왈 짖어대기 시작했다. 장막이 너울대도록 그 소리는 요란했다. 두 난쟁이가 가죽 목사리의 헐렁한 끝 부분을 들어 양쪽에서 호된 매질을 한 차례 치자 개 대가리들은 더러는 고통에 낑낑거리고, 더러는 더 맹렬하게 짖고, 더러는 헐떡였다. 확성기에서 울리는 앙칼진 목소리의 설명에 따르면, 이 개탑은 가장 밑바닥을 이루고 있는 64마리의 개들이 움직여대는 256개의 개 다리들을 움직이며 전진해 갔다. 그 모양을 응시하고 있자니 내 눈은 누런 반투명의 장막이 안개처럼 끼는 것이었다. 인견은 이 짐승을 향해 자랑스럽다는 듯이 힘차게 울었다. 이번에는 늑대의 울음소리였다. 다시 개 대가리들이 맞장구를 쳐서 아우웅 하고 짖어 올렸다. 그러자 난쟁이들은 뻗짱 다리를 올리며 마치 인민군이라도 된 듯이 척척 씩씩한 걸음을 내딛기 시작했다. 턱에서 돋아난 혹 같은 두 다리가 번갈아 앞으로 튀어 올랐다.

심벌즈가 챙 챙, 북이 둥 둥.

이번에는 대가리가 수탉인 황소가 나왔다. 굵직한 소의 목에서부터 점점 줄어들더니 소의 뿔이 있을 곳에는 닭의 날개가 푸드덕거렸고, 더욱 더 가늘고 길게 늘어난 닭대가리가 길게 뻗어 나가서 황소는 앞뒤로 꼬리가 두 개 달린 것으로 보였다. 갑자기 앞의 꼬리가 벌떡 일떠서며 우우끼오 하고, 울었다. 뿔이 홰를 쳤다.

빠 빠 빠라라라라 트럼펫이 울렸다. 탄성이 무대 앞을 휩쓸고 지나갔다.

대가리는 넙치고 모가지 아래는 원숭이인 이상한 짐승이 자기 대가리에 우주인이 뒤집어 쓴 것 같은 어항을 받쳐들고 어기적어기적 걸어 나왔다. 이 놈은 저 혼자 걸어나와서 그런지 대가리에서 물을 찔끔찔끔 흘리고 있었다. 어항 속에서 물고기 주둥이가 뻐끔거렸다.

붐 붐 붐 튜바가 바람을 일으키는 가운데 따따따 작은북이 바르르 떨었다.

머리가 붉은 튜울립 세 송이로 된 흰 닭이 나와서 대열 사이를 무질서하게 돌아다녔다. 그러다가 꽃이 하나 맥없이 꺾이자 닭은 알을 하나 낳았다. 곧 알은 밟혀서 깨지고 진득하고 뻘건 핏자국이 둥그렇게 남았다.

어머니이, 허브가 울부짖자, 으아악, 난쟁이가 장단을 맞췄다.

토끼만한 쥐 다섯 마리가 거인이 미는 수레 위 철창 속에 갇힌 채로 다가왔다. 쥐들은 미친듯이 빠르게 기어다니며 서로 물어뜯으려 하고 철책을 신경질적으로 쏠기도 했다. 그 모습을 응시한 채 행진해 나가며 거인은 싱그레 웃고 있었다. 큰 쥐들의 등짝에는 아이 손바닥만한 눈이 끔뻑이고 있었다. 크고 윤이 나는 눈알과 초점 없는 눈동자가 불쑥 나타났다가는 처진 눈꺼풀 사이로 사라지곤 했다. 다른 쥐가 공격

할 듯하면 눈은 약간 불안해하는 것 같았다.

갑자기 모든 소리가 멈췄다.

책갈피 쓸리는 소리가 점점 커졌다. 조랑말 위에는 예쁜 춘자가 안장 위에 책상다리를 하고 앉아 채찍 든 손을 올려 인견에게 흔들어 주었다. 인견은 머리채를 흔들어 답례했다. 조랑말은 흔들리는 배처럼 묘하게 몸뚱이를 뒤척이며 미끄러져 나갔다. 조랑말의 몸통에는 다리 대신에 청소차처럼 솔을 달고 있었다. 그러나 솔을 자세히 보니 무수히 많은 뱀들이었다. 서로 뒤엉키고 꼬이면서도 전체적으로는 앞으로 앞으로 기어서 나갔다.

바로 그 뒤로 구렁이 한 마리가 오리 대가리를 한 꼴로 느물느물 기어 따라나서고 있었다. 사람들이 야유를 보내자 대가리를 곧추 세운 뱀은 검붉은 눈을 빛내며 사람들을 휘둘러 노려보다가 왝 왝 하고 노랗고 넙죽한 주둥이를 쩍쩍 벌리며 울었다. 그 꼴을 보고 나를 포함해서 앞의 몇 명은 하하 웃고 말았다. 춘자도 웃으며 채찍으로 대가리를 툭 치자 구렁이는 다시 기기 시작했다.

챙, 심벌즈와, 둥, 큰북이 울렸다. 트럼펫이 짖어대고 튜바가 울었다. 행진은 그칠 줄 모르고 빙글빙글 이어졌다.


"어때?" 하고 민동성은 멋진 미소를 지으며 나에게 물었다. 나는 말 없이 머리를 저었다. "자, 저기 가서 좀 어울려 보지 그래." 하고 그는 내 손을 잡자 끌었다.

우리는 반쯤 걷어치운 무대 뒤에 긴 상을 차리고 앉았다. 조금 떨어진 가마솥에서 김이 오르고 느끼한 냄새가 났다. 반으로 자른 드럼통에는 장작을 지피고 있었다. 바베큐라도 할 모양이었다. 의상을 벗어 던지고 허드레 운동복 차림이 된 여러 단원들은 아주 친근하게 보였다.

나는 허브 옆에 앉았다. 곰삭은 김치 내가 역했다. 나는 막걸리를 벌컥벌컥 들이켰다.

"이것은 뭡니까?" 하고 내가 앞에 앉은 동주의 뭉툭한 코를 보며 물었다.

"물고기를 다진 거야." 하고 허브가 대꾸했다. 동주처럼 가죽 조끼 차림이 된 그의 왼팔은 발기한 듯이 들려 있었다.

민동성과 동주 사이에는 인견이 앉아 있었다. 거인 마담 동주가 수시로 그것을 시중들었다. 인견은 말없이 식탁 위를 우울하게 응시하고 있었다. 좁은 어깨 위로 승복이 걸쳐 있었다. 분명히 여인이며 개이며 미친 무엇이었다. 내가 무엇에 홀린 것일까?

"머리에서 뱅글뱅글 한 생각만 자꾸 맴돌 때가 있지 않아?" 하고 민동성이 물었다.

"간혹 있지요." 하고 내가 대답했다.

"아주 사소한 것인데도 말이야." 하고 노인이 설득조로 말했다.

"네, 아주 사소한 것인데도 말이죠." 하고 나는 동의했다. 그러자 노인은 씹던 입을 멈추더니 몇 초 후에 기분 좋게 씨익 웃었다. 그 모습은 어쩐지 늙은 인디언 추장을 연상시켰다.

"나도 그런 게 있네."

"누구나 그런 게 있어." 허브가 옆에 선 아라비아 거지 고봉에게 막걸리를 따르다가 참견했다.

"자넨 수도자야." 하고 민동성이 다짜고짜 선언했다.

"네?"

"수도자! 젊은 수도자 양반에게 도토리묵을 주라. 그리구 술도 좀."

하고 노인이 흥겹게 서두르는 손짓을 해보였다. 날씬한 팔을 뻗어 춘자가 묵을 건넸다. 봉긋한 유방이 막걸리 통 주둥이 끝에 닿을락 말락 했다.

"그래, 그래, 춘자 너 이리 옆으로 온나." 하고 노인이 부르자, 토실토실한 허벅지에 착 달라붙은 검은 레긴스 차림의 아름다운 소녀는 부끄러운 듯이 눈을 내리 깔았다.

"저러다가 뻔뻔해진단 말이야. 바보니까 겁도 없어." 하고 노인이 갑자기 눈을 부라리며 나를 보았다. 그의 이 갑작스런 긴장은 무엇 때문일까?

"하하하." 민동성이 공격적으로 웃음을 폭발시켰다. 나는 꼭 그래야 될 것 같아서 춘자를 향해 한번 느슨하게 웃어 주었다. 그리고는 노인을 힐끗 보고 막걸리를 한 양푼 가득 따라 마셨다.

"으음, 저 때야 어디 술인가 물이지." 하고 그는 입을 다셨다.

"아까 오면서 장춘호한테 들었나? 그런데 이 영감 어디 갔어? 그 친구 요즘 신세 타령이 부쩍 늘었더군. 아무튼 난 처음에는 수원에서 경찰로 시작했어. 그리고는 재건 운동이 한창이었을 때, 나 담배 좀 줘, 행정 관료가 됐지. 그때가 이십대 후반이었어. 결혼도 하고 문중에서도 이 민동성이 하면 꽤나 자랑스러워했지."

노인이 나를 주시하며 이야기했으므로 나도 그를 마주 보았다. 경청하는 꼴이 되다보니 노인은 더 신이 나서 이야기에 집중하는 것 같았다.

"그래, 에라 가보자. 그리고는 마닐라로 갔어. 마닐라 알아?"

"필리핀의 수도지요."

"그렇지. 메트로 마닐라, 마카티라는 아주 그늘이 멋진 곳이야. 거기

로 갔어. 마누라 때문에라도……. 돈도 더 필요했고. 그런데 얼마 못
가서 가더구만. 악성 빈혈이래나 뭐래나. 그러니 어떻게 해. 은희 년도
내가 데려왔지. 걔는 여기 없어. 둘러보지마. 춘자는 왜? 내 딸 같나?”

나는 춘자를 지그시 바라보며 가슴이 무지근해옴을 느꼈다.

“아니오.”

춘자가 하얀 손으로 알맞게 입을 가리고 나에게 눈웃음을 쳤다.

“은희는 우울증이었어, 내가, 홀아비가 감당이 되겠어? 그것도 외국
서? 그래 퇴직해버렸지. 그런데, 참.” 하고 민동성이 소리를 버럭 질렀
다. “이 말하려다가 그만……. 거기서 미군들하고 돈 찍는 공장에 갔었
지. 그놈들 하필이면 왜 거기까지 가서 달러를 찍어대는지 알 수가 없
어. 돈이 일렬로 척척 돌아가는 모습이 요지경이더구만. 그런데, 며칠
이 가도 그 모습이 머리 속을 뱅뱅 도는 거야. 꿈에도 나타나더구만.
하하. 신기하게 머리에서 떠나지를 않는 거야. 나중에는 이거 뭔 병에
걸린 것은 아닌가 싶을 정도였단 말이지. 아침에 일어나면 천장에 그
기계가 보이고, 차를 타면 그 소리가 들려. 필리피노 사업가들과 오찬
을 해도 그 돈 돌아가는 모습이 척척 눈앞에 돌아가는 거야. 어처구니
가 없어서 웃으면, 그 친구들이 이상한 눈으로 봐. 묘한 것은 이 무슨
행운의 전조였는지, 한국에 돌아와서 돈을 벌기 시작했는데, 정말 태
산 같이 벌었지. 월남에도 갔었어.”

그때 나는 졸고 있는 줄 알았던 인견이 힐끗 노인을 향해 경멸의 눈
초리를 보내는 모습을 분명히 보았다.

“은행이란 기생이거든, 돈, 돈, 땅두 사고, 증권두 시켰어. 그리고는
계집들.” 하고 노인은 호방한 표정으로 술을 들이켰다. “은희는 아예
지 이모한테 보내버렸어. 지금도 미국에 있지만 잘 살아. 결혼해 가지

고 새끼 두고. 돈 많이 보내 줬거든. 그리고 난 카지노도 다니고, 닭싸움에, 투견에……. 히히히." 노인은 웃었다. 나는 인견을 곁눈질로 보았다. 여전히 묵묵히 꼿꼿하게 앉은 그녀는 불가능한 것을 마냥 기다리는 모습처럼 어딘지 처연한 기운이 감돌아서, 한 마리의 기형적인 개임에도 불구하고 지금은 그저 울적한 표정을 지은 평범한 초로의 여인으로 보였다.

"자네 투견 본 적 있나?" 하고 민동성이 불쑥 나에게 물었다.

"자아, 지랄 말고 잡자, 잡어." 하고 외친 허브가 비틀거리며 나아갔다.

인견은 허브를 쳐다보았다.

"윤우야 저리 가서 우리 저거 잡는 거 보자." 하고 허브가 내 팔 소매를 잡아 끌며 말했다.

"뭡니까?" 하고 나는 웅성거리는 단원들의 어깨 너머로 기웃거리며 물었다.

"두 머리 가진 두지를 잡는다우. 그래야 복도 받고 오래 오래 살지." 하고 아줌마가 헐떡거리듯이 말했다. 이 꽃집 여인은 양옆으로 터진 치마를 더욱 치켜올리며 일어섰다. 이 여자는 허브의 정부일 것이었다.

인견이 자리에서 내려와 네 발로 버티고 서더니 몸을 부르르 떨었다. 성긴 머리가 주름진 목덜미를 가리웠다. 등 높이가 옆에 선 허브의 무릎에 올 정도로 인견의 덩치는 작지 않았다. 그를 따라 겅중겅중 걸어가는 뒷모습은 영락없는 도사견이었다. 그들은 모두 동물 우리 쪽으로 몰려갔다. 그곳에는 기역자 모양으로 된 쇠기둥이 세워져 있었다. 이미 두지라 불리는 놈이 나와 있었다. 거인과 고봉이 허리 끝에 붙은 대가리에 올가미를 걸고 세차게 잡아당기고 있었다. 마치 살찐 인간의 머리처럼 생긴 돼지 대가리는 졸린 목 때문에 입을 벌려 헐떡이고 있었다. 몹시 가늘고 질긴 줄이 돼지의 목을 잘라 버릴 듯이 파고들었다. 고봉과 거인은 당기는 힘의 균형을 유지하며 교묘히 자리를 바꾸어 돼지 목에 올가미를 몇 겹 더 튼튼하게 감고 있었다. 그럴 때마다 둘러선 사람들은 먼지를 일으키며 함께 돌기도 하고, 참견을 하고, 요동치는 두지라는 돼지를 걷어차기도 했다. 앞쪽 대가리의 돼지는 이상하게 허리를 틀어 꿈틀거리다가는 성급히 먹이 냄새를 맡은 듯 흙 속에 코를 처박기도 했다. 그러는 동안에도 줄곧 뒤에 솟은 대가리는 이 짓을 말리려는 듯이 입을 쩍 벌려 단말마의 비명을 뽑아 올리고 있었다. 흔들리는 귓바퀴 아래로 겹진 눈까풀이 경련을 일으키고 있었다. 잔뜩 치켜 올라간 콧구멍에서 피가 흘렀다. 규칙적인 풀무질 같던 돼지의 부르짖음은 차츰 잦아들고 있었다. 마침내 그들은 두지를 기둥에 달았다. 아주 조금 들어올려졌지만 금방 뒤쪽 돼지는 죽어버리고 마는지 단말마가 잦아들고 그 큰 돼지의 몸통이 느슨하게 땅으로 휘어져 내렸다. 네 발은 번갈아 발작적으로 버둥거렸다. 뒤쪽 돼지 대가리는 아가리를 완전히 짝 벌리고야 말았다. 목덜미로 파고든 올가미에 찢긴 껍질에서 검은 피가 흘렀다. 돼지 꼬리가 허공에서 비틀렸다. 거인이 아래쪽 주둥이 앞에 여물통을 내려놓자 돼지는 꿀꿀대며 먹이에 허겁지겁 달려들려고 했다. 이제 두지는 허리 끝에 큰 혹을 달고 허공에 매달려 뜨뜻한 죽을 탐하고 있는 꼴이 되었다.

"이때를 놓치지 말아야 한단 말이야." 하고 허브가 단호하게 거인의 등을 밀며 다음을 지시했다.

난쟁이도, 거인도, 아라비아 거지도, 거인 마담도, 아줌마도 몹시 흥분에 들뜬 모습으로 부산하게 움직였다. 난쟁이 둘이 동시에 욕을 하면서 돼지의 뒤로 접근해 가는 거인 옆에서 펄쩍 뛰고 손뼉을 쳤다.

"빨리 밀어 넣어! 어떤 소리를 내나 보자." 하고 허브는 눈알을 번뜩이고 두 손을 어색하게 비벼댔다. 앞으로 들린 그의 왼팔이 돼지의 엉덩이로 가라고 손짓하고 있었다. 마침내 그들은 커다란 관장기를 들어 돼지의 들려진 항문에 그것을 주입했다. 그러자 돼지는 열기에 견디지 못하고 발작적으로 튀어 오르는 바람에 그들은 실패하고 말았다. 욕설과 함성과 웃음이 일었다. 거인이 자빠지고 그 위로 죽사발이 엎어졌다. 그는 일어나려고 버둥거렸다. 난쟁이 둘이 그를 일으키다 이마에 핏줄을 세우며 웃어젖혔다. 앞 대가리의 목에도 올가미가 씌워졌다. 또한 새롭게 돼지죽이 제공되었다. 그러자 소동은 진정되고 돼지는 다시 거대한 벼룩처럼 검붉은 죽에 달려들었다.

"이번에는 요동치지 못하게 하라구. 피가 굳기 전에 익혀버리자." 하고 허브는 한 발 다가서며 눈알을 잽싸게 굴려 이쪽저쪽을 살폈다. "자, 시작해." 하고 그의 왼팔이 또다시 신호를 보냈다.

이 일을 위해 특수 제작했음직한 관장기는 아마도 자전거 타이어 공기 주입기를 개조해서 만든 것 같았다. 고봉은 김이 서린 그것을 돼지의 꼬리 아래로 쑤셔 넣고야 말았다.

"저건 도대체 뭐요." 하고 나는 나도 모르게 참을 수 없는 흥분으로 떨며 외쳤다.

"주의 유황불이야. 씨뻘건 쇳물은 저 놈의 식욕을 주둥이의 반대편에서부터 벌하는 거지. 그러나 창자를 다 태워버려서야 안 돼지 않겠어?" 하고 허브가 흥분 중에도 잃지 않는 낮고 음흉한 침착으로 수군거렸다.

"허브, 당신도 주를 찾으시오?" 하고 나는 어이없다는 듯이 외쳤다.

"아니." 하고 흔드는 머리에 따라 그의 왼팔이 건들거렸다.

고봉은 관장기를 뽑다가 흔들리는 엉덩이에 왼빰을 데이고 말았다. 열을 막으려고 감아 놓았던 헝겊 부분을 놓쳐버리고 말았던 것이다. 그러자 뽑히다 만 관장기가 버둥거리는 돼지의 엉덩이에 매달려 좌우로 마구 흔들리는 바람에 돼지의 허리를 감고 있던 그들이 한꺼번에 떨어져나가고 말았다. 동주도 엎어졌다. 그때 관장기가 완전히 뽑히고 뜨거운 쇳물이 한줄기 따라 흘러나와 그녀의 어깨에 튀었다. 거무뛰 뛰한 근육질의 어깨 살이 대번에 타버리고 말았다. 여인은 발버둥을 치며 기어서 달아났고 난쟁이들은 그 모습을 보며 신난다고 박수를 쳤다.

돼지는 공중에 매달려 지옥으로 가는 입구처럼 버둥거렸다. 엉덩이에서 김이 솟아오르고, 뒷다리가 양옆으로 바짝 펴진 꼴이 허공으로 뛰어올라 발레라도 하는 꼴이었다. 살 타는 냄새가 진동하는 가운데 돼지의 삽날 같은 아가리는 가련하게 벌어진 채 잦아드는 비명과 함께 피를 흘렸다. 미친 듯이 흙 속으로 비벼대던 주둥이 끝이 물러 터져 피투성이가 된 돼지는 눈을 부릅뜨고 죽어갔다. 그러나 허리 끝에 솟아 있던 돼지 대가리는 죽어서 느긋한 표정을 짓고 있었다. 지그시 감은 눈 위로 벌어진 아가리는 하늘을 향해 허연 탄식을 내뱉고 있었다. 목덜미 속으로 파고든 철사는 이제 보이지도 않았다. 목덜미에서 피가 솟아나 엉덩이를 지나 뒷다리를 타고 뚝뚝 흘러내리고 있었다. 여전히 항문은 살이 타들어 가면서 증기를 뿜어 올리고 있었고, 세차게 버둥거리던 네 다리도 뻣뻣하게 굳어지다가 간혹 생각났다는 듯이 경련을 일으키며 빠르게 발버둥치곤 했다. 뒤쪽 대가리의 주둥이 옆으로 쳐진 귀는 흡사 한 쌍의 백기 같았다.

돼지의 발광 상태가 수그러들면서 단원들은 주섬주섬 돌아서서 지껄이며 다시 식탁으로 모여들었다. 나는 식은땀으로 젖은 셔츠와 바지를 추스르며 자리에 도로 앉았다. 피로 속으로 옅은 졸음이 몰려왔다. 언뜻 눈을 들어보니 허브와 민동성이 나를 보며 함께 빙그레 웃고 있었다.

"어때? 스트레스가 확 풀리지?" 하고 윤철이 형과 비슷한 말투로 민동성이 물었다.

"이런 것은 처음 보지?" 하고 허브가 눈을 찡긋 했다.

왠지 나는 약이 올랐다.

"웩웩대는 소리에 속이 뒤집힐 것 같군요." 하고 나는 항의했다.

"하하하."

"후후후."

그들은 정말 유쾌하게 웃었다. 그때 춘자와 고봉이 뜨거운 가마솥을 올려놓은 들것을 앞뒤로 나란히 들고 왔다. 모두들 가마에 달려들었다. 식탁 위에 올려놓자마자 고봉이 가운데 손가락으로 살짝 찍어 맛을 보다가 꽃집 아줌마에게 세차게 등짝을 후려 맞았다.

"먹자!" 하고 민동성이 국자를 잡으며 외쳤다.

"윤우도 먹어." 하고 허브가 권했다.

"이게 뭡니까?" 나는 안개처럼 우리를 에워싼 돼지 분뇨와 살 타는 냄새 가운데 진저리를 치고 있다가 가마솥 속의 향긋한 증기를 들이마시며 물었다.

"묘약이야. 신선한 빛깔이 살아날 테니 들지." 하고 영감이 대꾸했다. 그것은 달고 시큼하고 뒷맛은 씁쓸했다. 이상한 취기가 물큰하고 코끝을 덮쳤다.

"뜨거운 대로 불어가며 홀홀 마셔봐. 그래 너는 괜찮니? 앉거라." 하고 민동성은 춘자 옆에 앉는 동주를 향해 물었다. 그녀는 돼지 항문에서 뿜어져 나오던 쇳물에 덴 왼쪽 어깨에서 팔뚝까지를 압박 붕대로 칭칭 동여매고 있었다.

"춘자 이년아 검은 가운 좀 가져와." 하고 거인 여인이 외쳤다. 불나방이 몇 마리 달려들고 있어서 그녀의 근육 굴곡이 너울거리며 살아 꿈틀거리는 것처럼 보였다. 단단해 보이는 쇄골 아래로 자두 만한 유방이 달려 있었다. 다들 그녀에게는 아랑곳하지 않고 말없이 죽을 퍼먹고 있었다. 여인은 춘자가 올 때까지 붕대 위를 쓰다듬으며 입술을 깨물고 끙끙댔다.

"어서 한 그릇 퍼먹으렴. 그러면 좀 나을 것이다." 하고 영감이 인자한 표정을 지으며 그녀에게 말했다.

춘자는 뒤에서 말꼬리 모양으로 묶은 여인의 머리채를 가운 깃 밖으로 꺼내주었다.

"술병 좀 줘." 하고 여장부가 누구에게랄 것도 없이 다그쳤다.

"저 애는 내 친구 딸래미인데……." 하고 민동성이 내 귀에 대고 속삭였다. "그 친구는 역도 선수였지. 날마다 쇠를 들어올리더니, 결국 유도를 하다가 목이 부러졌어. 대학 교수였던 사람이 휠체어를 타고 다니면서 복덕방을 잠시 하다가 결국 망했어. 자살을 했어. 마누라도 도망갔거든. 쟤를 내깔려 두고. 쌍년."

여장부는 팔목에 차고 있던 주석 팔찌를 철컥 철컥 풀어 위압적으로 내 옆에 쿵 내려놓더니 위스키를 한 잔 죽 마시고는 내 어깨를 툭 치며 히죽 웃었다.

"쟤는 원래 별 말이 없어. 지금도 그렇지만 자기 몸집만큼이나 뭔가 고여 있다구. 힘이라는 것은 바위처럼 말이 없거든. 그리고 단순하지. 그렇게 되도록 내가 쟤를 길들인 셈이지."

"길을 들이다니!" 하고 허브가 민동성을 노려보며 외쳤다.

"어려서야 그럴 수도 있는 거지……." 민동성이 아들인지 손자인지의 항의에 기어드는 목소리로 변명했다.

"단련이라는 것이 사람을 단순하게 한단 말이야. 힘들면 말이 줄고 말이 줄면 감정도 단순해지지."

"단순한 성격이군요." 하고 말한 나는 혹시 비아냥으로 들리지 않았을까 하고 미심쩍었다.

"좋지?" 하고 민 영감이 이마에 주름을 지으며 나를 돌아다보았다.

"좋긴 개뿔이 좋아. 다들 병신인데." 하고 허브가 식탁을 손바닥으로 내려치며 부르짖었다. 그는 얼굴이 벌개졌다. 그 사이에 껴입은 흰 와이셔츠의 한쪽 어깨가 불룩 솟는 것으로 봐서 그는 나와 영감에게 삿대질을 해대고 있었다.

갑자기 인견이 고봉을 향해 달려들었다. 인견의 누런 등이 느리게 날아가는 모습이 정지 화면이 조금씩 이어져 나가는 꼴로 보였다. 인견의 혀와 입이 짖어대는 소리가 도끼 날로 바뀌어 고봉의 바로 옆 이쪽저쪽에 찍혔다. 고봉은 급히 식탁 위로 올라가 우리 쪽으로 엉금엉금 기기 시작했다.

"왜 이래요? 왜?"하며 허브가 인견의 아랫도리를 잡고 늘어졌다.

"개자식!" 하고 인견이 눈을 희번덕거리며 부르짖었다. 행진 때와는 달리 다시 사람처럼 발음이 아주 정확해져 있었다.

"으하하." 하고 허브가 웃어젖혔다.

"야 임마, 너 또 만졌지." 하고 민동성이 덩달아 웃으며 고봉의 뒤통수를 쥐어박았다.

"이놈은 저 여자의 아랫도리에 관심이 많거든. 지난 번에도 파라솔 밑으로 기어들었었지만, 식탁 밑으로 해서 발끝으로 슬쩍 만져보곤 하지. 에라 이 나쁜 놈. 죽어." 하고 다시 주먹으로 목덜미를 쳤다. 고봉은 자기 머리통을 싸쥐고 가마솥 옆에 길게 엎드린 채 떨어지는 매를 고스란히 받았다.

"이놈은 내가 장바닥에서 처음 봤어. 대포집 옆에 개구리 마냥 쭈그려 앉아 있더군. 농사도 좀 시켜 보았지만 안돼. 아무짝에도 쓸모가 없는 놈이야."

"그러지 말라고 했지? 저 분을 꼭 화나게 해야 하니?" 하고 여장부는 젓가락을 내려놓고 꼽추의 목덜미를 오른손으로 가볍게 들어올리더니 자기 자리 옆에 내려놓았다. 꼽추 고봉이 어디 부딪치지 않게 배려하는 모습이 역력했다.

"벌이다. 옷을 모조리 벗어." 하고 동주가 명령하자 고봉은 뭉그적거리며 옷을 벗었다. 고봉은 겨우 알아볼 수 있을 만큼 약간 등이 굽어 있었다. 동주는 꼽추의 등을 사랑스럽다는 듯이 쓸어 내렸다. 등에는 검고 거센 털이 잔뜩 돋아 있었다. 꼽추는 거인의 손바닥 아래에서 훌쩍이며 어린애처럼 우는 것이었는데, 그것은 둘 사이에서 벌이곤 하는 연극으로 미리 약속된 짓인 것 같았다.

"언니 이제 이 녀석은 그 따위 짓은 못할 거예요. 그러니 마음 풀어요. 그리고 곧 고기가 나올 거예요." 하고 여장부가 인견에게 말했다.

나와 여장군 사이를 꼽추가 끼어 드는 바람에 나는 식탁 모서리 쪽으로 밀려나고 말았다. 그러자 반대편에 있는 인견의 눈과 마주쳤다. 인견의 대가리는 신기할 정도로 작게 보였다. 바늘 끝처럼 반짝였지만 얼굴의 잔주름까지도 다 정확하게 보였다. 상식이 준수하려는 혐오감이 감각을 자꾸 멀리 밀어내려 애쓰는 것과 동시에 다른 한편으로는 치명적인 정교함을 요구하는 어떤 강력한 욕구가 도사리고 있었다. 이 두 가지 반발력은 내 신경을 극도로 늘려 놓았기 때문에 자칫하면 순식간에 모조리 툭툭 끊어져나가 버릴지도 모른다는 두려움을 느끼지 않을 수 없었다. 이 정지된 두려움은 일종의 쾌감을 동반하고 있어서 영영 빠져 나올 수가 없을 것만 같았다. 어느새 난 마약에 취해 있는 것이 분명했다.

아주 이상한 감각이었다. 시선은 늘어날수록 더 명확했고 소리는 작을수록 더 뚜렷했다. 의식의 초점이 어디에 맞춰지느냐에 따라서 원근과 강약이 뒤섞여버려서 그것은 새로운 세계가 되고 말았다.

반짝이던 바늘 끝 만하던 인견이 무엇에 놀라 뒤돌아 달려갈 때, 모든 사람들이 한꺼번에 그 뒤로 달려들었다. 마치 인견이라는 물마개가 열리면서, 우리들 모두가 시선이라는 파이프를 통해 그야말로 물밀듯이 빨려들어 가는 모습이었다. 그러나 돌연, 수면 위로 솟구쳐 참았던 숨을 들이켜듯이 시각은 제자리로 돌아왔다. 그곳에는 피 흐르는 살코기가 널브러져 있었다. 인견은 참을 수 없다는 듯이 달려들어 김이 오르는 그것을 물어뜯고, 핥고, 몸부림치며 뒹굴고 낑낑거렸다.

"우리 맛 좀 볼까?" 하고 민동성이 나에게 청했다. 나는 그를 돌아보았다. 다시 그는 시선의 대롱 저 끝으로 물러나서 개미만하게 보였다.

"그 불쌍한 두 대가리 도야지가……." 하고 민동성이 말했다. 목소리는 벽처럼 내 앞을 막아섰으므로 나는 움찔 놀랐다.

"그 불쌍한 둘 돼지가 질긴 고통 속에 죽었으니 그 맛도 거기에 상응하리오.” 하고 민동성은 변사처럼 읊조리기 시작했다. “왜 맛이 고통으로부터 나와야 하는지 당신은 아시는지?” 민동선은 나에게 냉소의 눈빛을 날카롭게 번뜩이며 물었다. “허나, 당신 같으면 그렇지! 당신에겐 맛과 고통은 전혀 별개의 문제니까, 그 두 가지가 다른 것이라면 맛이 뽑아낸 당신의 그 왕성한 식욕이 지나간 고통을 잊게 도와준다면 어떻겠소? 그러면 맛이 고통으로부터 나오지 않았다는 증거가 아니겠소. 왜냐하면 하나가 다른 것에서 나왔다면 그 하나로부터 그 다른 것을 도저히 잊게 만들 수는 없는 것이 아니겠소. 그러니 당신의 축제에선 고통 따위는 맛으로 지워버리는 원칙이 이미 서 있다는 것이 아니면 도대체 무엇이란 말인가?” 하고 여기서 잠깐 그는 서럽게 울먹이는 표정을 지었다. “듭시다. 자아, 자, 후추와 소금을 쳐라.” 하고 말하는 민동성의 입도 투박하게 깎아 만든 나무 인형의 그것처럼 일자로 짝짝 벌어지는 꼴을 하고 있었다.

그들은 돼지고기를 벌건 석쇠 위에 척 올려놓았다. 커다란 고기 덩이가 불 위로 낙하산처럼 떨어져 내렸다. 시간은 50배 정도 느리게 갔다.

“맛이 어떤가?” 하고 민동성이 사람들을 향해 외쳤다.

“누려. 소금을 쳐야 돼.” 하고 난쟁이 둘이 동시에 대꾸했다.

“아니, 이미 짜. 이곳은 안심 부위라고. 그러니 창자를 태울 때 핏속으로 아픔이 알갱이 지면서 소금으로 되어버린 거야. 썩지 않기 위해서.”

“어째서 고통이 썩지 않는다고 생각하는 거지?” 하고 민동성이 허브에게 물었다.

“몰라. 그건 물어서 될 일이 아니지.”허브가 대답했다.

“짜.” 하고 인견이 입가의 피를 핥으며 으르렁거렸다.

“누려. 네 거기만큼이나 누려 이 더러운 년아.” 하고 꼽추 고봉이 키들키들 웃으며 말했다. 인견이 꼽추에게 달려들자, 모두들 우르르 몰려와 그들 사이를 가로막았다. 밤바람이 휘익 몰려오자 불씨가 석쇠 밑으로부터 날아 올랐다. 불 옆 바닥에 나란히 놓여있던 돼지 대가리 두 개가 놓인 자리에서 동시에 비스듬히 쓰러지며 부딪쳤다. 일렁이는 불빛 속에서 두 대가리는 함께 슬며시 웃는 것처럼 보였다.

“누려. 분명히 누려. 창자가 타서 터질 때 오물이 고기 속으로 스며들어서 그래.”

하고 난쟁이 하나가 주장하자,

“누리지만 그래서는 아니야. 뒤쪽 도야지가 아프지도 않고 느긋하게 죽어서 그래.” 하고 또 다른 난쟁이가 돼지고기를 향해 손가락질을 해대며 말했다. 인견이 퍼런 먹장구름 속으로 들락날락 하는 보름달을 향해 길게 울었다. 잠시 모두들 말이 없었다. 울음의 끝은 길게 달을 향해 뻗어나가더니, 타오르는 불 위로 마치 무수한 쌀알처럼 자르르 쏟아져 내렸다.

“오호, 느긋하게 뒈져서 누린 맛을 낸다?” 하고 민동성이 핏물이 드는 뼈다귀를 들어 난쟁이들을 가리키며 물었다. 장난끼가 동해선지 갑자기 젊어 보였다.

“다들 그러데, 목이 졸리면 기분이 좋아진데. 아까 우리도 봤잖아.” 난쟁이 한 놈이 씨부렁거렸다.

“배설의 기쁨?” 민동성이 발끝으로 자신의 거구를 살짝 밀어 올리며 묻더니, “드시게. 모든 것을 의심하는 젊은이.” 하고 나를 향해 말했다. “당신은 도무지 먹지를 않는군요. 왜 그렇지? 맛과 고통은 전혀 다른 것이라고 생각하지 않는단 말이오?”

“그런 건 몰라요.” 하고 나는 외쳤다. 짜증은 터진 수도관의 솟구치는 물줄기처럼 그들에게로 튀어나갔다.

“어허, 초대받은 사람의 예절을 생각하기 바랍니다. 분명히 본 것이라면 정직하게 말해야 됩니다. 발광하게 하는 고통은 아무렇게나 되는 것이 아니지 않소, 그냥 무시할 수만은 없단 말이야!” 하고 민동성은 침을 튀기며 빠르게 지껄였다.

“예절을 지킵니다. 전.” 하고 나는 콜라 병을 입에 대고 마셨다. 그러면서 나는 갑자기 자신 없이 얼버무리던 자신에게 정다움을 느꼈다. 민동성씨와 점점 한통속이 되가는 모양이었다.

“당신 아까 흥분했었지?” 민동성이 내 가슴을 슬쩍 찌르며 물었다.

“흥분했어요. 이유는 모르겠지만.”

“이유 따위는 없어도 돼.”

“제가 보기에는 단장님이야말로 이유를 찾는 스타일 같던데요
…….”

“천만에. 허튼 수작을 경계하는 걸세. 이 병신 새끼들은 의식이라는 것을 아주 쉽게 생각하거든. 그냥 취해서 하는 지랄로 안다구. 의식을 거행하며 바치는 희생이 헛되다면 너무 안타깝지 않겠나? 말하자면 음미를 통하여 행위를 완성하려는 것일세. 절대로 이유를 찾고 자빠진 것이 아니야. 이유라는 것은 기껏해야 너절하고 얇은 종이나 될까 말까.”

그때 땅 속 깊이에서부터 긁어 올리는 듯이 불길하고 괴상한 울음이 들려왔다. 날카롭고 위태롭게 높이높이 솟아오르는 여운을 끌며 비명은 영원히 계속될 것만 같았다. 그것은 닭이 우는 소리였지만, 너무나

도 강해서 곧 닭 목이 뽑혀버릴 것만 같이 처절하게 이어졌다. 솟구치던 소리가 어느 순간 다시 땅으로 내려와 똬리를 틀기 시작했다. 그리고는 다시 그 찢어지는 닭의 울음소리가 되풀이되었다.

"아아아!"하며 민동성은 어느새 자주색 도포자락을 뒤집어 쓴 꼴로 두 팔을 벌린 채 앞으로 나아갔다. 단원들이 옆으로 물러났다. 그들 얼굴의 잔상들이 투명한 얼음덩이들처럼 툭툭 떨어져 깨졌다.

나는 민동성의 어깨 너머로 보았다. 진창처럼 짓이겨진 돼지고기 위에 앞다리를 올려놓고 머리를 들어올린 소는 날카로운 닭의 부리로 허공을 콕콕 찌르고 꼬리를 들어 자기 볼기짝 위를 한차례 휘둘렀다. 그러더니 놈은 다시 배와 가슴을 부풀리고 나서 뾰족한 닭대가리를 치켜올리며 울었다. 거대한 가죽 부대처럼 몸집은 느리게 연속적으로 쥐어짜듯이 소리를 밀어냈다. 몸통에서 서서히 모아지는 둔한 울림은 잠시 후 가는 닭 목구멍을 통과해서 작은 머리통을 짜개 버릴 듯이 폭발적으로 힘껏 터져 나왔다.

"음무우끼요오!"

구름 사이로 돋아 나온 시퍼런 별들을 향해 벌어진 부리에서 피맺힌 소리가 길게 뽑혀 나왔다. 닭은 소리의 고통에 힘겨운 듯이 눈알이 거의 빠질 정도로 튀어나오고 있었다. 황소의 몸뚱어리는 헛구역질을 하는 사람처럼 연방으로 배와 가슴을 조여댔다. 참을 수 없는 한계의 다툼으로 갈수록 고조되는 긴장 때문에 누런 소의 꼬리와 몸통과 목덜미와 날개가 되어버린 뿔과 꼬리보다도 더 가는 대가리가 일직선을 그리며 길게 앞뒤로 뻗쳐졌다. 어쩐지 소는 앞뒤로 안테나가 비스듬히 올라가고 브라운관은 가죽으로 덮어씌운 후에 네 다리를 조정하여 움직이는 괴물처럼 보였다.

"음무우우끼요오오!"

황소는 목둘레를 절레절레 흔들더니 갈가리 찢겨진 돼지 고기 위를 여러 차례 제자리걸음으로 짓이겼다. 거대한 몸통에서 빠져 나오지 못하는 답답함이 네 다리 위에서 안달하고 있었다. 소 대가리 대신에 달려 있는 닭은 날개를 치며 닭대가리를 마치 재봉질이라도 하듯이 빠르게 움직여 질펀한 고깃덩이를 쪼아댔다. 닭은 조그마한 대가리부터 점점 붉게 물들어 갔다. 그러다가 지치는지 부리로 찍는 동작을 잠깐 멈추고 날개를 퍼덕였다. 소는 다시 한번 몸피를 쥐어짜며 길게 울었다. 트럼펫처럼 고음을 울리며 허공으로 삐죽 솟아 나온 닭대가리는 이번엔 그만 소의 목덜미에서 쑥 빠져 나올 것만 같았다.

"힘이 뻗치누나." 하고 민동성이 놈의 옆구리를 슬며시 만지려하자 갑자기 목을 뒤로 틀어 부리로 사납게 쪼아대는 통에 그는 뒤로 한 발 물러났다. "저 큰 덩치에 충분한 분량의 여물을, 저 따위 작은 닭대가리가 만족시킬 수 있겠소? 아무리 빨리 쫀다 해도 소의 식욕을 꽉 막고 있는 꼴이 아니겠소?"

"제 생각에는 꼬리와 머리 사이 어딘가에 진짜 소대가리가 파묻혀 있는 것이 아닐까 싶습니다만." 하고 말하며 나는 소의 가슴이 훤히 뚫리며 미끈거리는 여러 내장 사이에 비집고 들어앉아 혀로 콧구멍을 핥고 있는 소 대가리를 환각으로 보았다.

"이 보시오 수도자 양반. 당신은 진짜 혼합이 무엇인지 모르오. 혼합이란 둘 이상의 무엇이 섞였다는 것이 아니라, 무엇을 둘 이상으로 따로 떼어낼 수 없다는 것이오. 하나라는 것은 그것이 진짜 하나인 이상에는 결코 내력 따위를 갖지 않는 것이기 때문이오. 이제까지 소가 있어 왔고 닭이 있어 왔다고 해서 소나 닭으로 되돌아가 거기서부터 설명을 시작하려는 짓은 이미 있는 것을 무시하고 있는 것과 다른 것, 즉 없는 것에 매달리려는 짓이오. 하나가 또 다른 것과 다르지 않다면 그 하나와 그 또 다른 것을 도저히 따로 떼어낼 수 없는 것이 아니오. 왜 젊은이는 저것이 완전한 하나라는 것을 보면서도 인정하려 하지 않는 것이오? 아마 당신은 묻겠지요, 그렇다면 저것은 왜 비명을 지르며 몸부림을 치고 있는가? 고통은 혼합에서 오는 것이 아니오. 고통을 느낀다면 이미 혼합이 아니오. 고통은 분열이오. 그러므로 몸부림 따위가 조금 있다고 해서 그것이 고통의 증거는 아니라오. 분열만이 고통이랄 수 있는 것이오. 고통은 아마 닭소가 아니라 당신이 느끼는 것일 게요, 수도자 양반. 닭소와 당신은 분명히 하나가 아니지 않소? 아까 내가 당신에게 맛이 고통과 무관하다면 도야지 고기를 맛나게 먹어 보라던 것도, 사실상 맛이 고통에서 나왔음에도 불구하고 가능한 것이었소. 왜냐하면 실은 맛이 고통에서 왔으므로 그것들은 나뉘어질 수 없는 하나였지만, 고통이란 것 자체가 나뉘어지는 것을 말하므로 고통과 하나인 맛은 다시 나뉘어질 수도 있는 것이기 때문이오. 따라서 고통과 하나인 맛은 고통과 나뉘어 무관해졌으므로 도야지 고기를 맛나게 먹을 수 있는 거요. 다시 말해 무관한 것은 무관하지 않기 때문에 무관할 수도 있다 이거요. 제기랄, 분열된 것들이란 보다시피 이렇게 복잡한 거요."

"지랄 마!" 하고 허브가 민동성을 난폭하게 밀치고 닭소에게 성큼 다가서며 부르짖었다. 영감은 주춤했다.

"닭소가 괴로워한다고 누가 그래? 얘는 흥겹게 먹고 있어. 대가리를 봐. 너무 좋아서 눈에 보이지 않을 정도로 빠르게 움직이고 있잖아." 하고 허브가 손에 물을 축여 달아나려는 닭의 모가지 부분을 살며시 잡아 쓰다듬어 주었다.

"내 말이 그 말이라니까." 하고 민동성이 다소곳이 맞장구쳤다.

"하지만 소가 돼지고기를 날로 먹다니……." 하고 나는 항의하듯이 나도 모르게 중얼거렸다. 이 인간들 덕에 나도 반항을 배우고 있는 모양이었다. 그러고 보니 해마나 사령부 따위 이제는 겁날 것 없었다.

"닭은 먹어, 쪼아서." 하고 단원 중에 누군가가 소리쳤다.

"저건 닭도 소도 아니라니까, 둘이 아니고 하나란 말이야." 하고 민동성이 울컥 짜증을 냈다.

"하나다. 그래 이 빙충이 같은 늙은아. 그러니 닭소는 괴롭지 않은 거야. 죽을 때도 괴롭지 않을 거야. 여기를 싹둑 자를 거거든. 니가 그렇게 애지중지 하는 닭소의 여기를 싹뚝 자를 거야. 민동성 이 멍청아. 니가 내 할아비라구? 이 기애새끼." 하고 허브가 흥분하여 외쳤다. 나는 영감을 보았다. 그는 어깨를 떨며 울상이 되어 주위를 두리번거렸고, 꾹 다문 입술의 꼬리가 축 처져버렸다. 나는 불안하게 뒤룩거리는 그의 눈알을 보며 의아했다. 지금 그들은 서로 자신들의 심리적 기형을 단련시키고 있는 것은 아닐까? 지금 이 순간 민동성은 허브 앞에 스스로 내맡긴 자신의 일부를 집중해서 의식하고 있는 것 같았다. 그들의 이 짓거리에는 오래도록 훈련되어 온 다양하고 정밀한 규칙이 있는 것은 아닐까?

허브가 흥분하여 몸을 떨자 그가 잡고 있던 닭 목이 비틀려 몸통이 휘청거렸다. 그러자 안간힘을 쓰며 닭소는 트럼펫의 고음으로 빳빳하게 울음을 뽑아냈다.

"그래 오냐. 알았다. 알았어. 착하지." 하고 허브는 목을 다시 축축한 손으로 쓸어주었다. "아니다. 지금 끝을 보자. 이렇게 살면 뭐하니. 어이 춘자 칼 가져와."

"안 될 말이로다." 하고 민동성이 굵직한 목소리로 외쳤다.

"누가 안 된대? 누가? 어떤 새끼가 그것을 정했어. 다 싹 죽여 없애버릴 테야. 이 지긋지긋한 병신들."

"하지만 너도 병신이 아닐까?" 하고 민동성이 내 등뒤로 숨으며 허브를 손가락질했다.

"나는 이 놈의 것 잘라 없애버려도 죽지 않아. 병신은 될지 몰라도 기형은 벗어나지. 이 늙은 놈팡이야. 잘 봐. 니가 수 억원을 들여 자랑스럽게 떠벌리며 보여주고 자빠진 이 닭소를 보란 말이야. 이곳을 단칼에 자르면 닭소는 뒈지면서 닭은 닭이 되고 소는 소가 되는 거야. 닭 피가 소잔등을 적시겠지, 제 피를 제가 뒤집어쓰겠냐고. 닭과 소는 다르단 말이야. 이 멍청아."

"아들아. 그래도 그 피는 제 피야. 우기지 마. 허브."

"천만에 틀려. 깨끗하게 여기, 여기를 자르지. 뿔이 있을 곳에 날개가 있을 수는 없어. 날개는 뿔이 될 수 없기 때문이야. 그러니 닭은 닭으로 소는 소로 돌려 줘야만 해."

"그래도 소는 소 대가리가 없고 닭은 닭발이 없어." 하고 대꾸한 민동성은 쪼그리고 앉으며 아이처럼 내 허리를 잡고 늘어졌다. 나는 허리를 비틀어 그의 얼굴을 옆으로 밀어냈다.

"짤라버릴 거야. 지금."

"안돼. 제발. 누구도 원치 않아. 닭소도 원치 않아. 그래서는 안돼."

"잘 봐. 늙은이. 추잡한 늙은 개야. 잘 보란 밖에. 이 모가지는 0.5초면 싹둑 잘라버릴 수가 있어." 하고 허브가 닭 모가지를 잡은 손에 힘을 주자 소는 비틀거렸다.

　"그러니까! 0.25초면 반이 잘린다는 얘기지. 그러면 절반은 소고, 절반은 닭이며, 절반은 절반 짜리 소 대가리를 갖고, 절반은 절반 짜리 닭발을 갖는 거야. 정확히 절반이 다른 것은 정확히 절반이 같은 것과 같기 때문이야. 멍청아! 그러니까 나뉘기 시작하는 순간에 닭소의 없던 과거가 바로 생기는 거지. 과거란 상식을 만드는 창고이기 때문에 정상적인 것이라면 모두 거기에 의존한다구. 너도 알 거야. 그건 너한테 배운 사실이니까. 그러므로! 절반으로 나뉘기 시작하는 찰나, 소는 소 대가리를 되찾게 되고, 닭은 닭발을 되찾게 되는 거란 얘기다, 알간? 자르는 시간에서 절반이 지나고, 다시 그 절반의 절반이 지나면, 절반은 죽고 절반은 아직 살아 있는 것에다가 더해서 다시 절반이 더 죽어 버린 셈이니까, 있는 것이 없어지는 만큼 없는 것이 있는 셈이 되는 거야. 이상한 게 없어지면 이상하지 않은 것이 생기는 거야. 소는 소 대가리를, 닭은 닭발을 더 많이 갖게 되는 거지. 다시 절반의 절반의 절반이 흘러 0.4375초가 지나면 닭은 87.5%의 닭발을 갖게 되고 소는 87.5%의 소 대가리를 갖게 되는 거야. 그것들은 점점 기형에서 벗어나며 죽어가고 있어. 고통은 여기 있는 거야. 나는 이것을 매일 매일 생각했어. 날마다 내 이 생지옥 같은 대가리 속에서는 소가 소 대가리를 도로 찾고, 닭이 닭발을 도로 찾아갔어. 민동성 너라는 할아비가 감춰버린 것을 나는 0.5초에 한없이 가까운 시간을 걸고 찾아내려고 발광을 하는 거란 말이야. 개자식아 알기나 해?"

　"저런 후레자식 놈의 새끼! 내가 니 할아비다. 동주 신랑이 내 명령 한마디에 널 가만 놔둘 것 같으냐? 이런 후레자식 놈아." 노인은 이제 게임을 마친다고 선언하는 듯했다.

　"지랄 마, 아아, 제발 지랄 마." 허브는 아랑곳없이 닭 목을 비틀며 부르짖었다. 기어코 닭소의 그 육중한 몸이 옆으로 맥없이 무너지고 말았다. 꺾인 모가지에서는 픽픽 발작적으로 기침이 새어 나왔다. 네 다리가 허공에서 버둥거리다 경련을 일으키곤 했다.

"물 한 모금과 모이를 줘라. 우선 꺾인 모가지를 바로 펴." 하고 민동성이 다급하게 외쳤다.

"오냐. 나도 꺾인 목을 원하지는 않아. 나는 절단을 원해. 얘는 이 정도로는 죽지 않아. 모가지가 더 길어질 뿐이지. 그러니까 엄살 떨지 말라구."

허브는 뺨 위로 흐르는 땀을 훔치면서 피범벅이 된 채 널려 있는 돼지 위에 버티고 섰다. 이상하게도 대부분의 단원들은 환희에 찬 눈물을 흘리고 있었다. 버둥거리는 닭소는 단원들에 의해 천막 속으로 실려 나갔다.

"드디어 나가시는군. 지독한 언밸런스 혹은 지독한 밸런스여." 하고 민동성이 내 코앞에 대고 술 냄새를 풍기며 속삭였다.

그러자 세 발 달린 돼지가 휘장을 뚫고 무서운 속도로 달려 나왔다. 단원들은 아우성을 치며 세 다리 돼지를 잡으려고 쫓아 나왔다. 어깨동무를 한 난쟁이 둘이 짧은 팔과 좁은 어깨를 맞대려고 큰 머리통을 서로 반대쪽으로 비스듬히 기울인 채, 그 특유의 인민군 행진법으로 다리를 걷어차며 앞으로 나와 동시에 외쳤다.

"신난다! 신난다! 돼지를 보자."

세 다리 돼지는 각이 뜨여 널려있는 돼지 앞으로 돌진해 오다가 자기 속도를 이기지 못해 비틀거리며 넘어졌다. 세 다리 돼지는 나란히 놓인 한 쌍의 돼지 머리 앞으로 가더니 이상하게 끙끙거리며 코끝을 비벼댔다. 놈의 굵직한 뒷다리 바로 앞에 달린 나사 같은 성기가 더 튀어나왔다. 그러더니 놈은 침을 흘리면서, 널브러져 있는 돼지 콩팥에 달려들어 그것을 집어먹기 시작했다. 핏덩어리가 놈의 주둥이와 목덜미와 무릎과 배를 차츰 붉게 물들여갔다.

"더럽고 추한 놈." 하고 드디어 웃통을 벗어 부친 채 알루미늄 방망이를 들고나선 허브가 핏덩이에 코를 박고 먹어대느라 정신없는 돼지의 뒤통수를 있는 힘껏 내려쳤다. 순식간에 떨어지는 야구 방망이에 불빛이 반사하여 번뜩였다. 단단한 근육질의 상체는 꿈틀거리며 위로 솟구쳤다가 내려오며 온 힘을 오른 팔로 집중하였다. 여지없이 방망이는 세 번 연달아 돼지의 뒤통수에 꽂혔다. 강하고 정확하며 교묘한 솜씨였다. 모두 탄성을 올렸지만, 민동성 만은 "안 돼!" 하고 외쳤다.

첫 번째 매가 떨어지자 돼지는 입을 짝 벌리고 입안에서 우물우물 씹고 있던 돼지콩팥을 떨구었다. 콩팥 덩어리는 갓 태어난 새끼 돼지처럼 돼지의 입에서 툭 떨어졌다. 두 번째 매가 같은 곳을 가격하자 돼지는 앞다리를 맥없이 양옆으로 벌리며 고꾸라져 길게 뻗어버렸다. 그 사이 한 짝의 뭉툭한 뒷다리가 쳐들려 위 아래로 바르르 떨렸다. 돼지는 마치 반달처럼 등이 휘어진 채 엎어져서 물 속의 인어가 무슨 발레라도 하는 꼴이었다. 세 번째 매는 드디어 돼지의 골통을 완전히 바수어버렸다. 방망이가 척 살 속을 파고들며 피가 엉겨붙었다.

"더럽고 추한 놈. 더러운 냄새 나는 놈. 죽은 어미 아비를 처먹으며 붙으려는 놈. 너무나 더러워서 볼 수가 없어. 민동성 이 더러운 자식. 이게 다 니가 돈 들여서 벌려 놓은 짓거리지."

"아아, 망했다. 이렇게 죽이기 시작하면 어떻게 해?" 하고 민동성은 꽁무니를 빼며 슬금슬금 물러났다.

"하나건!" 하고 허브는 뻗은 돼지의 허리를 때리며 용을 썼다.

"둘이건!" 그의 눈은 열기로 충혈되었고, 돼지는 꿈적도 하지 않았다.

"모두 하나이건 마찬가지지. 이젠 우리도 지겨워!" 허브의 왼손은 주먹을 쥐고 있었다.

그때 개가 짖었다. 민동성이 개를 끌고 나왔던 것이다.

"봐라. 이제 규칙대로 하마. 규칙에 있어서 개만한 것을 봤냐?" 하고 민동성이 나섰다.

"그렇다면 언니가 판정하세요." 하고 시누이인지 사촌인지 모를 동주가 이번에는 애교 섞인 가냘픈 목소리로 인견을 불렀다. 하지만 인견은 여전히 식탁 아래에서 웅크리고 앉아 자고 있었다. 엇갈린 앞 발 위에 턱을 얹고 있어서 마치 잘린 머리처럼 보였다.

"어쩌자고 이렇게 마구 죽여 놓는 거냐? 피범벅이 아니냐, 엉!" 하고 개 목살을 두 번 말아 쥔 민동성은 으르렁거리는 개탑의 위세를 이용하여 단원들을 다그쳤다. 개는 천천히 움직이다가 돼지 뼈다귀를 보자 제일 아래쪽의 개들이 한꺼번에 꼬리다리를 흔들었다. 꼭대기의 개가 침을 흘리면 그 밑의 네 마리 개들도 덩달아 침을 질질 흘렸다. 그 밑의 개들은 위에서 떨어지는 침을 맞으며 저희들도 또 침을 흘렸다. 침은 꿀처럼 개들 사이로 흘러내렸다.

"개탑에게 먹이 좀 줘라." 하고 민동성이 분노가 한풀 가라앉은 목소리로 말했다. 개 대가리들은 함께 왕왕왕 짖어댄 후에 혀를 들락날락하며 숨을 고르고 있었다. 짖어대는 소리가 동시에 울리는 바람에 귀가 얼얼할 지경으로 큰소리가 울렸다. 굉음을 내지른 대가리들은 여운 속으로 통일된 감각에 의해 모두 똑같이 대가리를 돌려 고기가 타고있는 불길을 바라보고 있었다. 혓바닥을 들락날락 거리며 숨을 고르는 동작이 한 치의 빈틈없이 똑같았으므로 혀의 놀림에 따라 조금씩 건들거리는 대가리들의 떨림은 무섭게 공격적으로 보였다. 그러나 거인이 느릿느릿 고깃덩이와 뼈다귀를 집어 개 대가리를 향해 던지자 질서가 무너지기 시작했다. 흩어진 고깃점을 향해 땅바닥에 네 다리를 짚고 선 제일 밑의 개들이 수백 개의 다리를 재게 놀려 제각기 이리저리 가려고 기를 쓰는 바람에 맨 꼭대기의 개는 의젓하던 자세에서 그만 중심을 잃고 깽깽거리다 불안한 눈을 굴리면서 마구 짖었다. 가운데에 있는 놈들도 머리통을 부르르 떠는 놈이 없나, 옆의 놈과 서로 물며 다투고, 짖고, 침을 흘리고 있었다. 개 대가리들은 돼지의 뼈다귀와 비계와 살점을 물고 씹느라 목을 죽 빼고, 구부리고, 혹은 달려나가서 전체적인 개들의 피라미드는 묘하게 뒤틀리고 꿈틀거렸다. 그 모습은 흡사 해면체처럼 모였다가 흩어지고, 작아졌다가는 다시 부풀어올랐다. 아래에 있는 두 놈이 양쪽에서 고기를 물고 서로 뺏으려고 싸우면 그보다 한 층 위에 있는 개 대가리가 그 두 놈의 목을 한 차례씩 물어 응징했다.

"먹이 앞에서는 기어코 질서의 선이 무너지는군요. 단장님. 이 개들에게는 혹독한 훈련을 통해서 유지되는 위, 아래, 옆줄의 변함없는 일직선이야말로 볼거리가 아닙니까? 저 개탑이 행진에서 보여준 위용은 보행의 동시성과, 시선의 통일성과, 짖어대는 타이밍의 단일성에 있었지 않습니까. 기형적일 만큼 정일한 의지란 비록 짐승에게 일망정 우뢰와 같은 힘을 주지 않겠습니까." 하고 개 목살을 노려보며 말한 나는 또 다시 민동성처럼 지껄인 자신에게 어처구니가 없었다. 이런 사람과 이야기하다 보면 저절로 그의 습관 속으로 휘말려든다.

"첫째, 지금 단장은 저 늙은이가 아니고 나야. 둘째, 개탑은 어떤 훈련 따위도 받은 적이 없어. 마지막으로 저런 짐승에게 힘을 주어서는 안 돼. 힘이란 자신감을 심어주고 자기를 알게 만드니까. 저런 놈에게 각성만큼 잔인한 것이 있을까?" 하고 허브가 피 묻은 곤봉을 허공에 내저으며 외쳤다. 일렁이는 불빛으로 곤봉은 불길처럼 휘어져 보였다. 허브의 찌르는 듯한 눈초리를 피해, 이번에는 내가 민동성의 뒤로 물러났다. 허브가 개탑의 대가리 하나를 내려치자 깨갱거리며 그 개의 눈이 흐려졌다. 바로 옆의 대가리들은 미친 듯이 짖어댔다. 개탑은 허브를 향해 달려들었다. 그래도 민동성은 팽팽해진 개 목살의 가죽끈을 놓치지 않고 두 손을 마주 잡고 버티며 외쳤다.

"이놈아 어쩌려는 게야?"

허브는 대꾸도 없이 연달아 대가리를 막무가내로 갈겨댔다. 개들은 허연 송곳니를 드러내며 턱을 주욱 앞으로 내밀고 집요하게 짖어댔다. 개는 개 옆에서, 위에서, 그리고 다리 사이에서 주둥이를 내밀며 짖어댔다. 온통 허브에게로 쏠린 주둥이는 그를 물어 갈갈이 찢어버리려는 기세로 떨며 조금씩 앞으로 나아갔다. 허브가 제일 앞선 놈을 매몰차게 두드리자 또 하나의 대가리가 코끝에 주름을 잡고 거품을 흘리며 달려들었다. 개탑이 짖는 소리는 수백 개의 자동 소총이 동시에 불을 뿜는 소리 같았다.

"반항하는구나. 이 개새끼가." 하고 허브는 곤봉을 휘두르며 외쳤다. 그때 저쪽에서 단원들이 웅성거리며 달려 나왔기 때문에 허브는 매질을 그치고 그 쪽으로 갔다.

사람들은 닭소의 큰 덩치를 우리 속으로 밀어 넣다가 그만 우리를 부숴 놓았던 것이다. 사람들 사이로 대가리 대신에 튜울립이 세 송이 돋아난 흰 닭이 마구 뛰어다녔다. 마침내 널브러진 세 다리 돼지의 굵은 뒷다리에 걸려 넘어지는 바람에 튜울립 한 송이가 부러졌다.

"저런 동물도 식물도 아닌 것은 불가능합니다." 하고 나는 개탑을 끌고 가 트럭 뒤에 잡아매는 민동성을 향해 물었다.

"그거야 약간의 장치를 했을 뿐이지. 춘자야 살며시 한번 잡아봐라. 쟤는 그런 것을 잘해요." 민동성은 춘자에게 일렀다. 그녀는 핏덩어리를 피해서 발끝으로 살며시 다가가 날개를 퍼덕이고 있는 닭의 모가지인 튜울립 줄기를 살짝 들어올렸다. 가는 허리를 숙이고 왼 팔을 통통한 엉덩이 위로 쳐드는 모습이 무척 귀여웠다. 닭을 들어올리느라 힘을 주었기 때문에 동그란 엉덩이는 뚜렷한 윤곽을 그리며 꿈틀거렸다. 나는 그 모습을 뚫어져라 보았다. 옆에 있던 민동성이 눈치를 챘는지, 내 등을 슬며시 쓸어 내리며 음침한 미소를 보내왔다.

"보시오, 수도자 양반. 이 밑구멍에 닭의 머리가 끼어 있는 꼬락서니를." 하고 민동성은 굵은 손으로 튜울립 줄기를 휘어잡고 닭을 거꾸로 제쳐 그 밑을 보여주었다. 퍼덕이던 날개가 움켜잡은 손아귀에 눌려 조용해졌다. 개탑과 허브가 뿜어내던 방금 전의 광기가 사라지자, 나는 이런 해괴한 기형을 보면서도 안정감을 잃지 않고, 그저 조용한 호기심으로 그것을 관찰할 수 있었다. 일종의 단련이 된 것이어서 나는 손가락 끝을 슬쩍 대보기조차 했다.

"닭 대가리에 튜울립이라는 결합은 식물과 동물이라는 점에서 좀 염치가 없을 지경이란 말이오."

"혼합이겠지. 당신의 음란은 혼합에 있으니까." 하고 어느새 허브가 우리들 곁에 와서 주절거렸다. 튀어나올 듯이 부푼 눈알이 그 광기의 정도를 보여주고 있었다.

"혼합이든 뭐든 이건 간단한 조작의 결과라네. 실제는 작은 머리가 항문 쪽으로, 반대로 항문은 머리 쪽으로 뒤바뀐 기형에 불과해. 이것을 얻으려고 부천에 있는 양계장 주인에게 통사정을 하다가 아예 그 양계장이 있는 땅을 다 사버렸단 말이야. 반드시 이것을 손에 넣고 싶었거든. 목도 없는 닭이 훨훨 잘도 다녀. 다리 사이로 세상을 거꾸로 보고 있을 닭이 닭닭닭 하고 울면서 그 소리에 맞춰 깔짝깔짝 잘도 걷지. 이것이 모이를 어떻게 먹겠소? 그 꼴이 요란해. 작은 부리로 쪼기가 여간 힘든 일이 아니니까, 식욕의 본능을 일그러뜨려 가면서까지 스스로를 노란 다리의 움직임에 집요하게 길들여 간 거야. 이봐 모이를 좀 가져와 봐. 꼴을 보여드리지. 젠장 이건 뽑아버리자. 그 역겨운 꽃집 아줌마는 이 닭을 얼마나 좋아하는지 모른다네. 쌍년.” 하고 민동성은 튜울립 줄기를 한꺼번에 뽑아버렸다. 그러자 작고 허연 닭 대가리가 두 다리 사이에서 튀어나오며 길게 울었다. 닭을 모이 앞에 놓아주자, 그것은 다리를 묘하게 벌리고 그 사이로 모가지를 뽑더니 부리로 모이를 쪼아 올렸다. 그 동작은 정확하고 빨라서 모이는 순식간에 사라졌다.

“저 다릴랑 움직이는 꼴을 좀 보시오. 야비해 보이지? 본능이 학습한 결과라는 것은 저렇게 노골적으로 욕심을 드러내며 허겁지겁 달려든단 말이오. 전혀, 전혀 뭐랄까…… 성스럽지가 못하오.” 하고 민동성이 눈살을 찌푸리며 불평했다.

“그러면 단장님은 무엇을 원하시는 겁니까? 이런 것에서.” 하고 내가 물었다.

“우리가 원하는 것은 행진이야.” 하고 허브가 끼어 들었다.

“굳이 원한다면…… 이것은 걸어다니는 꽃병, 거름이 생기는 화분이 아니겠소. 어떻소.” 하고 민동성이 입을 헤벌쭉 벌리며 웃었다.

“모두 이런 식이군요? 원숭이나, 그 뭐 이상한 쥐나, 춘자가 타고 다니는 그 뱀 무더기 위의 말도 다 분장이었군요?” 하고 내가 물었다.

“좋아, 다시 자세히 보여주지.” 하고 민동성이 나를 끌며 말했다.

철책의 우리 속에 쥐 떼가 악을 쓰며 사납게 쇠창살을 향해 튀어 올랐다. 나는 다섯 마리의 살찐 쥐들이 번갈아 달려들어 흔들어대는 쇠창살 앞에 버티고 서서 그 난폭한 적의를 견뎌보려 했다. 쥐들은 날카로운 송곳니 사이로 쥐어짜는 듯한 소리를 내지르며 튀어 올라 발가락으로 쇠창살을 잡고 나를 향해 번들거리는 이빨을 드러내어 위협하며, 벌름거리는 코 위에 달린 작고 붉은 눈알을 번뜩이고 흐느끼면서 온몸을 떨어댔다. 나는 창살에 달라붙은 놈의 등짝을 내려다보았다. 거기에는 손바닥만한 눈알이 끔뻑이는 눈까풀 사이에 박힌 채 묵묵히 나를 마주보고 있었다. 눈알은 너무 커서 어쩐지 하나의 얼굴처럼 보였다. 눈알은 어쩌다가 이렇게도 맹렬한 공격성에 편승한 것일까? 어느 순간 눈알은 큰 쥐의 등에서 톡 빠져 나와서 개미 다리 같이 가는 다리로 뽀르르 저쪽으로 달아날 것이다. 달아나며 눈은 옆을 본다. 그러다가 갑자기 발을 우뚝 멈추고 어딘가, 또 다시, 왕 쥐의 등 같은 숙주 속으로 푹 파고 들 것이다. 자리를 잡은 눈알은 또 끔뻑인다. 그러면 다시 숙주는 알 수 없는 분노에 휘말려 공격을 시작한다. 이렇게 눈은 공격의 맹아가 된다.

쥐가 달려들었다. 쥐는 거의 일 미터 가량을 날아서 돌진했다. 쥐가 흘리는 분비물이 몇 방을 내 무릎에 튀었고, 철책은 무섭게 흔들렸다. 이대로 가면 쇠창살은 곧 뚫려버릴지도 모를 일이었다.

쥐들이 빠져 나와 나의 무릎을 물어뜯고, 허벅지 속으로, 배로, 가슴으로 파고든다. 파먹어 들어온 놈들의 등에서 끔뻑이는 눈알을 나는 본다. 점점 눈알들은 나의 눈까지 파고든다. 나는 크고 평면적인 눈을 갖는다. 그리고 몸의 어느 다른 곳에 나머지 눈알 세 개를 더 갖게 된다. 옆만을 보는 눈이 다섯 개다. 그것들은 이상하게 평면적이다. 외면하는 시선이다. 상대가 없다는 듯이 보지 않으려 한다. 시선을 잃고 나는 장님이 된다.

"조심하게." 민동성이 옆에서 단호하게 말했다. 덩치가 큰 그가 내 귓전에 입을 대느라고 약간 수그렸다. 나는 그를 돌아보았다.

난쟁이 둘이 동주를 넘어뜨리고 가랑이를 벌리며 뒹굴고 있었다. 미친 듯이 웃어대는 그들 옆에서 허브가 길고 가는 채찍으로 허공에 날카로운 소리를 냈다. 모두 한 덩어리가 되어 갔다.

"저 놈의 이빨에는 독이 있어서 살짝만 스쳐 피가 나도 독이 스며들고 말지."

"독?" 하고 나는 송곳니를 보며 몸을 떨었다.

"물리면 몇 초를 버티기가 힘들 거야. 쥐들은 뭐든지 죽이네. 독사를 주었더니 처음에는 독사에게 먹히더니 결국 독사의 독만 가득 이빨 사이에 고여드는 꼴이 된 거야. 아주 빨리 물어 뜯어버리더군."

"용불용설에 해당하는군요."

"그것 참…… 쓸수록 닳아버리지 어떻게 발전한단 말일까? 살이 찌는 것도 발전이라면 쥐와 독사는 뒤섞여서 죽고 죽이며 살쪄갔던 거지. 실험실이란 바로 살찌우기 위한 장소가 아닌가. 살이 찌니 눈알도 점점 커가더군."

"실험실의 모르모트요? 저런 현상이 어떻게 가능했을까요?"

"등에 실린 눈 말인가? 사람에게는 불가능한 것이 있을지 몰라도 실험실의 쥐에게는 불가능한 것이 없다네. 그것은 쥐가 무수히 많고, 얼마든지 죽을 수 있기 때문에 전체적으로 쥐라는 것이 전혀 죽지 않는 것과 마찬가지일 수 있기 때문이네. 전혀 죽지 않는 것과 마찬가지라는 것 자체가 불가능과 같은 것이 아닌가. 틈바구니 사이로 기적이 되어가는 꼴을 그저 멍청하게 훔쳐보는 것만이 바로 인간이 할 짓이 아니고 뭔가? 자 여기 써있는 것을 좀 보게나.”

시궁창 쥐에 의한 잠언. 번식은 수에 달려 있다. 어떤 때는 너무 많아서 경계를 넘지만, 의연히 그 경계를 지키려 한다. 따라서 이 시궁창의 혼합은 절망적인 번식이며 풍요를 저주하는 본보기다.

“그렇지만 저것도 결국 실험이라는 이름으로 인간이 한 장난이 아닙니까?” 하고 내가 돌아서서 물었다.

“절대 그렇지가 않아. 인간들이란 존재는 기껏해야 터질 둑을 주먹으로 막고 있는 꼴이란 말일세. 인간은 자기 위주로 생각할 권리가 전혀 없네. 권리라면 틈서리에 숨을 권리밖에는 없어. 인과의 습관이라는 것은 의도가 완전히 배제되어 있다는 것을 알아야한다네. 속지 말게. 실험실의 조작이라는 것은 횟수의 엄청난 양에 달려 있을 뿐이네. 헤아릴 길 없는 그 많은 양의 어떤 지점에서, 인간의 의식은 스스로를 오해하고, 자신의 오해를 현상 속에 간섭 시켜버린다네. 그리고 이것을 추론이라고 부르지. 돌이킬 수 없는 환상이야! 그것은 전적으로 양의 많음에 달려 있네. 많다는 것은 힘이 거든. 힘은 우리를 꼼짝 못하게 만들고, 꼼짝할 수 없다는 것은 우리 식대로 되어간다는 거야. 우리가 중심이 되는 거지. 이 중심이라는 오해의 수레바퀴를 짊어지면 우리는 그것에서 헤어나올 수가 없다네. 맞부딪치는 일에서 도망치는 일들을 우리는 배워 가고 있네. 선택이 아니라 실제로는 억눌린 선택인 셈이지. 가령 중학교 때 배우는 공식처럼 말이야 밀폐된 액체의 일부에 가해지는 힘은 같은 크기로 모든 부분에 전달된다는 것과 흡사한 상황이 벌어졌어. 힘이 가해질 수 있는 지점의 무수함을 상상해보면 알 수 있을 거야. 선택이로되 강력하게 강요되는 선택. 도대체 거기에 무슨 뜻이 있겠나? 우연에 내몰려 도망치고 있는 주제에 뜻 따위를 찾을 필요는 없네. 그러니 인간이 한 짓 운운하는 그런 말은 제발 하지 말게. 그런 것은 없네."

"몽땅 먼지 같은 것이군요."

"이제 바로 맞추었네."

"결국 단장님의 결론은 많음이군요."

"세상은 많음으로 되어 있네. 예를 들면 돈 다발 같은 것이네. 내가 돈 찍는 기계 이야기를 했었지. 마치 비단을 잣는 것처럼 종이와 잉크가 강철의 움직임을 따라 교차되는 모습은 말할 수 없이 매력적이었네. 그렇게 된 것들이 또 무엇을 만드나? 무수히 무수히 또 무수히. 보게나 이 이상한 쥐가 있게 된 것도 그 무수히 많은 교직을 통해 얻어졌다고 할 수 있지. 하나의 교차점이 우리의 시선을 끌게 된다는 것도 그만큼 우리의 시선이 수없이 교차하고 있기 때문일세. 자네는 자네의 시선을 가졌다고 믿나?"

"두 개가 하나로 교차하고 있지요." 하고 나는 내 눈을 굴려보며 대꾸했다.

"참 잘도 물려받은 시선이로구먼. 결단코 우리는 우리의 시선을 갖지 못하네. 보이는 것이 없으면 볼 수 없는 것과 비슷한 이치지. 자네가 자네 시선이라고 믿는 것이 도대체가 자네 의지와 조금이라도 관계가 있단 말인가?"

"어디를 주시할 것인가 선택하지 않습니까."

"자네는 그 어느 무한의 지점에선가 이미 교직 되어 있던 것이 아니

고? 아니라면 지금 여기에 없는 것을 주시하게. 주시하고 있나? 그러면
그것을 자네의 시선이라고 해두지. 보이지 않는 것을 보는 자네의 시
선은 새롭기도 하네 그려.” 하고 지껄인 민동성은 침을 찍 뱉고 내 어
깨에 손을 얹었다.

그때 저쪽에 뒤엉킨 무리 가운데서 탄성이 울렸다. 춘자였다. 베일
속으로 하얀 알몸이 그대로 드러난 모습이었다. 동주가 그녀를 안고
입을 맞추었다. 그 옆에서 허브가 너털 웃음을 터트렸다. 춘자가 아코
오디언 합주곡에 맞춰 흥겹게 동그란 어깨와 배를 흔들어댔다. 나는
그들에게 다가가며 두 눈이 뜨거워지고 가슴이 떨려왔다. 입을 조금
벌리고 큰 눈을 부끄러운 듯이 반쯤 내리뜬 춘자의 창백한 얼굴이 무
척 아름다웠다.

“윤우야 춘자하고 결혼 해버려!” 하고 허브가 외쳤다. 그의 입에서
입김이 쏟아졌다. 코끝이 붉어진 난쟁이들이 작은 손을 말아 쥐고 손
바닥에 부딪쳐서 남녀가 교합하는 시늉을 냈다.

“아, 이 사람 어디 있다가 이제야 나타나!” 하고 민동성이 장춘호를
향해 외쳤다.

“접대를 했네. 접대하면 나 아닌가? 놈들이 이제 냄새를 확실히 맡
았어. 언젠가 몰려 올 텐데, 이젠 그만 다 때려치우고 달아나자구.” 하
고 턱시도 차림의 창백한 그가 갑자기 조급하게 다그쳤다.

“여유를 좀 가지게. 자네가 없어서, 나는 무척 당했어. 아무도 내 편
이 아니었거든.”

“나도 자네 편은 아니야. 자 슬슬 접어야 해.” 하고 장춘호가 아코오
디언을 가슴에 걸치고는 민동성과 악수를 나누었다.

“자네는 무슨 낙으로 사나?”

"별안간 무슨 소리야. 자중하세." 하고 장춘호가 눈을 지그시 감고 연주를 시작했다. 그를 따라온 아코오디언 연주자들의 어깨에는 비단 뱀들이 감겨 있었다. 윤이 흐르는 뱀 대가리는 경쾌한 리듬에 맞춰 한 번씩 울어댔다. 번갈아 손목에서, 목에서, 사타구니 사이에서 노란 오리 부리를 확 벌려 꽥 소리치는 꼴은 아코오디언 연주자들이라는 고목에 피어났다 금방 시들어 버리는 노랗고 큰 꽃봉오리 같아 보였다. 발가벗은 춘자가 말에 올라타자 세 연주자들은 흐뭇한 미소를 머금은 채 나란히 박자에 맞춰 제기 차듯이 발을 번갈아 들어 올리며 앞으로 나아갔다. 난쟁이들의 행진 모습과는 또 좀 다른 꼴이었다. 그 모습은 흥겹고 익살스러워 저절로 웃음을 자아냈다. 사람들은 말을 에워싸고 춘자의 유방을 주무르고, 엉덩이에 살짝 입을 맞추고, 발목을 잡아 휘두르다가는 발바닥을 간지럼 태우기도 했다.

"돌려!" 하고 허브가 양팔을 벌리며 거세게 외치자 다들 그 명령에 놀란 듯이 둥그렇게 물러났다. 발가벗은 소녀는 웅크린 자기 몸을 가리려고 하면서 방금 전까지 미친 듯이 웃으며 터뜨리던 호흡을 고르느라 씩씩거리면서 어깨 너머로 나를 노려보았다. 그녀의 흰자위가 어깨 너머로 파랗게 돋아 보였다. 나는 다가갔다. 소녀의 몸에서 레몬 향기가 났다.

동주가 말고삐를 잡았다. 그러자 말의 하체에 가득 돋아난 뱀들이 기고, 뒤틀리고, 뒤엉키며 말은 마치 파도에 실린 돛단배처럼 일렁이며 천천히 돌기 시작했다. 소녀는 사지를 쭉 뻗었다. 말 잔등에 누워 사지를 벌려, 말 목을 두 다리로 조르고 팔을 뻗어 긴 손가락으로 말 엉덩이를 쓰다듬었다. 뱀 몇 마리가 그녀의 사지를 감고 기어올라 왔다. 말은 귀를 쫑긋거리고, 꼬리를 흔들고, 이빨을 드러낸 아가리를 돌

려 자기 옆구리를 물어뜯었다. 그 사이 뱀 두 마리가 말 대가리의 볼을
타고 오르고 있었는데, 말이 도리질을 하는 바람에 뱀은 두 마리 모두
툭 끊어져 두 동강이가 나버리고 말았다. 끊긴 뱀의 몸통에서 슬며시
노란 오리 주둥이가 튀어나오더니 꽥 꽥 두 번 울었다. 고봉이 새로
난 오리 뱀의 꼬리를 집어들고 허공에서 빙빙 돌리다가 놨다. 뱀은 날
아가며 오리 소리를 냈다. 사람들은 다시 말로 모여들어 아코오디언
소리에 맞춰 시계방향으로 돌았다. 흥이 나면 뱀을 몇 마리 툭 끊어
저리로 던져 버렸다. 그때마다 박자를 맞춰 새로 태어난 오리 대가리
가 꽥 꽥 울었다. 소녀의 벌어진 입은 거품을 흘리고, 말처럼 푸우 푸
우 입 바람 소리를 냈다. 급기야는 웃어 제치는 소녀의 입에서 말발굽
소리가 울렸다. 동주가 말 엉덩이에 주사바늘을 꽂았다. 허브가 고함
을 지르며 원숭이의 대가리를 걷어찼다. 어항이 깨지고 넙치가 쏟아져
나와 퍼덕였다. 졸고 있던 원숭이는 깨진 자기 머리 쪼가리를 손에 들
고 우왕좌왕 헤매고 다녔다. 머리 없는 원숭이는 사람들 손에 들려 춘
자에게 넘겨졌다. 춘자가 원숭이의 겨드랑이에 손을 넣어 치켜들자 머
리 없는 어깨 사이로 작은 대가리가 쏘옥 기어 나왔다. 그것은 메추리
알만한 사내의 얼굴이었다. 춘자는 그 원숭이 사내를 배 위에 올려놓
고 나를 지그시 바라보았다. 그녀의 입술에서는 진홍의 액체가 조금
흐르는 것 같았다. 뭘까, 피일까? 메추리 알만한 사내가 춘자의 까만
유두에 얼굴을 비비고 있었다. 원숭이는 새로 돋은 머리를 그곳으로
가져가기 위해 잔뜩 휜 등을 더욱 구부리려고 안간힘을 쓰며 유방을
향해 웅크렸다. 춘자는 원숭이의 어깨를 자기 쪽으로 잡아당기며 자세
를 도와주었다. 원숭이가 구슬프게 어쩐지 체념하듯이 훌쩍이다가 아
주 날카로운 어린아이의 울음소리를 냈다. 허브가 나를 떠밀었다. 나

는 사람들 손에 밀려 춘자 옆에 섰다. 나와 춘자와 메추리 알만한 머리의 사내는 서로서로 이마를 마주했다. 팝콘 튀기는 냄새가 났다. 메추리 알만한 머리의 사내 녀석은 젊고 잘 생긴 얼굴을 하고 있었다. 머리는 포마드까지 발라 넘겨서 반짝거렸다. 바늘 끝에 찔린 혈흔같은 입술이 벌어지고, 바늘 끝 만한 이를 드러내면서, 원숭이의 대가리가 된 메추리 알 만한 머리의 사내가 말했다. 안 들렸다.

"뭐라구? 뭐라구?" 나는 눈을 찌푸리며 외쳤다.

"저리 가!" 하고 얼굴이 말했다.

춘자는 나신을 웅크린 채 말 엉덩이 위에서 흔들리며 경멸하는 표정으로 나를 노려보았다. 노려보는 눈빛이 보석처럼 반짝였다. 그녀의 턱밑에서 메추리 알 만한 사내의 포마드 발린 머리카락이 빛났다. 허브가 다가와 춘자에게 사랑이 넘치는 입맞춤을 했다.

"으악!"

모든 것이 삽시간에 멈추고 말았다. 사람들은 울부짖는 소리를 향해 돌아섰다.

우리를 빠져 나온 쥐가 인견을 물어뜯고 있었다.

"엄마!"하며 허브가 달려갔다. 동주는 우리로 달려가 막 빠져 나오려고 기를 쓰는 쥐의 주둥이를 걷어찼다. 철책이 우그러지고 나오려던 쥐는 콧등이 뭉그러졌지만, 다른 쥐들 사이를 잽싸게 구르고 달리고 그러다간 다시 사납게 창살 사이로 달려들었다.

쥐를 몇 번 호되게 내려치던 허브는 곤봉을 내던지고 쥐의 목덜미를 잡아떼려 했지만 쥐는 인견의 아랫배를 물고, 그 독아를 놓지 않았다. 인견의 살이 늘어지고, 쥐도 허브의 손아귀에서 늘어져 갔다.

모두들 앙 다문 쥐의 아가리를 중심으로 팽팽하게 늘어난 가죽을 지

켜보았다. 단원들은 인견의 대가리를 품에 안고 목과 다리를 끌어 당
겼고, 반대편으로는 허브의 모질게 틀어잡은 손아귀에 끌려 쥐의 모가
지가 길쭉하게 늘어났다.

"잘라!" 하고 허브의 주먹 쥔 왼손이 검지를 뻗어 단호하게 쥐를 가
리켰다. 동주가 다가섰다. 허브의 손아귀에서 길쭉하게 늘어난 쥐의
눈이 파르르 떨리고 있었다. 동주는 목을 베었다. 막혔던 하수 파이프
가 열려 버린 듯이 목에서 피 한줄기가 쏟아졌다. 허브는 쥐의 몸통을
들어 올렸다. 손가락에 잔뜩 눌린 눈이 맥없이 끔뻑였다. 잘린 몸통이
꺼져 가는 잿더미 위로 내던져졌다. 날아가는 몸통에서 핏방울이 떨어
졌다. 불씨가 발갛게 살아났다. 젖은 쥐의 가죽이 타오르도록 살 속에
박힌 눈은 연기 너머로 멀뚱거렸다.

"제발 조심해. 엄마 살이 베이면 안되니까." 하고 허브가 애원했다.

"괜찮아?" 하고 민동성도 기어드는 목소리로 물었다.

"뭐가 괜찮아. 이렇게 엉망으로 해 놓구선." 하고 허브가 그를 매섭
게 노려보았다.

"이봐, 춘호, 이 녀석 대드는 꼴을 보라구." 하고 민동성이 두리번거
리며 친구를 찾았다. 그러나 장춘호는 빙그레 웃으며 지그시 눈을 감
고 다시 아코오디언을 연주하기 시작했다.

"독이 퍼졌나요?" 하고 나는 단원들에게 가려 보이지 않는 인견의
얼굴이 누렇게 부어오르는 모습을 상상하며 물었다.

"개라는 짐승은 더럽고 독한 것에 강해. 나면서부터 단련이 되어 있
거든. 찌꺼기만 먹고 크고. 손이 없기 때문에 입이 땅에 직접 붙어 있
는 꼴일 수밖에. 땅이 뭔가? 독이지. 이 더러운 땅이라는 것은 독을 품
고 있어. 온갖 피가 스며들고 있는 곳이 바로 땅이 아니고 뭔가. 이것

들이 그 잘난 코로 언제나 땅 위를 더듬고 다니는 것은 더러운 피에 대한 서툰 경배의 짓이지. 태어난 곳이 그립지 않소? 여보?" 하고 민동성은 주저앉은 인견에게 다가가 쭈그리며 제법 다정하게 묻는 것이었다.

"이 작은 송곳니에 엄마 살점이 묻어 있잖아. 변명해 보시지. 늙은이. 왜 이런 이상한 것들을 기르고 자빠진 거야?" 하고 허브가 민동성의 턱밑에 잘린 쥐 대가리를 내밀며 위협했다.

"엄마는 괜찮다 아가야. 다들 들어봐. 얘는 분명히 나의 아들이요, 개는 애의 엄마야. 아들이 어미를 보호하는데, 그 새끼가 대견하지 않을 아버지가 있겠어? 그런 것을 본능이라고 하는 거야. 이 잘린 대가리가 가졌던 이빨의 본능도 마찬가지라고 생각하면 다 이해가 될 거야. 본능의 강도는 기능을 추진시켜 진화에 이른다는 말이지. 어미의 새끼가 아비의 적인 만큼 집요하게 아비는 새끼에게 본능을 빼앗기게 되어 있고, 결국 자연의 기능은 이런 방식으로 이상한 완성에 이르는 추진력을 얻는다는 것이야."

"종잡을 수 없이 취해버리신 것 같군요. 허브는 단장님의 손주라고 그러셨잖아요." 하고 나는 뒤죽박죽이 된 기분으로 지껄였다.

"손자이기도 하지. 물론." 민동성이 식탁 위로 올라서다가 나에게 대꾸했다. "살다보면 갑자기 자기도 모르게 휘말려드는 경우가 있다네. 우리는 아무도 자신을 책임질 수 없는 거야. 너희 병신들이 겸손한 것도 다 그 이치를 알기 때문이 아니냐? 내 새끼들아."

민동성이 두 팔을 활짝 펼치고 식탁 위를 오고 갔다. 접시가 밟혀 뒤집히고 음식 찌꺼기들이 발 밑에 짓이겨졌다. 다들 그를 쳐다보며 침묵했다. 이 모든 것은 모조리 묵계된 것이 아닐까?

"언제나 떠날 때가 온다만, 너희들 병신들을 모아서 끌고 다니는 내가 비난받아야 한다면, 잘 보아라 내가 얼마나 비난을 달게 받는지. 현명한 아버지의 몫은 땅 위에서 더러운 것들을 끌어 모아 움직여 가는 데 있다. 그렇지?" 하고 민동성이 나를 향해 묻자 모두 우르르 다가들어 나를 쏘아보았다. 뭔가 결정적으로 걸려들었다는 것을 인정해야만 할 순간이 지금이라는 것을 나는 불현듯이 깨달았다. 그러자 몸이 굳어졌다. 여전히 무거운 침묵이 흘렀다. 하지만 나는 두렵고 불안한 가운데도 왠지 자랑스러웠다. 도대체 무엇이 자랑스럽다는 것일까? 자존심이란 그토록 미련한 잡식성인가?

"엄마를 모셔." 하고 허브가 인견의 엉클어진 머리를 조심스럽게 감싸며 명령했다. 단원들은 인견을 민동성의 발치에 앉혔다.

"어디 보자. 물린 곳은 어떤고?" 하고 민동성은 개를 눕히고 다리를 벌리게 하여 뱃가죽을 당겨 보았다. 인견은 중심을 잃어가며 이리 저리 뒤척이면서도 얌전하게 기역자로 꺾은 앞발은 가지런히 모으고 있었다.

"이제 너도 많이 늙었어. 가죽은 탄력을 잃고 검버섯이 핀 배때기는 썩어가는구나 내 딸아. 땅의 독이 너를 밑으로 잡아당기고 있단다."

"아냅니까? 딸입니까?" 하고 나는 두 발짝 다가섰다. 나를 에워싼 단원들도 덩달아 움직였다.

"투견을 아나? 젊은이."

"압니다"

"주인은 뚱뚱한 중년 여인이었어. 좀 주책이 없어 보였는데, 바지가 다리에 찰싹 달라붙어서 음부의 형태가 고스란히 도드라져 보일 정도였지. 개 이름이 뭐요? 하니까 어차피 곧 죽을 텐데 이름은 알아서 뭐

해? 하더군. 글쎄 개 이름이 뭐요? 거시기야. 하고 여인이 담배에 불을
붙이고 나서 돈 뭉치를 들어 가쁜 숨을 몰아 쉬고 있는 거시기의 대가
리를 툭툭 쳤어. 난 개를 잘 치료해서 응접실에서 길렀어. 빨간 융단이
거시기와 제법 어울렸지. 누구도 내 집 응접실에는 못 들어갔어.”

“어머니.” 하고 갑자기 인견이 벌떡 일어나 네 다리를 떨며 짖었다.

“시끄러워!” 하고 민동성이 고함을 질렀다. “붉은 융단이 깔린 넓고
조용하고 산뜻한 응접실에, 그것도 가죽 냄새가 향기로운 소파에 버티
고 앉은 거시기를 상상해 봐. 거시기는 나를 알아보고 잘 따랐지.”

“그래서 엄마를 낳으시고, 또 저를 낳으셨나요? 할, 아버지?” 하고
울먹이다가, “개 주인 만세!” 하고 허브는 두 팔을 번쩍 쳐들며 외쳤다.

“안심하거라.” 하고 민동성이 떨고있는 인견의 목을 끌어안았다.

“동성이 사람들이 온다는 거야. 가자구.” 하고 뛰어들어온 장춘호가
말했다.

“돈을 좀 주면 안될까?” 하고 민동성이 물었다.

“요즘 젊은 것들은 돈도 소용없어.”

“왜 그럴까?”

“돈보다야 흥분하기를 더 좋아하거든.”

“아니, 돈이 흥분이 아니면 뭔가? 제기랄” 하고 투덜거리며 민동성
은 성큼성큼 걸어서 무리를 헤치고 나아갔다.

“이러고 있을 때가 아니야. 이크, 저기 몰려온다.” 하고 장춘호가 손
을 들어 가리켰다.

“달아나자.” 하고 허브가 내 어깨를 잡아끌며 외쳤다.

얼떨결에 나는 조수석에 올라탔다. 허브는 비포장 도로 위로 트럭을
거침없이 몰아댔다. 차체가 몹시 흔들렸다.

"뒤쫓아오지 않는 것 같은데요." 하고 내가 말했다. 그러나 허브는 아랑곳하지 않고 속도를 냈다. 짐칸에는 소도 보이고 인견도 보이고 춘자와 민동성의 모습도 보였다.

"어디로 가는 겁니까?"

"종로 3가!" 하고 허브가 외쳤다.

"11시가 다 되어갑니다만 아직도 거긴 차가 밀릴 거예요. 오늘은 토요일이니까 더 심해요."

"그래서 더 좋아. 오늘 다 끝장 내는 거야. 확 난장판을 만들어 버릴 테니까."

차는 6차선 포장 도로로 진입했다. 허브의 춤 같은 운전 솜씨가 되풀이되었다. 나는 짐칸을 돌아보았다. 춘자가 인견을 감싼 채 웅크리고 앉아 있었다.

"아줌마가 안보이네요."

"내가 알 게 뭐야."

허브는 도심에 가까워질수록 점점 더 난폭해졌다.

"너희들이 해준 게 뭐야?" 하고 그는 버럭 소리를 질렀다.

"누구요?" 하고 물었으나 그는 대답은커녕 흥분한 채 이쪽저쪽으로 두리번거리며 쉴새없이 욕만 하고 있었다.

트럭은 종로 YMCA 앞에서 경적을 길게 울리며 인도로 달려들었다. 막 출발하려던 버스의 옆구리를 들이받고 오른쪽으로 돈 트럭은 행상의 좌판 두 개를 덮치고 계속 돌진해서 지하철 입구에 처박혔다. 허브는 핸들 위로 고꾸라져서 두 팔을 버둥거렸다. 고무 타는 냄새가 났고, 요란한 경적을 뚫고 사람들의 비명이 사방에서 터졌다. 트럭은 곧 옆으로 쓰러질 듯이 기울어져 있었다. 그들이 트럭 밖으로 빠져나가는 모습이 보였다. 나는 지하도의 계단 아래로 굴러 떨어졌다. 목이 뻐근했지만 견딜만했다. 사람들이 이곳저곳으로 몰리고, 달아나고, 비명을 질렀다. 계단을 기어오른 나는 사람들을 헤치고 그들에게로 갔다. 민동성이 춘자와 함께 닭소를 몰고 YMCA 건물의 옆 골목으로 들어가고 있었다. 그들 앞에 몰려 있던 젊은이들은 사방으로 튀어 달아났다. 경찰차가 요란한 소리를 울리며 가까이 다가왔다. 허브의 고함을 들은 나는 골목을 되돌아 달려나갔다. 개탑이 사납게 짖어대며 경찰차 앞으로 돌진하고 있었다. 허브는 도로 한복판에서 고래고래 소리를 지르고 야구 방망이를 휘둘렀다. 그의 이마에서 찢어져 흐르는 피가 얼굴과 왼 어깨 위를 빨갛게 적시고 있었다. 경찰관이 총을 들어 그를 겨눈 채 차츰 거리를 좁히고 있었다. 나는 다시 골목을 향해 돌아섰다. 그때 YMCA 현관 위로 쥐 두 마리가 쪼르르 기어 달아나는 모습을 보았다. 쥐는 2층 창틀을 교묘히 타고 달아나다가 내가 서있는 건물 모서리로 와서 멈추더니 두 마리가 나란히 앞발과 코끝을 모으고 빠르게 주둥이를 꼬물거렸다. 등에 달린 눈이 나란히 한 쌍을 이루어 나와 눈이 마주친 꼴이 되었다. 저것도 시선을 갖게 되었다는 생각을 하며 나는 춘자 뒤를 따라 골목으로 달려갔다.

골목은 갈수록 좁아져서 두 번째 꺾인 곳부터는 두 사람이 어깨를 비틀어야 지나칠 수 있을 정도로 좁았다. 그들은 바로 그곳을 빠져나가는 참이었다. 닭소가 모서리에 있는 낡은 한옥 대문을 뒷발굽으로 내질렀다.

"오냐, 오냐, 그래 다 왔다." 하고 민동성이 닭 모가지를 잡고 달랬다.

"인사동 네거리에서 낙원 상가로 가면 되지. 어이구 저기도 사람들이 만만치 않게 많아." 하고 실크 해트를 옆구리에 낀 장춘호가 골목 어귀까지 나가 기웃거리다 돌아보며 말했다. 춘자는 인견을 소 등에 태우고 떨어지지 않게 옆에서 부축하고 있었다. 어느새 다방에서 입고 있던 그 차림새로 바뀌어 있었다.

"내가 도와줘요?" 하고 나는 인견의 겨드랑이에 손을 넣으며 춘자에게 말을 걸었다. 그녀는 수줍게 웃으며 고개를 끄덕였다. 인견은 찢어지게 하품을 하고 뒷다리를 들어 턱주가리를 세차게 긁었다.

"이걸 어떻게 할까?" 하고 장춘호가 민동성에게 물었다.

"공원 안에 풀어놓지 뭐." 하고 민동성이 종로 네거리를 바라보며 풀이 죽은 목소리로 대꾸했다.

"허브가 보통 앤가? 경찰도 개는 잘 알 거야." 하고 장춘호가 민동성의 어깨를 감싸며 말했다.

"그래 그러자구. 내일 보세." 하고 민동성이 나를 향해 말했다. 그의 인사가 조금 두려웠지만 나는 고개를 끄덕였다.

나와 춘자는 인견을 데리고 그녀의 파라솔 밑으로 들어갔다.

"두 사람은 가봐. 이제 사람들이 점 보러들 올 거야. 장사해야지." 하고 인견이 하품을 억누르며 말했다.

"그럼 안녕히 계세요." 하고 내가 인사했다.

"할머니 안녕." 하고 춘자가 인사했다.

장막을 걷으려고 일어서다가 난 그만 알전구를 들이받았다. 춘자가 킥 웃었다.

"두 사람 함께 살어." 하고 인견이 멀리서 들려오는 듯한 그 기계음의 목소리로 말했다. 나는 춘자를 내려다보았다. 그녀는 또 껌을 질겅질겅 씹고 있었다. 뻔뻔하도록 순진한 입술이 꼬물거렸다.

공원 벽에는 검은 부조가 가로등의 불빛 아래 드러나 있었다. 그것은 만세 운동을 묘사하고 있었다. 손을 들어 외치고 있는 조선 사람들도, 총을 들어 겨누고 있는 일본 경찰들도 일렬로 나란히 늘어선 꼴이어서 어쩐지 도마 위에 칼로 잘게 썰어 놓은 것처럼 보였다. 가장 앞쪽에는 얼굴을 하늘로 향한 채 쓰러진 한 처녀가 만세를 부르는 모습이 제일 크게 조각되어 있었다.

춘자와 나는 장춘호 영감이 색소폰을 불던 정자로 올라갔다. 이미 두 사람이 쓰러져 자고 있었다. 나는 춘자를 살며시 껴안았다. 싸늘한 춘자의 몸뚱이가 오들오들 떨고 있었다. 나는 치마 밑으로 손을 넣어 보았다. 허벅지도 마찬가지였다. 따뜻하게 해줄 난로나, 담요나, 뜨거운 커피가 필요했다.

"잠깐만요. 금방 돌아올께요." 하고 나는 공원을 구석구석 뒤지며 돌아 다녔다. 그러다가 춘자를 집으로 데려가야겠다는 생각이 퍼뜩 들었다. 왜 이렇게 간단한 생각을 못했을까? 바보같이. 나는 정자를 향해 달렸다. 바로 그때 하늘에서 쏟아진 강한 불빛이 나를 잡아 가두고 말았다. 바로 사령부에서 보낸 헬기에서 내쏘는 써치라이트였던 것이다. 두 발바닥이 땅에 붙어버린 나는 손을 들어 눈을 찌르고 있는 빛을 막으며 헬기를 쳐다보려고 애썼다. 눈부신 빛 사이로 언뜻 조종헬멧을 뒤집어 쓴 해마의 뾰족한 얼굴이 보였다. ▫

(2000년 11월)

# 작가의 말

소설을 쓰다보면 여러 가지 생각으로 불안해진다. 성격이 지나치게 단순하거나 과장된 것은 아닐까? 구성은 거미줄처럼 섬세하고도 치밀한가? 묘사는 생동감을 얻고 있나? 문장에 허점은 없는가? 테마는 잘 음미되어 있는가? 등등. 요컨대 형상의 완성도를 마음에 두고 그칠 줄 모르는 걱정을 하게 되는 것이다.

이런 근심 걱정 중에서도 가장 위험한 것은 아예 창작 행위 자체에 대해 회의를 품게 되는 경우다. 이런 이야기를 왜 만들고 있나? 변죽만 울리고 있을 뿐이지 진실성이 없는 것이 아닐까? 이런 회의는 일종의 자학 심리 비슷한 것으로써, 이 함정에 빠지고 나면 벗어나기가 무척 힘들뿐만 아니라, 시간을 물 쓰듯 낭비하게되므로 작가는, '내가 이러다가 폐인이 되는 것은 아닐까?'하고 두려워하는 그야말로 한심한 꼴이 되고 만다. 그렇다고 그저 냉소로 일관하고 있기에는 '소설의 힘'이 너무 끈질기다.

그러면 도대체 그 소설의 힘이라는 것이 무엇인가? 숙명이라는 식으로 거창하게 둘러대고 싶지는 않다. 솔직히 잘 모르겠다. 아마 게으른 집착 같은 것일 게다. 그러나 이 끈질긴 집착을 통해서 체득되는 것이 전혀 없지도 않다.

처음에는 신이 나서 그야말로 미친 듯이 써 갈겼지만, 차차 침착하게 되돌아보면 그 쓴 것의 절반 가량은 모조리 버려야 한다는 것을 깨닫는다. 이렇게 버릴 수 있는 정열이야말로 작가의 용기이자 저력이며 일급 창작으로 가는 주초가 된다고 믿는다. 이 점에 있어서 지난 몇 년간 나는 지나치게 신중했거나 너무 안이했다. 창작이라는 노동은 이런 불균형 속에서는 도저히 연속성을 가질 수 없다는 것도 알게 되었다.

소위 등단이라는 것을 하고 7년이라는 세월이 흘렀고, 그 사이에 위기도 있었지만 그래도 마침내 이겨낸 것 같다.

앞의 여섯 작품들은 그 동안 여러 지면에 발표했던 것들인데, 이번에 조금씩 손을 보았다. 뒤의 세 편은 신작으로서 가장 괴로울 때 조금씩 써왔던 것들이다. 말하자면 지옥도를 그려보자는 시도였는데, 얼마만큼 잘 됐는지는 모르겠다. 특히 중편 '이상한 행진'은 나름대로 집중력을 가지고 끈질기게 물고 늘어지려고 노력했던 작품이다. 이 작품에서도 여러 인물들이 나오지만, 핵심은 결국 한 인간의 병적인 내면 풍경을 드러내려는 것에 있었다. 이 시대를 사는 사람들의 최대 불운은 그들을 '현대인'이라는 가장 우월한 성격 속으로 빈틈없이 내몰고 있는 강박에서 비롯되며, 두 번째의 불운은 바로 그 성격이 근본으로부터 분열적이라는 점에 있다.

아무쪼록 이 창작집에 실린 모든 작품이 재미있게 읽히기를 바란다. 지금까지 저의 소설을 읽어주신 모든 분들께 진심으로 경의를 표하며, 앞으로 더욱 분투해서 여러분들에게 좋은 소설을 보여드리고 싶다.

끝으로 언제나 저를 믿고 아껴주시는 가족 모두에게 이 자리를 빌어 감사드린다.

2000년 겨울, 소설가 이성준

# 이상한 행진

인쇄일 초판 1쇄   2000년 12월 20일
　　　　　2쇄   2015년 09월 25일
발행일 초판 1쇄   2000년 12월 25일
　　　　　2쇄   2015년 09월 30일

지은이 이 성 준
발행인 정 진 이
발행처 새미
등록일   2005.03.15. 제17-423호

서울시 강동구 성내동 447-11 현영빌딩 2층
Tel : 442-4623,4,6 Fax : 442-4625
인터넷　www. kookhak.co.kr
E- mail kookhak2001@hanmail.net
ISBN 978-89-5628-427-9 *03690
가 격   8.500원